徯晗 著

星空·原野·燕子花

SPM

南方出版传媒

花城出版社 中国·广州

图书在版编目（ＣＩＰ）数据

星空·原野·燕子花 / 溪晗著. -- 广州 ： 花城出
版社，2016.12
ISBN 978-7-5360-8270-0

Ⅰ. ①星… Ⅱ. ①溪… Ⅲ. ①长篇小说－中国－当代
Ⅳ. ①I247.5

中国版本图书馆CIP数据核字 (2016) 第318751号

出 版 人：詹秀敏
责任编辑：王 凯 庞 博
技术编辑：薛伟民 凌春梅
封面设计：李玉玺

书 名 星空·原野·燕子花
XING KONG YUAN YE YAN ZI HUA
出版发行 花城出版社
（广州市环市东路水荫路11号）
经 销 全国新华书店
印 刷 广东新华印刷有限公司
（广东省佛山市南海区盐步河东中心路23号）
开 本 880毫米×1230毫米 32开
印 张 11.25 1插页
字 数 200,000字
版 次 2016年12月第1版 2016年12月第1次印刷
定 价 36.00元

如发现印装质量问题，请直接与印刷厂联系调换。
购书热线：020－37604658 37602954
花城出版社网站：http://www.fcph.com.cn

目　录

星空·原野·燕子花

2

第一章

引子

1970年的那个夏天，已经成为我这一生永远无法抹去的记忆。也许到我死的那一天，还会追忆起这样一段过去。有时候，我走在南方繁华的都市霓虹中，眼前就会清楚地浮现出那夜的星光，而眼前平缓的马路也仿佛突然失去了脚感，让我再也体味不到那泥土小路的弹性。那样的土路的确是有弹性的，尤其在下雪的日子，它总是托起我有些笨重的身体，看到它远处的崎岖与迤逦。

时光荏苒，那些日子已经过去三十多年了。而今，我就像一头走在夕阳下的暮牛，晚霞的金光洒在路的前方，一切看起来都显得那么辉煌而灿烂，可越灿烂的晚霞，它的燃烧就越凄艳，因为暮色总要在它最美丽的时候降临。

人这一生中免不了要回忆自己的过去。但是，回忆只会让人产生一种虚无感。为了摆脱这种虚无感，我企图寻找一种永恒。只是我无论怎样努力，都只能获得某个瞬间。尽管我在这个世间已经活了六十多年，六十多年，对于一个生命个体而言，不能算一个瞬间，可我却无法抵挡这样绝望的念头——与其说这是一种人生的虚无感，还不如说是我对自己的一种否定。法布尔说，蝉的生命只有一个夏天，可它的一生都没有停止过歌唱。这句话总是让我泪流满面，因为我从蝉的歌唱中看到了一种永恒。

在渺远的时间面前，人的生命只是一个看不见的点，或者说一个黑洞。我曾经努力地洞开自己，企图让那远处的光来照亮自己，让我看到生命的某种边界，以确定我的一生不是一个看不见的点。可无论我怎样努力地想留住一切，回望一切，其实它就是一个看不见的点。对于每一个个体而言，也许再没有什么比这个点更真实。我们站在这个点上回望身后的一切，发现我们所走过的路，不过是一个没有规律可循的曲面。

有时候，我觉得自己真的老了。我每天在财富里挣扎，为不断增添新的财富耗神，为保住已经拥有的财富耗神。多少年来，我听着各种各样的恭维，在记不清次数的谈判中，揣摩着各种各样的诡秘动机，心怀叵测，或沾沾自喜。但更多的是厌恶——这让我不时地想起萨特的那部存在主义代表作。有时候，我怀疑自己就是一个存在主义者，世界是如此荒谬，而我从内心里对它感到厌恶。为了对抗这种情绪，我不得不选择用更多的事来填充我的时间。没有人知道，时间有时对我其实是一种负累。人们怎么能相信，一个钱多得花不完的"富翁"会觉得时间是一种痛苦呢？

每天，我都害怕从梦里醒来。每一个新日子的来临，都让我感到岁月的可怕、残酷与沧桑。其实，我更害怕自己醒不来——往往是在时针与分针成为一条直线，并与地面垂直的那一刻，我就会准时醒来：时针向下，分针向上。无论我前一天夜晚睡得有多么晚，即使因为应酬到凌晨3点，那样的时刻也会准时唤醒我的身体。时针向下，分针向上，时针与分针成为一条直线，并与地面垂直。就像在我的体内装了一个永远不需要上发条的闹钟。

　　为了忘记这种对时间的感觉，我不得不在生意场上征来战去，把自己变成金钱的奴隶。没有钱的人，总想拥有更多的钱，有了更多的钱后，就想拥有花不完的钱。可当一个人赚的钱已经花不完时，他为什么还要不断地去赚钱呢？人们总是把这归结为贪欲。他们不知道，这其实是富人们战胜时间的一种方式。穷人们总以为富人生性就是贪婪的，其实，赚钱只是他们的一种习惯。因为世界上没有什么比财富对人更具有控制性，它把人变为习惯的奴隶。

　　被财富控制的感觉并不好。虽然有钱人每天都过着被人钦羡的生活，但我知道，别人钦羡我，其实是因为仰视我的财富（当然不排除对我的财富所怀有的尊敬）。和我谈生意，也是觊觎我的财富。反过来言，我就没有觊觎过别人的财富吗？这样的觊觎，甚至几乎可以说是我目下生活的全部。我的亿万资产每天都处在这样的觊觎中，我也怀着同样的觊觎，盘算从别人那里获得财富。

　　有时候我想，人的变化真是太大了。我们这一代人，都曾经历过冲动、激情与盲从的一段过去，都历经了从理想主义到功利主义，从高举到下跪的一次生命蜕变。人们在梳理20世纪下半叶的历史变迁时，总爱拿我们这代人的经历作为讲述的标本——"文革"、上山下乡、越战、改革开放、计划生育、从计划经济到市场经济、下岗、失业……哪一样我们没赶上?

岁月最终将我们的心灵风化,只剩下冷漠与自我。今天的我们,已经无法握住自己昨天的手。我时常在内心里嘲讽我们:从高举到下跪,不过是一个动作的完成而已。一个动作的完成,真的那么轻松吗?

第二章
等待开启的寓言

必须有一个人以客观的叙述者的身份来讲述那段过去。他就是这部小说的叙述者重生，他是一个哑巴，不缺少听力，但不能用有声的语言来表达。换言之，他无须与这个世界对话，却知晓这个世界的所有秘密。重生是一个生活的奇迹，他与一般的聋哑者是如此迥然有异：哑而不聋。他具备与生俱来的听力，却始终用沉默回答着这个世界的一切，几近于上帝。重生的叙事将把读者引向每一段真实的过去——

一张淌满青春热汗的少年的脸孔，在1970年夏天的阳光里浮动着。少年的脸上露着闪亮的笑容，像阳光一样透明，少年的面孔不时隐没在涌动的人潮里。少年的名字叫张敬之。在涌动的人潮里闪动的，还有少女徐晓雯那张如花的脸，如花的脸上透出一股寒梅般的冷艳。

在他们的身边和身后，还有另外一些少男少女的脸，与他俩一样，热汗涔涔，血色满面。

烈日燃起的高温，使汉口火车站就像一口沸腾的热锅。衣着灰暗的人们在沸腾的阳光中翻滚着，像饺子一样艰难地挣扎与沉浮。很显然，人人都在急着找一个阴凉的入口，以逃脱烈日的烹蒸与炙烤。

火车像一条黑蛇，在铮铮的铁轨上静卧。看上去它马上就要开动了，因为一节节黑乎乎的车厢入口处，检票员已开始检票。汗滴从人们的脸上砸下来，在水泥石板上腾起一阵无形的白烟。每一个入口处，都有成群的男女老少在奋力往车上挤。

"个婊子养的，天么样这热呢！"有人操着标准的汉腔骂。

挤上火车的人仿佛突然发现，车厢才是真正的蒸笼，于是又纷纷把头伸出车窗外，迎着白晃晃的阳光，像狗一样，张着嘴伸出舌头喘气。那一堆硕大的黑铁，早被毒热的阳光烤透了，像一只吐着热量的巨大烤箱。

"个婊子养的，火车么样还不开？人都快烤成红心苕了！狗日的快开呀——"刚挤上车的人骂得更火暴，嗓门也更大。

汉口的天空下，浮动着灰蒙蒙的烟尘，常年的炼钢，使得城市周边的房子看上去也像蒙上了一层说不清颜色的灰颓。人们只要抬眼望一望，就会发现，翻飞在云天底下，烟尘们在亮得有些发白的阳光下，也显出了某种庄严与肃穆。

此时的张敬之，还是个刚满十七岁，目中无人，对自己的前途与去向毫无所惧的少年。他的上唇上方略略有点发黑，已经长出一层淡淡的细茸毛，隆起的喉结顶着颈上的皮肤，在伸长的脖子上上下蠕动着，已经显出一些男子汉的强悍。他张开有些廓大的嘴，哼唱起一首正在流行的革命歌曲，故意在人群中冲来撞去，趁机把几个同龄的小姑娘狠狠踩了几脚。听到姑娘们尖利的叫声，他没事儿一般把头扭向一边，忍不住咧着一张大嘴偷乐。

　　这一群聚在一起的少男少女，约有二十多人。他们都是武汉某重型工厂子弟学校的毕业生，年龄都在十六七岁。他们每人的胸前都别着一枚金灿灿的领袖像章，有人胸前还吊着一朵没来得及摘去的大红花，那花儿大得夸张，也红得出格，在人群拥挤下显得命悬一线，摇摇欲坠。一色的绿军装和黄军裤都是崭新的，绿得有些抢眼，是他们父母的单位统一赠送的，作为他们下乡的礼物。他们刚刚参加完了父母单位的欢送会，随身的行李里，还附带着厂里送给他们的其他礼品：一个布绳网兜里装着一套毛选，一个印着"知识青年到农村去"字样的搪瓷缸子和一个搪瓷脸盆。临行前，厂里的团委书记特意给他们每人佩戴了一枚崭新的团徽。这意味着他们从此将是一名光荣的共青团员。前来送行的父母们，被他们果断地阻隔在了后面。

　　二十多个人在欢快的笑声中义无反顾地登上了厂里送行的大解放。大解放驶过汉口宽阔的解放大道，一直把他们送往热气腾腾的火车站。六月的阳光，像鞭子一样打在他们年轻的脊背上，弹起层层晶莹的汗珠。汗珠们在他们的绿军装里汇聚，无声地淌进他们扎紧的裤腰里。

列车启动前，他们呼前拥后，登上其中的一节车厢。火车盛满了人，把一条黑乎乎的长身子蛇一样甩开去，使它看起来就像一条装满食物吐着热气的巨蟒。一群年轻人坐在巨蟒的腹腔里，怀揣着激情想象着那个他们将要插队的地方。

他们将要抵达的目的地是江汉平原著名的鱼米之乡A县。

这年的上山下乡，已不再有两年前的辉煌盛况。与他们的哥哥姐姐们离去时已不能比。此刻，他们和这个城市的告别仪式显得有些平淡，没有夹道欢送的队伍和人群，也没有喧闹的锣鼓与舞动的鲜花。相反，那些为他们送行的目光里还有些许无奈与同情。这让他们的内心也有些失落和惆怅。

汉口的日光，无情地倾泻在人们脸上、身上，就像要揭去人身上的一张热皮。张敬之坐在同伴们中间，目光落在他们随身携带的行李上，心情突然变得有些复杂。他们的行李大同小异：一只崭新的铁皮桶、一只绿帆布旅行袋、一床旧棉絮。只有徐晓雯带的是一床旧军毯。杨柳的网兜里另外装着几本书。从露出的书脊上可以看出来，它们是高尔基的《在人间》、《星火燎原》和金敬迈的《欧阳海之歌》。这使他的行李看起来比别人的要笨重一些。

在燠热与人们的谩骂声中，火车终于驶出了汉口火车站。夏日的热风从敞开的窗子里扑进来，让如坐针毡的人们总算感到了些许快意和舒爽。一路上，群情激昂的少年们神侃着，操的是标准的武汉腔。这种在全省范围内独一无二的腔调，配合着他们年轻生动的面孔，无不彰显出一种特别的优越感与狂妄自大。

只有徐晓雯显得格外的安静。她五官生得十分精致，脸色略显苍白，眼神看起来有些虚幻和淡漠，这种表情与她的年龄和所处的时代显得有点格格不入。她很少说话，始终陷在自己的沉默里。只有在同学们叫到她的名字时，她才如梦初醒，笑一笑，算是作答。偶尔开口，却是一口纯正的普通话，准确地说是京腔。她不是武汉人，是一个地道的北京女孩。去年的某一天，她的户口突然被在武汉军区某部当团长的舅舅弄到了武汉，落户在其妻所在的工厂，徐晓雯因此成了这群学生中的一员。其时，一个突然转入异地生活的人，背后一般总有着复杂的背景与故事，而当事人对自己的经历也往往守口如瓶。因此，在这群同伴中，没有人知道徐晓雯真正的身世与经历。

这群少男少女中，还有一个引人注目的女生。她叫林红缨，是一个长相十分标致的女孩，白里透红的脸，黑得透亮的大眼睛，五官端正秀丽，个子十分高挑，大嗓门，直性子，是一个非常典型的武汉姑娘。她的眼神一直追踪着她的同班同学张敬之，眼神里透着崇拜与好感。后者一直在高谈阔论，喷发的口水沫，宛如蒸发的兴奋剂，伴着热乎乎的男性气息，一点点地渗进林红缨的军装里。女孩的前胸不时地起伏着，悄悄涌起一股谁也不知道的热潮，就像刚刚破土的禾苗吸纳了一场春雨，感到了某种茁壮成长的需要。

火车吐着黑烟，在烈日下奋勇前行。一路上，由北向南，由西向东。经过几个小时颠簸，他们在一个叫钟祥的地方下了车。然后转乘一辆汽车，继续向东南方向行进。日落时分，他们终于到达了A县的清水河公社。

他们是众多下乡知青中难得的一批幸运儿——省内插队，且是被称为鱼米之乡的A县。这得益于他们父母单位暗地里的照顾。

晚餐是雪白的大米饭，几条斤余重的清蒸大湖鲫。湖鲫的味道甘甜与鲜嫩，给他们留下了一生最难忘的记忆。这一夜的星光和星光下的平原，也同样让他们刻骨铭心。在当地的知青接待处狠狠地领略了一番鱼米之乡的美妙后，他们就被分成了两组，安排到清水河公社的两处知青点：红旗知青点和星光知青点。

那晚，在选择去处时，张敬之情不自禁地抬头看了看天空。满天的星星是那样稠密，灿烂的星光从幽蓝的天幕上投射下来，仿佛一个没有开启的寓言。他未经思索就选择了星光知青点。

做出决定后的张敬之，在星光下扫了一眼同伴们，用习惯性的领袖口吻道："我们班的同学都随我去星光知青点。当然，如果有不愿意的，也不勉强。"说完，他看了看同班同学杨柳。

杨柳没有说话，但还是站进了同班同学的队伍中。报名去星光知青点的一共有十二人，基本上都是张敬之一个班的同学。当晚，在当地的一位姓罗的公社干部的带领下，他们前往星光知青点报到。

夜幕下的平原显出了它特有的神秘。凹凸不平的泥土路狡黠地隐伏在一片片棉花地、麦地与黝黑的稻田中。他们迎着热烘烘的夜风，踩着满地的星光与泥尘，行走在一条曲折的土路上。星光下，土路两旁不时冒出一两个大小不一的湖泊，仿佛平原突然睁开了一只明亮的夜眼，有些鬼魅地觑觊着路人的身影。那一刻，杨柳的心不禁微微有些颤抖，莫名其妙地觉得自己的选择有些仓促和错误。

徐晓雯悄悄地打量着夜幕下的平原。在她的眼里，夜幕下的湖面美得就像块墨玉，水面上那田田的莲叶们，恍如无数只向上托举的手掌，温柔地向行人打着招呼。即使隔着淡淡的夜色，也能从星光下看出那成片的莲叶的轮廓。离路近些的地方，甚至能看到零星伸展的几朵白莲，静静地在夜色里绽放。一切都显得那样安谧、宁静、与世无争。蛐蛐和青蛙们在田野里放肆地歌唱和吟咏，似乎有说不完的心事。徐晓雯内心里暗暗生出一些惊奇与欣喜。

马车驮着他们的行李，在前面开路，车把手上挂着一盏昏暗的马灯，模糊的玻璃灯罩里散发出昏黄而微弱的光线。赶马车的是公社搬运站的职工，他是一个寡言的中年人，脸上的表情像石头一样粗粝，也像石头一样沉默。与主人截然相反的是那匹马，它一路上兴奋地打着响鼻，在土路上不停地打蹄。出发前，它刚吃饱了草料，颇有些神气活现，时不时发出几声趾高气扬的嘶鸣，和着几个闷屁，打出一串响蹄，一路撒下几泡欢腾淋漓的热尿和几坨热屎。

一小时后，他们到了星光知青点。老远，他们就听见了大队广播中传来的声音："欢迎知识青年到农村来，加入我们农村广大的革命队伍中！目前，面对革命的抗洪抢险，我们要下定决心，不怕牺牲，排除万难，去夺取胜利……"

星光下，一个四十多岁的中年男人站在大队部的路口迎接他们。他是星光大队的巫国喜书记。巫书记长得又黑又瘦，黑夜里还戴着一顶看不出颜色的破草帽，他一只手里提着一盏马灯，另一只手里握着一根半尺长的铜烟杆，不时把烟嘴叼进嘴里，叭嗒叭嗒地抽上几口。巫书记身后还站着一群人，他们是当地赶来欢迎的群众。见到他们，人群中响起一阵稀稀拉拉的掌声。

罗主任指着他们向巫书记做了介绍。然后说："老巫，我给你把人送来了，挑堤的任务要是完不成，小心县里王主任提你的脑壳！你们大队水田最多，是粮食高产区，也是我们公社的排头兵，挑堤和双抢要两不误啊！"

巫书记的脸隐在幽暗的夜色里，看不出脸上的表情。马车上的行李被搬下来。罗主任转身，身子一跃，上了那辆空马车。车夫举起手，向夜空中甩开鞭子，鞭子抽起一股凉风，"啪"的一声脆响，落在结实的马背上。马车在夜色中远去。

"伢儿们哪，先对不住你们了，明天就得上堤。"巫书记的声音有一点嘶哑，隐含着一种愧疚与不安。那会儿，他们并没有捕捉出其中的准确情绪。他们不知道"上堤"两个字意味着什么，插队的新奇与激情还在他们的心里泛动。

他们半是兴奋半是疲惫地度过了在乡下的第一个夜晚。

第三章
1970年的独白

太阳光就像一锅冒着热气的黄汤，从头顶浇下，河堤摇摇欲坠，正浸泡在浑黄的河水里。工地给我们每人发了一件蓑衣，一顶斗笠，一条扁担。我们就在大堤上正式开始了第一天的插队生活。

江水涨势逼人，江堤脆弱得就像一个随时可能瘫倒的老人。我们融进陌生的人群里，面对滔滔的江水，把一担一担的黄泥和沙子往大堤上堆积，无论多少黄泥与沙子，看起来都像是杯水车薪。江水浑黄无比，已淹没到堤坝的大半腰，可江水仍在悄然上涨，一副兵临城下的气势。河滩上的杨柳早已被河水淹没，只留下星星点点的树梢露在水面上，漂荡的枝叶，宛如一蓬蓬垂死挣扎的乱草。

我看得出来，大家初来的激情已演变成一种

恐惧。每个人都是一身泥水。我们做梦也想不到，接受贫下中农再教育的第一课竟是如此严峻和残酷。其时，整个A县各公社各大队都下达了总动员：不论男女，十八岁以上，六十岁以下都必须上堤抢险。我们中有好几个虽未满十八岁，但作为一名插队知青，谁也没考虑自己的年龄。上堤后，我们就住进了当地社员家，每人一捆稻草，往地上一铺，铺上被子或草席，就是床。每天清晨5点不到，就得挑着担子，背着铁锹上堤。堤上堤下，人们打着火把，作战一般，不顾死活。我感到自己就像走进了某部电影里，只不过电影中的人肩上扛的是枪，而我们的肩头扛的却是铁锹。

每天天不亮，沉重的担子就压上了我们尚嫌稚嫩的肩头。每一趟一百多米，担子压弯了扁担，一路上发出吱吱嘎嘎的声音，我们摇摇晃晃，一步一步地爬上陡峭的堤坡，把一担担泥土和沙石倾倒在潮湿的堤面上。几天下来，大家就有些吃不住了。肩膀红肿，手里打满了血泡。女生们更惨，红润的脸色很快就不见了，除了消瘦，脸上还透着一种疲惫的蜡黄。劳累、营养不良，一起威胁着我们的健康。

一日三餐都在工地上吃。餐后仅有片刻的喘息。每天从清晨5点一直干到晚上9点。最要命的是下雨的时候，大家一律光着脚，头戴斗笠、身披蓑衣，挑着沉重的担子爬堤坡，为了稳住身体，脚趾不得不像钢钎一样，插入又稀又滑的泥土里。即使这样，稍不留神，便会有人从堤坡上"连人带马"地翻滚下去。

初来的激动与豪情，逐渐被眼前残酷的现实所击溃。不到一星期，我们这批新来的知青中就开始有人病倒，不断地有人病倒。先是林红缨，接下来是另外两名女生和一名男生，十天后，原本健壮的我也顶不住了。但看着社员们与老知青们顽强的身影，我们又不得不咬牙坚持着。因为新来乍到，我们谁也不想拖大家的后腿。那时，不只是我们，几乎所有的人都被一种奇怪而莫名的激情激励着，即使不断有人病倒，但又总是不断有人再爬起来。堤坝上的高音喇叭里更是每天播送着各种英雄事迹……

这样满负荷的大会战，却不缺乏对疲劳的调剂。晚间的节目是批斗会。

批斗会开得别出心裁，主角是A县的一位副县长和他的新旧两任妻子。批斗会的主题是"打倒陈世美"。这批斗更像是一场节目表演。

这是人们一天中最精神的时刻。人们把"秦香莲"和一双儿女带到大堤上，听孤儿寡母哭哭啼啼地控诉（女主角的哭诉已明显带有表演性质）；接下来就是把"陈世美"和他的"新欢"押上台来进行批斗。"陈世美"和他的"新欢"胸前都挂着牌子，"新欢"自然被剃了阴阳头。这前后不同的一家人，每天的任务就是到大会战的各个工地上巡斗或曰巡演。长堤上火光冲天，有人举着火把，在"舞台"上维持秩序。群众一律不得上堤，以防掉进堤下的河水里。人们拥挤在堤坡下看把戏，在稀泥中你推我攘，嘻嘻哈哈，笑声响成一片。一整天的疲劳，似乎都在这一刻烟消云散。

"陈世美"显然来过不止一次了，群众都和他很面熟了。大家并没有对台上的人做出任何伤害之举，相反，有觉悟低的民众还羡慕地高叫："裘县长，你的福气好啊，娶的两个老婆都很漂亮！"

据说"陈世美"是名大学生，50年代末就做了Ａ县的副县长，是一个隐藏很深的阶级敌人。几年前，副县长和前妻离了婚，抛下一双儿女，与自己的大学同学结婚了。副县长在被打倒后，就与他的新旧妻子一起开始了各地的巡游批斗。这种哪里有需要就到哪里的流动式批斗，人们已经司空见惯，观看者与被观看者都安之若素。这样的表演，对我们这些新来的知青是新奇的。一度，我们在城市里看惯了各种形式的批斗，但以这种娱乐方式出现的，还是头一次见识。

大堤下人头攒动。火光把一种壮观的艳红倒映在堤下的河水里，让人们暂时忘了河水的威胁。批斗过程中，有人冲台上的人喊："裘县长，你不是离婚了吗？再娶一个又不违法，怎么就成了陈世美了？"

那被斗的人也不忌讳，微笑着答："组织上说了，这叫喜新厌旧，破坏党风。"

有人便喊："你这不叫喜新厌旧，叫喜旧厌新——你那新老婆不是你的旧情人吗？"

于是人群中一阵哄笑，那被称作裘县长的人竟也点头应答：

"组织上说得对，你们社员兄弟也说得对，喜新厌旧和喜旧厌新，都差不多吧，内容都差不多。"

"别狡辩了，这叫当代陈世美！"只见裘县长的前妻一声怒斥，指着前夫和他的后妻，甩了一下假想中的水袖，开始唱骂道："你们这对奸夫淫妇！"

接下来是一连串的口号："打倒当代陈世美，打倒裘少君，裘少君是陈世美，裘少君是走资派！"

大家也举起右臂，齐声喊："打倒当代陈世美，打倒裘少君，裘少君是陈世美，裘少君是走资派！"

批斗到这里出现高潮。场面上先是一片肃穆，随后开始有人发笑。到后来，大家开始边喊边笑，边笑边鼓掌。笑声与掌声交织成一片，气氛十分欢乐。这种既不像批斗又不像演出的滑稽场面一结束，人们就将裘县长一行围了起来，有人给裘县长的一双儿女递吃的，也有人给裘县长和他的两个老婆端水喝。有人开玩笑说："裘县长，你们下次来时要换点新花样，不能老是演这几段。"

那裘县长的脸色却严肃起来，指着堤外的河水说："今年的防汛任务恐怕比往年都要严峻，水都快齐堤面了，我刚站在上面时感觉堤面有点软，除了沙包，你们还要准备些碎石。"

裘县长的语气把大家弄得严肃起来，都忘了这人刚才还在台上挨批斗，和他们是阶级敌人，脸上竟都有些肃然起敬。大队巫书记用凝重的语气说："我们已经向县里请示了，他们答应从码头给我们运几船碎石来，运石头的船明天早上就靠岸。"

裘县长点头，仿佛他刚才不是在台上挨批斗，而是在现场指挥一群人抗洪。接话的人也不管，说："裘县长，你要不是当代陈世美，我们就把你留在这里指挥抗洪了。"

一句话说得大家都笑起来，裘县长摸摸自己的头，想起自己是干什么来的了，有些讪讪地说："我明天要去别的地方。"

"晓得晓得，我们就不耽搁你去别处演陈世美了。"

批斗已俨然成戏。谁也不会拿这些话当真，就像谁也不会拿"打倒陈世美"的戏当真。对当事人而言，这是丧失尊严的批斗，对围观者来说，这只是戏。

雨下了几天后，太阳终于从厚厚的云层后闪出半张脸来，然后是整张脸。谁都看得出来，这样久违的一张脸显得有些虚弱和沮丧，就像久积沉疴的人脸，昏昏然，冒着一股羸弱之气。这样的太阳比没有太阳时更让人难受。长久的雨天，加上持续的闷热，使空气中的水汽是那样浊重。

徐晓雯出事时，我正在往河堤上倒沙子。一个女人的尖叫声让我本能地抬起头，顺着那位妇女叫喊的方向，我看到徐晓雯就像一捆稻草一样，在浑浊的黄汤里摇晃了几下，就倒在一摊烂泥中。晕倒了！这是跳进我脑子里的第一个念头。我甩掉筐箕，向她狂奔过去。果然，她脸色苍白，眼睛紧闭，和死人无异。我没有犹豫，抱起她，看着她紧闭的眼睑，除了心痛，内心里顿然感到某种虚妄：这就是我们将要开始的插队生活？

一位妇女向我们跑过来，她的样子看起来像个女干部。她摸了摸徐晓雯的额头，冲我喊道："你是知青吧？快通知你们巫书记，赶快派人送到卫生站去！"

我不由分说，一把背起了她。

❖

他在泥泞里奔跑的身影，就像一个奔赴前线的勇士。那一刻，我为自己的懦弱感到羞愧。其实，几乎在听到那位妇女尖叫的同时，我就抬起了头，眼看着她摇晃着，倒进了泥泞里……

然而，我的双腿是如此无力。它陷在泥泞里，比我脚下的泥泞更软，软得与脚下的泥泞连成了一体。那一刻，我竟然瘫坐在地上。一个黑影从我身边闪过后，我才看清那个奔跑的影子就是张敬之。他向她跑过去，从泥泞里抱起她，把她拥进怀里。一切都是那么自然、坦然、应然。从中我甚至看出某种崇高。

我为自己感到羞愧。我明明喜欢她，做梦都想把她搂进怀里，可张敬之却在阳光下，在众人的眼皮下，轻而易举就将她抱在胸前。像我这样的懦夫，有什么资格在漆黑的夜里想她呢？

这样的劳动量，我们没有晕倒，只能说我们的体力还没有使用到极限。我甚至为她感到一些庆幸了。她晕倒了，至少可以暂时不用在这个大堤上受罪。我开始狠劲地担土，一心只想把自己弄垮。如果我也晕倒了，我就有理由去卫生站了，就能在卫生站里见到她。终于，在挑着一担百余斤的沙石往堤坝上冲时，我两腿一软，眼前一黑，就什么都不知道了。

我醒来时，真的已经躺在一张小木床上。周围的一切既陌生又熟悉，枕边是我从城里带来的一摞书，我的小木箱就放在床头。显然，这是我曾住过一夜的知青宿舍。我不明白自己怎么又回到了大队的知青点。一切恍如做梦。一个穿白大褂的年轻姑娘站立在我的床前，正满怀欣喜地看着我。

"你醒了？" 她显出开心的样子。

我有些困惑，问她："我怎么回这里来了？"

她不回答我，只问："你叫杨柳？"

我点点头，问："你是谁？"

她指指自己的白大褂，说："我是大队卫生站的刘医生。你叫我刘雪梅，或者小刘都行。"

我努力回忆着此前发生的事。

"你累休克了，被送了回来。你们这些新知青啊，就是爱表现。"刘医生的语气里半含着责备。我打量着这个女孩，她看起来和我们差不多年龄，肤色很白，生了一副好看的娃娃脸，脑后则拖着一条大辫子，辫梢整齐地缠着一根粉红的塑胶细绳，绳子从上到下，一环绕着一环，一直绕到辫子的末端，在末端再结出一朵漂亮的花，看起来颇用了些心思。那娃娃脸的模样怎么看都不像个医生。

"你是医生？"

"还能是假的？不过，是赤脚医生。赤脚医生也是医生啊，没办法，乡下条件差，没有正规军。但对付像你这样的休克病人，我还是绰绰有余的。"她伶牙俐齿，说话语气有点冲，不太像个乡下姑娘。

我看着她那白嫩细长的手指，怀疑地问："你不会也是知青吧？"

"也算是，不过，和你们不同，我是回乡知青，你们才是下放知青。"她说，那语气略有些酸，似乎很在意其中的区别与逻辑关系。

我说："难怪，一听你说话，就知道你读了不少书。" 我猜她起码也是高中。

见我打量她，她避开我的眼神，将目光停在我的枕边。那里堆放着我从家里带来的几本小说。她不看我，只问："你也喜欢看小说？"

"谈不上多喜欢，打发时间吧。" 我谦虚道。事实上我一直偷偷地写点小东西。她奇怪地看我一眼，没再说什么，只是抓起我的手臂，开始给我打吊针。我有些紧张。她的手搭在我的手腕上，柔若无骨，手指有些凉。我有些心猿意马地想起徐晓雯的手，她的手指要短一些，胖一些，手背与手指的连接处，有一排可爱的小肉窝。

"她怎么样了？"我有些结巴地问。

"谁？"她抬起头，不解地看着我。

"就是在大堤上晕倒的那个女知青呀。"

"哦，这几天每天都有女知青晕倒被送下来，我不知道你说的是哪个。"她的目光冷淡下来，低下头，开始埋头给我扎针。扎完针，她似乎有些犹豫，说："你刚送回来时跟死人一样，我都担心你活不过来了。好好休息一下吧，药先给你挂上了。我还要去给隔壁的女知青挂水。"

我的心跳加快起来，有些激动地说："她醒过来了？"

她有些莫名其妙，冷冷地看着我说："她没事，休息一下，明天就可以上堤了。"

"上堤？她都晕倒了，还怎么上堤？"

"谁说她晕倒了？她只是有点拉肚子，打完针就好了。"说完她头也不回地走了。我本想喊住她再问问，可她的背影已经消失在门后了。我等了一会儿，她也没再过来。抑或是药物的作用，我后来睡着了。药液是什么时候输完的，我一点儿也不知道。模糊中有人在替我擦脸，我睁开眼睛，是那个叫刘雪梅的医生姑娘。她手里正拿着一条湿毛巾，毛巾凉凉的，正在帮我敷额头。

见我醒来，她挤出一丝笑，说："睡好了？睡好了就起来吃饭吧。"

我看看自己的手腕，输液针头不知什么时候已经被拔下了。窗外早已落下沉沉的暮色，房间里点着一盏煤油灯。煤油灯是用一只墨水瓶做的，灯芯上穿着一枚铜钱，铜钱已经被灯芯烧得面目全非。窗外，油灯光把外面的夜色衬得愈益黑暗。我有种恍若隔世的感觉，虽然知道这里就是我将要待下去的地方，但眼前的一切，我都还陌生着，包括待在我面前的这个姓刘的医生姑娘。

我忐忑不安地问："有饭吃吗？"

她没吭声，递给我一只洋瓷缸子，上面印着"自力更生艰苦奋斗"的字样，我注意到旁边有一行红色的行书：69抗洪纪念。看来，洋瓷缸子是去年抗洪的产物。这个地方年年都要与洪水作战。难怪这里流传着十年九涝的说法。

我揭开缸盖，一阵饭菜的香味立即扑面而来，竟是清蒸鲫鱼的清香！我的胃顿时叫唤起来。

她说："快趁热吃吧。" 随即将一双竹筷递到我手上。

几乎是一瞬间，我就将一块鱼肚送到了嘴边。就在鲜美的鱼肉触到我的舌尖之时，我又想起徐晓雯。

"那个女知青，她吃了没？"

"你说张虹？她已吃过了。"

"张虹是谁？"我莫名其妙。

"张虹你不认识？你不是一直在关心她好没好吗？她就是和你一起被送回来的女知青啊。她是老知青了，来星光大队插队都一年多了。"

我摇摇头："我说的不是她，是徐晓雯。"

"徐晓雯？我不知道谁是徐晓雯。这里住院的女知青只有张虹一个。"

不是徐晓雯，那徐晓雯被送去了哪里？我吃惊地从床上坐起来，脚刚一触地，顿时眼前一黑，一个趔趄差点栽倒在地。刘雪梅及时扶住了我。

"别动，给我躺回去！"对方命令道，一张突然变得严肃起来的娃娃脸显得有点凶巴巴的。

我说："我去隔壁看看。"

她冷冷道："你说的徐晓雯，是和你一起插队的知青吧？"

"是啊，我们是同学，上午她在堤上晕倒了，没被送回来吗？"

她说："如果是这样，有可能被送到别的卫生站去。病情严重的话，会直接送去公社医院。"

难道徐晓雯是被送去公社医院了？如果是，就意味着她的情况比我要严重得多。我的心悬起来，食欲也陡然消失了。她会怎样呢？我听说过有人在工地上累死的。

刘雪梅拿出一堆药瓶对我说："你还得继续输液。"

我以上厕所为由，走进了旁边的女生宿舍。果然，一个女孩伸长脖子跟我打招呼："嗨，你是新来的？"

我点头。她操的是武汉腔，显然也是武汉知青。

"叫么名？"

"杨柳。"我也用武汉话应道。

她朝我后面看看，突然压低了声音："我叫张虹，老知青。装病的，躲回来休息一晚。"

"装病？"我惊奇道。

"当然。不装一装，缓口气，非死在大堤上不可。准跟你个苕货一样，搞到休克！装病是我们老知青对付苦力活儿的绝招。我们刚来时，和你们一样苕，结果呢，倒了！"说完，她咯咯地笑起来。这些天，我发现先来的知青都爱摆老资格。点上的知青是分几批过来的，哪怕先来一天，都喜欢在后来者面前摆资格。

我无心和张虹闲聊，转身走了。回到宿舍，刘雪梅重新给我挂上了输液瓶。她一脸认真："你现在最需要的就是休息和营养。别担心，你很快就会恢复体力的！"

我点点头，向她道谢。

"我先走了。半小时后我过来给你抽针。"她抬起头来看一眼我床头挂的盐水瓶。"药打完了你喊一声，卫生站就在旁边。我在里面值班。"她一边交代，一边把目光投向我的枕边，小心地问："这些书，可以借一本给我看看吗？"

我点头："你随便拿。"

说实话，这些书我是十分看重的，轻易并不会借给别人。但现在我想也没想就答应了。她说："我只看过《金光大道》和《欧阳海之歌》，还没有看过《在人间》，我就借它吧。"好像怕我不放心，她又特别强调道："我一看完就还你！"我笑着说："你拿去看就是了。什么时候还都行，不急。"她展颜一笑，露出一副可爱的娃娃脸，歪着头说："谢谢！"语气顿时温婉了许多。

我有些好奇，问："你什么时候开始学医的？"

"从小就开始了，我爸爸是医生。"

我笑道："原来是家传。你爸爸也在大队当医生？"

"不，他在县城里。他是县人民医院的医生。跟我不一样，他是公家人。"她的语气中隐隐透着一些骄傲。

"这么说，你是卫校毕业的了？"

"算是吧，不过只读了一年的卫校培训班。初中一毕业，学校就'停课闹革命'了，我就正式开始跟我爸学医，读完卫校，才回到星光大队当了赤脚医生。你呢？"

"比你好不了多少，初中只读了一年多。'复课闹革命'后就直接读高中了，毕业后就来这里插队。"

"哦，那你在城里一定学了很多知识吧？"她羡慕地问。

"能学什么知识呢？课本只有《工业基础》和《农业基础》两门。哪里都一样，学工学农再学军。工宣队驻校后就基本上没上课了。"

"比我学得多。"她笑笑，拿了书准备离去。我目送着她的背影，合上门时，她突然转回头，有些调皮地问我："你喜欢徐晓雯，对么？"

我愣了愣，一时不知该如何回答。让一个陌生姑娘说破了心事，脸孔不禁有些发热。我说："不准瞎说！我们是同学，一起下放的。她晕倒了，我关心一下不可以吗？"

她嘲讽地冲我挤挤眼，关上门："你睡着后，我听见你叫她的名字。"

没等我反应过来，她已经走进了门外的夜色里。

几乎所有的人都以为我是累晕倒的。

其实，我有低血糖。不知从哪一天开始，我患上了低血糖的毛病。没有人想到我是因低血糖晕倒的。早上出去的时候太匆忙，我忘了往自己的口袋里放糖果，其实，也不是忘了。我带到工地的糖果已经被我用完了，这些年来，糖果就像我随身携带的药丸。它们总是在我最需要的时候出现在我的手中。

第一次发现自己低血糖，是四年前。那时，母亲刚离开了她心爱的教学岗位。有一天，她突然被几个人拉了出去，他们扯住她的头发，反剪住她的手，对她又推又搡。母亲在惊慌中回头看了我一眼，对我喊："晓雯，别乱跑！一定要等妈妈回来！"

母亲说"别乱跑"时，一定想起了弟弟。弟弟就是在上次母亲被拉出去时跑掉的。弟弟跑出去后就再也没有回来。他当时吓坏了，然后就跑了出去。那以后，我和母亲就再没有见过他。

我没有乱跑。但母亲回来时发现了晕倒在家门口的我。母亲吓坏了，她立即抱起我向医院跑去。路上，我醒了，听见母亲在喃喃自语："雯雯别怕，雯雯别怕，我们去医院啊。"

我说："妈，你放下我，我不去医院。"我从母亲的怀里挣扎出来，我不想让人看见我十三岁了，还在母亲的怀里。

母亲搂住我的肩膀，眼里满是惊慌："雯雯，你怎么了？你怎么晕过去了？"

"你走后，我有点头晕，然后就什么都不知道了。"

母亲坚持要送我去医院。她不停地自语："为什么会突然晕倒呢？得去医院查一下，否则，你爸爸出来会怪罪我的。我已经把你弟弟弄丢了，已经很对不起你爸爸了。"

在医院，医生给我验了血，查看了检验结果，然后对我母亲说："这孩子患有低血糖。"

母亲不解地问："低血糖？我女儿怎么会低血糖呢？"

医生宽容地笑笑，说："低血糖有什么奇怪呢？很多人都有的。"

母亲便急了："什么原因会引起低血糖？"

医生解释道："低血糖的原因是很复杂的。运动过急，服用降糖药物，或者某些器质性病变，比如肝炎，或者迷走神经兴奋过度，引起胰岛素分泌过多，都会出现低血糖的。"

母亲显然被医生的话吓坏了，她虽然从教多年，但这些医学术语还是让她感到陌生和发怵。她颤抖着嘴唇对医生说："可是我女儿没有运动过急，也没服什么降糖药物。难道她的肝有毛病？"

医生说："我没有说她的肝有毛病。这些都要做了各种检测后才能做结论。"

母亲更加忐忑不安，她坚持要给我做全面的检测。检测的结果是，我没有任何器质性病变。母亲终于放心了。医生最后说，这种功能性的低血糖症也有可能是神经失调引起的。医生问我母亲："你女儿最近受到过什么情绪刺激吗？"

母亲抬眼看看医生，似乎明白了什么。她向医生道谢，却没有解释。

我们离开医院回家。母亲回家就开始查阅相关的医学书籍，此后，母亲就开始记着往我的口袋里放糖果。母亲总是叮嘱我别忘了吃糖果。每天两粒，就像吃药一样，母亲从来不忘记提醒我。

有一次，我在母亲的笔记本上看到这样一段笔记：对功能性低血糖症，要避免各种诱发因素，防止精神刺激，合理调节饮食，必要时辅以少量安慰剂、镇静剂。

母亲像给学生批改作文时一样，用红笔在这段话的下面画了一条横线。那以后，母亲对我变得前所未有的温和，她总是对我微笑着，不管她在外面遇到了什么不快的事，挨了怎样的批斗，她都以最大的热情对我保持着微笑。

母亲的微笑让我感到难过。那以后我又晕倒过一两次，都是在母亲有事瞒着我出去时，我的心里会莫名其妙地泛上那种不安的感觉，然后就出现了像第一次那样奇怪的感觉：头晕，心跳加快，出冷汗，然后就什么也不知道了。

每次都是这样：我从母亲的怀里醒来，然后从母亲的脸上找到轻重不一的伤痕。头一次，母亲微笑着轻描淡写地告诉我，她回来时不小心摔了一跤。第二次她则对我解释，她买菜时和一个陌生女人吵起来，两人打了一架，被抓伤了脸。

我知道母亲在对我说谎，一个十二三岁的孩子，已经能从自己的观察中得出理性的判断。那些伤痕既不像是摔的，也不像是被人抓的，更像是被一些坚硬的钝器砸的。那种青肿，无论如何也不像她说的那么回事。而且，我有一次看到，她的背上、手臂上和乳房上都有类似的伤痕。

母亲为什么要隐瞒我呢？她在害怕什么？是怕像失去弟弟一样失去我吗？我不能让母亲失去我，不能让她感到害怕。

我说："你放心吧，你不在身边时，我都会在家好好待着的。"

母亲便像溺水的人抱着一根救命稻草一样紧紧地抱住我。

有一天，母亲突然对我说："雯雯，你到你舅舅那里去吧。你舅舅来信了，他已经把你的户口迁到了武汉，你去武汉读书吧。"

我吃惊地问："那你呢？"

母亲平静地说："我去山西。去你爸爸那里。你舅舅在军区，跟着他生活，我就不用那么担心了。你跟着他会比跟着我们好。"

我点点头，我知道这样母亲就不用那么害怕了。

母亲说："雯雯你记着，以后若是晕倒了，醒来时一定记得喝一碗糖水。还有，口袋里随时放两粒糖。我会给你寄糖的。"

我听从了母亲和舅舅对我的安排，离开北京，来到武汉。又离开武汉，来到农村，到了江汉平原上这个叫清水河的地方。清水河是个古旧而美丽的小镇，本地人叫它公社。清水河公社有三个行政乡，二十多个大队。我所在的星光大队紧邻长江，与浩瀚的长江只隔着一道宽阔的堤坝。

老知青们都说这里的沙滩格外美，尤其是春天，河滩上开满金色的油菜花。沙滩松软，视线辽阔，远处是浩淼的江水，江面上有轮船，有小火轮和渔舟，还有白帆。两头是望不到尽头的护坡林与各种农作物。每年的潮水到来之前，这些农作物会形成一条条深浅不一的绿化带，层次分明地在河滩上铺开，蜿蜒。近堤处，是成片的绿柳构成的护坡林，往里是高粱、大豆、黄麻和油菜，再往里便是野生的芦苇荡了。芦苇荡子在水边自生自灭，自绿自黄，漫无边际地往两头延伸着，与远处的江水连在一起……遗憾的是，这一切如今都已被浑浊的江水淹没，需到来年的春天，我们才能见到这种盛景。

我们来的时候，正值汛期，疯涨的河水淹没了一切，我们只能隔着浑黄的江水，徒劳地想象这种美丽。

说实话，我喜欢这里。从我的脚一踏上这里的土地，我就喜欢上了它。这里地处江汉平原腹地，到处是湖泊，到处是美丽的农作物。那些农作物我暂时叫不出名字，却让我由衷地喜欢。湖泊里生长着成片的莲叶与红菱，到处荷花飘香。旱地里生长着绿油油的棉花苗，水田里横卧着黄灿灿的水稻。谷子们已经成熟，在水田里弯垂着沉重的身子。荷香混杂着稻香，在平原上弥漫。这个丰饶而美丽的平原，正以它特有的坦荡向我们敞开胸怀。这是个多么美好的地方啊！它让我在身体疲惫之外，获得从未有过的灵魂的皈依与精神的安宁。

插队以来，我们几十个知青就一直奋战在河堤上，与漫漶的洪水作战。我喜欢这种火热的生活。每天，我担着几十上百斤的担子在堤坡上来回奔走，体会着劳动的幸福与满足。

如果生活就是这样简单，而又如此充实，这样的日子又有什么不好呢？

令人羞愧的是，我在大堤上晕倒了。和过去不同的是，这一次晕倒前，我没有受到任何刺激，就那么迅速地倒了下去。

❖

我感到她在我的肩头上醒来了。她的头抬了抬，似乎有些不堪重负，又很快趴在我的脖子上，光滑的小脸凉凉的，轻贴在我颈部的皮肤上。左耳边传来她热乎乎的呼吸，我放慢脚步，感觉着她的气息。我想问："你醒来了吗？"可我怕我一开口，便会使她因害羞离开我的脖子。我喜欢她的身体紧紧地贴着我的背，喜欢她喷在我耳朵边那种热乎乎的鼻息。

我加快了脚步。因为后边有很多人跟上来了，我不想他们知道她在我背上已经苏醒了。她突然开口说话了，她说："张敬之，你放下我，快放下我！" 她的腿软绵绵地搭在我的臂弯里，语气固执，但并不坚决。

"你，别动。你刚才，晕倒了。我要背你，去卫生站。"我喘着粗气，回头对她说。

"快放下我，你会累垮的！"

"你别管！我背得动你！"我喘着气喊道。

她开始挣扎。

"瞧你喘的，你背不动的，快放下我。"

"我背得动，真的背得动！"可我却喘得更加厉害了，不只是因为累。

"我只是低血糖，喝一碗糖水就好了。"她越挣扎，我越使劲，紧紧地箍住她的腿。她也开始使劲。

"放下我，张敬之，你放下我！"

我不。就不。她的声音终于变轻了，不再挣扎，揽住我的双臂上逐渐透出一种温柔的固执。但我的腿真的有些软了。

我小声祈求："就让我背你吧，我背着你不好吗？"

"但是你会累死的。"

她还是从我的背上挣脱下来了。脚落在地上的那一刻，她分明有些腿软。我下意识地伸出手扶住她。她没有推拒，顺势靠在我的肩头。她的长睫毛不停地颤动，似乎还陷在之前的眩晕里。

我说："你还晕么？我背你吧！"

"没事了，让我自己走吧。"她睁开眼睛，任由我搀扶着，苍白的脸上悄悄泛起一丝病态的红润。

"我有低血糖。"她再次小声道，一面偷偷地回头往后看了一眼。后面的人已经追上来，有人拉着一辆平板车追上来了。拉板车的人是巫书记。

我把她扶上板车，对巫书记说："巫书记，让我来拉吧！"

巫书记说："这女伢脸色好难看，怕是要送到公社医院去。"

我看到她漆黑的眼仁里有种淡淡的羞怯。她说："不用去医院了，我只要喝一碗糖水就好了。"

我想起从武汉带来的糖。我说："我那里还有两斤糖。你等着，我马上回去拿！"我是有两斤糖的，可是放在知青点的宿舍里了。那是我离开武汉前，母亲用积攒的糖票给我买的。临走，母亲硬把它塞进了我的包里。她说："在乡下劳动累了，泡点糖水喝，对身体很管用。"

工地离知青点往返至少有五公里，如果回去拿，得在晚上收工前才能赶回来。我对围过来的老乡们说："她是低血糖。你们谁家里有糖？给她冲一碗糖水先喝下。"

老乡们都摇头，说："这么金贵的东西谁家里有呢？"

来工地派药的卫生员跑过来，看了看她的脸色，说："我还以为中暑呢，低血糖呀，去我那里输点葡萄糖就好了。"说完，不由分说就将徐晓雯拉走了。

工地上每天都有人中暑或晕倒。卫生员是临时赶来给大家派人丹和十滴水的，他把徐晓雯拉走了，我只好跟随大家一起回工地去。回工地后，我才发现自己的腿有些软。此前的奔跑，透支了太多的体力。我放下扁担和箢箕，全身无力地歪倒在一棵树干上。极度的疲劳与突然的放松，让我的身体就像是一堆被皮肤包裹着的散了簧的零件。我从泥地里拾了根树枝，刮去脚底下的黄泥，露出里面被泥水泡得肿胀发白的皮肤。趾甲缝中因嵌入了太多的湿泥，有些胀痛，脚丫子也烂了，裂了些小口子，很疼。伤口上糊着黄泥，每用树枝刮一下，就会有种尖利的疼痛传达到心上。

我闭上眼睛，靠在树干上回味着刚刚过去的那一幕，感受着她趴在我肩上的情形。遗憾的是这样的时刻太短暂了，短暂得我都还没有体会够……这个柔弱的姑娘，长期以来，我很少见到她的笑容。我不明白她的眼神为什么总是那么沉郁，就是这种沉郁，从一开始就打动了我。没有人知道，我每天装出一副对一切不屑一顾的样子，高谈阔谈，大大咧咧，其实都是为了引起她的注意。包括来这里插队，也是听说她要下乡后我才决定的。我是父母唯一的儿子，上面已有两个姐姐下乡，妹妹还在念小学，我本来可以不下乡，可我还是坚持要走，无论母亲怎么哭求，都没有心软。

我抚摸着自己的脖子，那里仿佛仍残留着她的气息。她脸上皮肤的光滑与细腻，那种凉凉的、湿湿的感觉，令我心悸。我不知道这是不是爱——如果可以把这种感觉叫爱的话，那么，我一定是在爱着这个忧郁、沉默的北京姑娘了。也许潜意识里，下乡还有另外的理由——我知道，有一个人比我还要在意她，他的眼睛是一双隐蔽的深潭，充满了目的与企图。就像女人天生就能捕捉到异性爱恋的眼睛一样，男人也具有一种天生的本能：能够一眼窥破自己情敌的眼神。

是的，杨柳，我知道你喜欢玩味两下子，诗歌、象棋或者书法什么的。我也知道，她是那种内心丰富敏感的女孩，她不会对你的眼神视而不见。

❖

为什么晕倒的不是我呢？当他毫无顾忌地把她背在背上时，我心里恨得都要发疯了。我多么希望贴在那宽阔的背上的人是我。暗恋一个人是痛苦的，那种在黑夜里想你到天明的感觉，只有经历过的人自己才能体会。明知这种感觉不好受，可我就是忍不住去想他。想他的模样，他的声音，他的一举一动。说实话，我是一个不善于掩饰自己感情的人，我也不想掩饰。我喜欢他，这一点几乎全班同学都看出来了。他不是傻瓜，难道他自己看不出来？

可他丝毫也不理会我的热情。这是我最痛苦的事。他喜欢的是徐晓雯，这一点我也早看出来了，别看他在她面前装得无所谓，一副大大咧咧的样子，其实他的注意力都在她身上。从她转到我们班开始，他的眼神就和她若即若离。他总是在离她不远的地方，好像根本没注意到她的存在，其实全都是刻意的，他的眼睛就像长了耳朵，耳朵则像长了眼睛，他是用看来代替听，用听来代替看——这种招数瞒不过我。别人看不出来，我还看不出来？

哼！喜欢一个人，却要这么遮遮掩掩。算什么男子汉呢？

有胆就去向她表白！还不如我坦荡呢，我就敢向人宣布我喜欢他。有几次我还故意告诉徐晓雯，说我喜欢他，希望将来有一天能嫁给他。每次我这样说时，心里都有种快感，因为我发现她也喜欢他。我目不转睛地看着她的眼睛，笑着说："我和他一块长大，我爸妈和他妈又是一个车间的同事，彼此都知根知底。而且我们都是工人阶级出身……"

我知道最后一句话对她的杀伤力最大。我一直怀疑她的出身，她从不对我们说起她的父母，要是出身好，她干吗会从北京跑来投奔她的舅舅？别看她嘴严，这种事迟早要露馅儿。我这样说，就是为了警告她，别对张敬之动心！好在她从不像别的同学那样嘲笑我自作多情。

有什么办法？有时，喜欢一个人真的很难受。我也想通过热火朝天的劳动，来忘掉他的存在，但是，晚上一躺下来，我还是会想到他。无论多累，都得想着他入睡。两年多来，差不多日日如此。

说实话，他背着徐晓雯在泥水中狂奔的样子深深地刺痛了我的心。我前几天也累病了，班上的同学都来看我，唯有他没来。最可恨的是，他连假装关心一下都没有，问都不问一下。徐晓雯晕倒时，他却跟没命似的，跑得大家空着手都追不上！要知道他背上可是背着一个大活人啊，他就不怕累死过去！

他怎么没累死？那一刻，我是真的希望他累死！

人哪，有时就是生得贱。越是得不到的，就越想要。得来容易的，却不肯珍惜。我自己不也如此，郑义和吴小欢每天屁颠屁颠地跟在我后面，我不是看都懒得看一眼？他们给我写字条，表红心，我却只觉得他们可笑。听说我要下放，他们也跟来了，还跟到了同一个知青点，你们说烦不烦？我怀疑张敬之在公社里把他们召集到一个点上，就是故意想让他们继续纠缠我！

我哪点比她差？论长相，班上没有一个女生能超过我，徐晓雯脸色苍白，个头比我低，走路轻飘飘的，一副林妹妹的病态相，又远没有林妹妹多情。眼神长年冷冰冰的，成天拉着一副苦瓜脸，对谁都爱理不理。我就想不通张敬之喜欢她哪一点。好笑的是，听说班上有一半男生都迷她，真是活见鬼了，男生们怎么都喜欢她这样的病秧子？还有，徐晓雯对自己的家庭讳莫如深，说不定背后就有什么政治污点！他们又不是猪脑，不会搁脑瓜子想一想吗？我的父母可是响当当的工人阶级，看不上我，张敬之迟早要后悔！

我本以为一起到乡下插队，可以有更多的机会接近他，想不到的是，他比在学校时对我更冷淡！这些日子，我都快气死了。他故意回避我，有时我主动靠近他，想和他说几句话，他却理都不理。我把箢箕放在他的面前，想让他帮我铲几锹土，他也装没看见，自顾挑着箢箕去上堤。真是气人啊！

总有一天他会后悔的。他会明白，这个世界上，我才是最适合他的女孩，徐晓雯不过是他在路边遇到的一棵艾草，闻起来清香，嚼起来苦涩。等着瞧吧，我相信他总有一天会明白这个道理的。

❖

那种整天泡在泥汤里的日子终于结束了。经过二十多天的防洪，水总算退去，本以为可以喘口气，稍事休息几天，但更严酷的事还在后面等着我们。成片的水稻早已熟透，正不堪重负地弯垂着身子，等待着我们的收割。

双抢，我是在体会了它的艰辛后，才懂得它对农人的意义。对于江汉平原的人们而言，它是仅次于抗洪的另一道生存命脉。水稻是平原人的主粮。也几乎是他们唯一的口粮。他们种植大麦和小麦，却几乎不吃面粉——面粉除了年关用来炸制麻花之类的点心外，只在每年的端午节和中秋节里，一家人买上几两肉包上几个待客的肉包子。米，就关系着平原人全部的生计，关系着他们每个日子的苦乐。

还在大堤上抗洪时，巫书记就天天在念叨，如果河水再不退去，我们这一年就将颗粒无收。

"颗粒无收，我们就得饿死，就得出去讨饭！"

每天，巫书记咬着他那尺余长的铜烟杆，望着浑黄的河水，在大堤上焦急地踱步。雨不停，水就不会退。水不退，水稻就会趴在水田里发芽，这就是我们面临的严酷现实。

所幸上天只是对我们进行了一次虚张声势的恐吓。有一天河水突然退去了，它退去的速度就像涨起来时一样迅捷，以至于我们都怀疑是不是哪里的河堤又溃了口，为我们悄悄分了洪。这个年年都遭遇洪水威胁的湖区，它的上游便是平原上有名的分洪区。据说为了保住A县这个产粮大县，分洪区每隔几年就要分一次洪。鱼米之乡的富庶，是靠分洪区的人民牺牲他们的田地与房屋换来的。

我们三十多个新老知青每两人一组，被分派到星光大队的十六个生产队，参加各队的双抢。分组是抽的签，我和杨柳抽到了一组，被分到了第七生产队。因为我们两人都是新知青，没有收割经验，被安排到较为轻松的脱粒组。

头一次，我目睹一个孩子的死亡。

从某种程度上而言，我变相地充当了杀害这个孩子的凶手。这成为我一生都不愿面对的惨痛记忆。那个不到七岁的男孩，是一个地主的儿子。从见到那个孩子的第一眼起，我就看到了那种熟悉的眼神——因不光彩的出身给童真的心灵造成的自卑与羞怯。那样的眼神里深藏着某种无辜：弱小的孩子面对强大的敌对世界所特有的无辜，让我情不自禁地想起丢失的弟弟。那孩子穿着一件由大人的旧衣服改成的红汗衫，正坐在生产队的禾场上玩一把稻草。离他不远的地方，有一群孩子在互相打闹，他远远地注视着他们，样子显得可怜而孤单。他手里抓着一把刚脱完粒的稻草，稻草被他分成三小股，其中的一头被他踩在脚下，手指在目光的无视下，下意识地动作着，心不在焉地编着一根稻草辫。

我和杨柳走向他时，那孩子兴奋起来，他的眼里露出了好奇和渴望，但是很快，又变得自卑和胆怯。我走过去，在他面前蹲下，笑着问："小朋友，我是知青姐姐，来帮你们搞双抢，知道队长在哪里吗？"

小男孩的脸立即红了，他回过头，用手往前面的人群中一指，语速飞快地说："那边，穿海军衫的就是。"我抬起头，一块小石子样的东西猛然从我眼前飞过，子弹一样射向小男孩的额头，他随即用手捂住了，鲜血很快从小男孩的指缝里渗出来。

我愤怒地转过头，看到一个稍大一点的男孩手里拿着一个弹弓，正虎视眈眈地看着我们，显然小男孩头上的包是他的杰作。他有些骄横地说："不准和他讲话，我带你们去找队长！"

杨柳也生气了，他大声斥责道："你干吗拿小石子打他？"

"他是地主的狗崽子。你们不要和他讲话！"

那孩子捂住受伤的额头，悄悄地哭了。他眼里含着泪，胆怯而惊恐地看着我们，很快，他低下了头，将身子转过去了。我的心莫名地痛起来。我扫视着周围，禾场上一片忙碌，谁也没注意到那个袭击的孩子，当然，更没有人注意到受袭的孩子。

我搂住那个孩子，轻轻地拍了拍，从口袋里掏出两粒奶糖迅速地塞进他手中。小男孩吃惊地看着我，却不敢伸手去接。我将奶糖塞进他的口袋，小声安慰："别哭，做个坚强的小孩！"

小男孩抬起头，不解地看看我，点点头。他笑了笑，眼里依然含着泪花。两滴眼泪被笑容挤出来，顺着他的小脸慢慢滑下。他的小手从额头移开了，手心里满是血迹，看起来他伤得不轻，额头仍在往外渗血。

我掏出手绢，轻轻地擦去他脸上的泪。他的额头上已迅速鼓起一个小包，被击破的地方流着血，我用手绢轻轻地按住他的伤口，小声问："你叫什么名字？"

"叫小军。"孩子的声音有些哽咽。

我鼓励道："小军是个坚强的孩子。一会儿到姐姐那里去玩，好不好？"

他点点头，手放在衣服上蹭了蹭，然后伸进放糖的口袋里。他的红衣服上留下了一些深颜色的血迹，像不小心弄上去的番茄汁。杨柳也蹲下来，轻轻地摸了摸他的头，然后黑着脸向那个扔石子的孩子走去。那孩子似乎有些怕了，脸上完全没了刚才的神气。他说："他本来就是地主的狗崽子！"那样子有些委屈。

杨柳说："你以后不准欺负他！"那孩子不情愿地点点头，说："我带你去找队长！"说完，在禾场上快速地跑起来，像箭一般地冲进人群中。很快，他拉着一个穿海军衫的年轻男子过来了，孩子一边用手指我们，一边对年轻男子说着什么。穿海军衫的年轻人向我们走来，老远就向我们伸出了手："欢迎你们！我是七队的巫队长，你们就叫我小巫吧。"

巫队长看上去比我们大几岁，中等个儿，有一张轮廓分明的脸和一身黑得发亮的肌肤。我和杨柳一起对他笑着，杨柳说："我们来向贫下中农学习！"

巫队长笑了，露出一口洁白整齐的牙齿。我们被带到脱粒机旁，禾场的上空喧腾着手扶拖拉机热腾腾的噪音，空中夹杂着人们忙碌的叫喊，脱粒机的轰鸣震耳欲聋。巫队长指挥我们把谷捆打开，耐心地教我们如何把稻子放在脱粒机的转鼓上。

我发现巫队长特别爱笑，笑时露出一口好看的牙齿。一个农村小伙子居然有一口如此洁白的牙。那牙密密的，细细的，从大到小，齐齐地往里排开，宛如两排队列整饬的士兵，透着一股子可爱的亲切。

杨柳好奇地问他："你们大队姓巫的人很多吗？"

"没有啊，全大队就我们一家姓巫。这个姓很不好听，是吧？"巫队长笑了。

杨柳和我对视了一下，下意识地"哦"了一声道："这么说，你是巫书记的儿子了？"

巫队长不好意思地笑了，说："我和巫书记虽然是父子，也是同志。在家里他是我父亲，在工作中，他是我的领导。"

脱粒机发出阵阵隆隆的巨响，谷子在转鼓上飞溅起来，金雨一样撒落在禾场上，禾场上一会儿就铺满了厚厚的一层稻谷，黄灿灿的，空气中散发着新鲜稻谷特有的香味儿。我好奇而又兴奋地看着眼前的一切，心中涌起一种从未有过的激情。

我的工作是把脱完谷粒的稻草捆好，按巫队长示范的样子码成草垛。

那个叫小军的孩子是什么时候来到我身边的，我全然不知。

有一刻，我感到有只小手拉了一下我的衣襟，是小军。他额头上的血已经凝固了。因为忙，我只是对他笑了笑，继续把捆好的稻草往草垛上码。后来，越来越多的小孩子到了我身边，他们在草垛上爬来爬去，兴奋地玩儿着。我注意到小军起初还躲着他们，后来就和他们玩到一起了。草垛越码越高，孩子们也越爬越高，两个大点的孩子甚至主动帮我码草垛，我也乐得他们帮忙。其中的一个就是那个用弹弓袭击小军的孩子，他好像已和小军和好了。

第一个草垛码到两米多高时，我开始码一个新的草垛。孩子们在码好的草垛上爬来爬去，开心地玩着，大声嚷嚷。我不太能听得懂他们的口音，慢慢我就忽略了他们。小军是什么时候不见的，我一点也不知道。收工后，一对年轻的夫妻找到我面前，问我有没有看到他们的儿子。他们的样子很谦卑，母亲对我讨好地笑着，父亲说他的儿子穿的是一件打了补丁的红汗衫。

我说："是那个叫小军的孩子吗？"

女的赶紧点头，感激地对我说道："小军跟我说了，你给了他两颗糖，他很喜欢你。"

男的也朝我弯弯腰，以示谢意。

我告诉他们我是看到过小军："不过，他们好多人在一起玩，爬草垛，我一直忙，没太注意。收工时，他们就散了。"

"哦！那我们再找找看。"那对夫妻赶紧走了。

这天晚上，我和杨柳留在巫书记家吃饭。巫书记对我们很热情，准备的晚餐很丰盛。桌子中间摆着一大碗蒸腊肉，腊肉切成整齐的方片，肥瘦各半，香气扑鼻。肥的闪着油光，瘦的透着金黄，一下就勾起了我们的食欲。一只大海碗里盛着雪白的鲫鱼和鲫鱼汤。有一道菜很特别：野韭菜炒鸡蛋。我从来没有吃过这么香的炒鸡蛋。

巫书记说："这东西是野生的，在你们北方叫野蒜，我们这里叫野韭菜，一般长在棉花地里。炒鸡蛋非常好吃。这是我今日叫丫头们专门去挖回来的。"巫书主用手指了指他的两个小女儿。大的那个和我弟弟差不多大，小的那个才七八岁，鼻子下面还拖着两条清鼻涕。也许是怕我和杨柳听不懂，巫书记的本地方言里偶尔夹杂一点普通话。

杨柳问："您去过北方？"

巫书记慈爱地看着我们，略有些自豪地说："我呀，不仅去过北方，还出过国呢——我打过朝鲜战争。"

难怪。他说话的样子和当地人总有那么一点不同。巫书记兴致很高地跟我们说了一些他在战场上的轶事，把我和杨柳都听得惊住了。

故事好听，饭菜更是丰盛，我们都情不自禁地多吃了两碗。

杨柳感叹地说："在武汉，我们也只有过年前后才吃得上腊肉。"

巫队长说："在我们这里，过完年，每家每户都会留一块腊肉，把它装进坛子里，埋在地底下。这块肉就叫'双抢'肉。挑堤时都舍不得吃，只有到'双抢'时才会拿出来，'双抢'的劳动量大，吃点好的，人才顶得住。农村生活苦，难得吃上肉。有了这块腊肉，农村的日子就不是那么苦了。今天你们是贵客，面子大，我妈才舍得拿出来吃的。"

巫书记又指着桌上鲫鱼汤说："这鲫鱼是养在稻田里的，又叫稻田鱼，比水塘里的好吃，它的肉格外肥嫩，煮出来的汤是甜的，你们尝尝看。"

那汤果然鲜甜无比。比我们来的那天在公社院子里吃的湖鲫更美味。

"我们平原上的日子苦，乡下买不到肉菜，我们也没有肉票。一到农忙，人的身体就吃不消。吃不消怎么办？提前就要做好准备。鸡蛋可以攒，鱼呢，自己养。秧插下去不久，就要把鱼苗放进去，割谷时就有鱼吃了。再不够吃，就让孩子们去田间地头寻。抓青蛙，踩鳝鱼，挖野韭菜。总是要把这段苦日子顶过去。这些鱼虾鳖蚌野韭菜什么的，在我们这里总是有的。"

也许这就是对我们的再教育吧？平原人有自己的智慧，有自己过日子的方式，除了惊奇和感叹外，我和杨柳都觉得受到了"再教育"。

小军的父母就是这时闯进来的。

"巫书记，小军他，真的找不见了。"他们脸上的表情里透着不安和焦虑。

巫书记起身，从屋角拿起一个话筒，对着话筒喊了两声，外面的高音喇叭里立即传来巨大的回声：

"七队的社员们听好，七队的社员们听好，王小军不见了，大家都帮着去找找。"

这天晚上，包括我和杨柳在内，七队几乎所有的人都参与了寻找小军的行动，但是，一直到夜深，人们也没有发现小军的影子。就在人们已经放弃寻找准备回家时，一个叫红旗的孩子突然对自家的大人说出了真相：

"小军掉进知青姐姐码的草垛里了。"

那孩子说完就吓得哭起来。人们打上火把，重新朝队屋前的禾场上聚集。掀开那个两米多高的草垛，人们果然在里面刨出了小军。小军已经死了，是被稻草捂死的。他的脸色青紫，脸上粘着几片稻草的碎屑，一双眼睛冤屈地瞪着这个世界，似乎带着无尽的困惑。他的一只手里紧紧地捏着我给他的一颗奶糖，另一颗奶糖则被他死死地咬在嘴里，奶糖的汁液从嘴角淌出来，将几片稻草叶牢牢地粘在脸上。小军的父亲用尽力气，也没能掰开他的嘴，将那块奶糖取出来。

草垛是我码的，是我把小军码进了草垛里。

依稀中，我仿佛听到一个孩子在哭喊："草垛压死人了！知青姐姐压死人了——"

我眼前一黑，顿时栽倒在地。

❖

我是在听到高音喇叭的通知后赶到七队的。我们赶到七队时，徐晓雯已被公社派出所的民警带走了。不知是谁报了警。

实际上，六队与七队只隔着一条浅浅的河沟。早上我还在为杨柳和她分到一个队懊恼不已，没想到第一天下生产队，她就出事了。一个孩子死了，据说那孩子的死与她脱不了干系：他死在她码的草垛里。

我们赶到时，出事的孩子家门前已挤满了看热闹的人群，人们正在七嘴八舌地议论徐晓雯被派出所民警带走的过程。

"警察开的摩托车，三个轮子的，把她带走了，巫书记也一块去了。""毕竟死了人，这事闹大了，恐怕要判刑。""这算不算过失杀人呢？"

听着这些议论，我热血上涌，冲过去一把抓住杨柳怒吼："杨柳！你他妈的给我说清楚！"

杨柳有些发蒙，好像还没搞明白我为什么对他发脾气。

我吼道："这是怎么回事？你们不是一起下的七队吗？徐晓雯她怎么会杀人？出事时，你不在旁边吗？"

杨柳垂头丧气地道："我们当时都在劳动，没有注意到那个孩子。"

"你是死人吗？你不是跟她在一起吗？怎么连这样的事儿也没看到？"

我揪住杨柳的胸襟，恨不能一把将这个懦弱的家伙撕碎！

这一刻，我真想杀了杨柳。她怎么会和这个草包分到一个队！

没想到杨柳居然疯子似的反过来揪住我的前胸：

"你相信她会杀人？她是杀得了人的人？"他颤抖着嗓子朝我喊。

我不再理他。我当然不相信她会杀人。她怎么可能杀人？何况那还是个孩子！我强烈要求查出事情的真相。我们一群知青围聚在一起，大家疑虑重重，愤愤不平，纷纷喊着要七队交出人证。此时，人群已越聚越多。我冲着人群激动地喊道："七队的乡亲们，你们有谁看见徐晓雯把那孩子码进草垛里了？有谁？谁能做证？"

那个叫巫志恒的青年走过来，他说："我是七队的队长，我们谁也没看见徐晓雯把小军码进草垛里。大家先冷静一下，我相信公安一定会弄清楚这件事的。"随后，他冲人群中招了下手："红旗，你过来！"他冲我转过头，说："事情是他说出来的。"

一个七八岁的孩子向我走来。他站在我面前，双肩抖动着，一双眼睛十分惊恐地看着我。我将平自己的情绪，在那孩子面前蹲下来。

"你叫红旗？告诉哥哥，不要怕！将你看到的真实情形说出来。"我又指了指身后的一大群知青，对他道："你看，我们有这么多知青哥哥和姐姐，我们都会保护你的。"

那孩子"哇"的一声大哭起来。孩子的父亲忽然愤怒了，他冲过来拉住自己的儿子，冲我们吼道："我儿子他么子事也没看见！小军本来就是死在徐知青码的草垛里了，我家红旗又没害她！"

"小军不是知青姐姐码进草垛的，他是小兵码进草垛的——"叫红旗的孩子忽然哭叫道。红旗的喊声一出，大家都愣住了。我的心跳加快，我抓住红旗的父亲，低声请求道："请你把孩子放开，让他把看到的情形说出来，好吗？"知青们也一哄而上，将红旗父子团团围住。父亲把孩子松开了。他拍拍儿子的背说："红旗，别怕！你告诉他们到底是怎回事。"

　　那孩子愣了一会儿，颤着嗓子道："我们看见小军有糖吃，就要他交出来，可他死也不给，小兵就把他推进草垛里去了。小军没有爬出来，小兵用草捆把他码住了。"

　　"你当时为什么不喊大人？"

　　"我们不晓得他会死。后来我们又到别的地方去玩了，就把草垛里的小军忘了。"

　　"看见小军掉下去的还有谁？你告诉哥哥。"我尽量用温和的语气问红旗。

　　"还有胜利，他也看见了。"

　　"胜利呢？谁是胜利？"我向人群中激动地喊道。

　　一个六七岁的孩子站出来，他有些胆怯地走到我面前。人群立即向我们围过来，大家屏息凝神，神情紧张地看着我们。巫队长也走近前来，和我一起蹲在那孩子面前。为了不吓着那孩子，我摸了摸他的头，小声问："你是胜利？"那孩子点点头。我又问："红旗刚才说的话，是真的吗？"那孩子再点点头。"那你看见小军是怎么掉下去的？""是小兵推下去的。我没有推，我只说了一声：'活该！'"胜利哭起来，他一个劲儿地喊道："我没有推小军！小军不是我推下去的！我也没有码稻草，是小兵码的稻草！"

我站起来，对人群笑笑，说："乡亲们，你们都听见了吧？小军的死，跟我们的知青徐晓雯同志无关！"

巫队长也吐出一口长气，如释重负道："去把小兵叫来，三人对六面！"

人群中顿时爆发出一个孩子的哭声。只见一个男人手里拉着一个孩子，往他的屁股上猛地打了几巴掌，那孩子更加厉害地号哭起来。

"呜——我又不晓得、他会死，哪个叫他是、地主的狗、狗崽子！他一个人吃、吃糖，不给我们吃，我就是想给他、一点颜色看……"孩子一边哭喊，一边为自己申辩。这时，一个女人的嘶喊声传来："一个七八岁的孩子，恁晓得么子后果？他也不是故意的啊！"是小兵的母亲。

"叫小兵给小军抵命！"突然，一个女人疯了似的从屋子里冲出来，哭叫着："他白天就把小军的头上打了一个大包！他天天欺负他！你们赔我儿子……"悲伤让小军的妈妈失去了理智。她一头撞进了人群里，抓住小兵的肩膀使劲摇晃。两个女人撕扯在一起，人群骚动着，小孩们的哭叫声中充斥着男人的怒吼。

到此时，事情的经过已经全部弄清楚了，我总算松了一口气。我对围观的乡亲们喊道："这三个小孩刚才的话，大家都听见了。现在，我们全体知青请求你们，我们现在就上派出所，去给徐晓雯做证！"

我挥挥手，知青们靠了过来："走，一起上派出所！"

老乡们仍然迟疑着。过了一会儿，巫队长也走进我们中间来了。他往人群里望望，用手在人群中点了几下，嘴里叫出几个人的名字，说："你们几个人，跟我一起去派出所，我带头做证！另外，红旗、胜利和小兵也去！三个小孩的家长也一起去！小兵他爹你也不要担心，孩子小，不醒事，担不了什么责任！万一要担什么责任，由队里来负。"

话音一落，很快有多名社员加入了自愿为徐晓雯做证的队伍。一行人在巫队长的指挥下，排成一个有序的队列，往镇上赶去。有人拿出了家里珍藏的手电筒，更多人举的是火把，我们穿过沉沉的夜色，浩浩荡荡地赶往公社派出所。

━━━❖━━━

派出所在离公社大院不远的一个小巷里，中间是一个两层小楼，外观显得很破旧，两旁各有几间平房，外加一个几百平方米的大院子。院子四周有一排铁栅栏，上面隐隐约约挂着些什么条幅，夜色里看不分明。

讲实话，我的心情今天经历了很复杂的变化，由兴奋到失落到伤心。下生产队的第一天，徐晓雯就惹出了一桩人命案。我听说这个事时，起先真有一点幸灾乐祸。可当我真的看见那个死孩子时，我的心情完全变了。我以为我会害怕的，但是没有，我只有伤心。长这么大，我从来不敢看死人，只要听说哪里死了人，我总是躲着走。这一次，我没有躲，也不能躲。因为张敬之说了，我们所有的知青都必须赶到现场，一个都不能少。

死亡是那样震撼人心，尤其是一个孩子的死。那孩子躺在地上，毫无知觉地接受着人们的围观。孩子的母亲抱着他哭得死去活来，那一刻我的心都碎了！

张敬之今晚出够了风头，还号召我们大家跟他一起出风头。说实话，我站在这个队伍里，并不是想来给徐晓雯做什么证。我只想看看这个事件最终会怎么处理，到底徐晓雯会不会负法律责任。在我看来，她多少是要负些责任的，孩子毕竟死在她码的草垛里，就算不是她干的，她也有义务对草垛进行安全检查。再说，明知草垛里会捂死人，她怎么能让那些孩子在她的草垛上爬来爬去，自由玩耍呢？

派出所的赵所长接待了我们。赵所长听说这个事情的经过后，让我们派几个代表去里间录口供。接受问讯的还有那三个孩子。我也作为代表进去了，我看到徐晓雯和巫书记也在里面，他们没有给她上手铐，只是在对她进行问讯。徐晓雯一脸茫然，沉默不语，似乎受了极大的刺激。几乎所有的问话都是巫书记在替她作答。这个善良的老好人，坐在一旁，比她本人还要着急。他对问讯的警察说："这女伢子都吓傻了，你问她这些有个屁用！"

我们的到来，立即改变了事件的结果。处理的过程没有任何戏剧性。赵所长简单复述了一下事件的经过，对录口供的民警说："几个小伢儿闯的祸。喏，证人来了一大堆。你给他们录口供吧，录完了就放人！"

口供录完，赵所长就挥挥手，宣布放人。赵所长说："这么鸡巴大一点的伢儿，晓得个屁后果！案子不用办了，回生产队处理。巫书记，你回去开个会，让队里负责，给死者家里赔点钱算数。"

巫书记一个劲儿地点头："好好好，我回队里处理！请赵所长放心！"

问讯的民警拎起小兵的耳朵，往空中狠提一下，一边骂："你再闯祸，老子叫人割掉你的鸡巴！"

当晚，徐晓雯就和我们一起离开了派出所。一桩命案就这么轻易处理了。谁也没有觉得这有什么不对。这个小地方，谁也别指望走什么司法程序。

回来的路上，徐晓雯一路无语，眼神悲伤。她用悲伤打动了同行的人，好像真正该同情的是她，而不是那个死去的孩子。他们纷纷为她所受的惊吓感到难过与不平，他们安慰她：

"这事不能怪你。"

"就是，那么忙，谁会看见一个孩子掉进草垛里呢！"

张敬之比谁都兴奋，俨然是个功臣。他们都忘了那个死去的孩子，忘了他还躺在泥土地上，忘了他那伤心欲绝的母亲。高潮过去了，只留下一个平淡凄惨的结局。我不觉悲从中来。

我在黑暗中挽住徐晓雯的一只手臂。我说："徐晓雯，你想不想知道小军现在的样子？"她的身体抖动了一下，没有说话。

"他现在就躺在他家堂屋的地上，是地上，不是床上。你相信吗？"我冷笑着问。

她的身体抖动得更厉害了。

"明天的这个时候，他就不在地上，到地下去了。"我继续道。

她的身体开始歪倒，身体向我靠过来。

"你想不想看见小军妈妈的样子？她哭昏过去了……"

我感到手臂一沉，徐晓雯的身体猛地往下坠去。走在后面的人被她绊了一下，和她一起摔倒了。

我冲人群喊起来："徐晓雯晕倒了，怎么回事？大家快过来看看。"

手电光从后面照过来，落在摔倒的两个人身上。很快，一个孩子从地上爬起来，他身下露出徐晓雯惨白的脸。我恶毒地想，你就装吧，你不是动不动就装死吗？那次在大堤上，她不就是用这种方式，让张敬之为她冲锋陷阵？哼，别以为你晕倒了就能逃避良心的谴责！

"她怎么了？她是晕过去了吗？"张敬之冲过来，在夜空下惊慌地喊道。他蹲下去，推了推她，她一动不动，没有任何回应。突然，他怀疑地看着我，问："她怎么了？"

我笑笑，说："我们正说着话，她就晕倒了。"

他疑惑地看着我，问："你对她说什么了？"

"我能对她说什么？你没看见我一直搀着她在走路吗？走着走着她就晕倒了，我怎么知道是么回事？"

七队的巫队长也蹲下来，用手探她的鼻息，他对张敬之说：

"呼吸正常。她可能受了刺激。回去休息一下应该不会有什么事。"

"她有低血糖！回去给她喂一碗糖水，或者注射一点葡萄糖就好了！"张敬之摆出一副知根知底的样子说。

我冷冷地看着这一切，心里在冷笑。我故意当着张敬之的面，有些刻毒地说："徐晓雯怎么跟条虫子一样，动不动就装死啊！"

"你怎么说话的？"张敬之果然愤怒了。

"你叫我怎样说话？我又不会装死！"

"林红缨，你信不信我揍你？"

我说："你今天要不揍我呢？我骨头还真痒痒了，就想尝尝挨揍是个么滋味！"

这时郑义冲过来，一把将张敬之拉开了。吴小欢挡在他前面，劝："算了，大家都是知青，何必自相残杀？"

我还就不信这个邪！敢揍我？哼，我倒要看他怎么揍！徐晓雯不就是会装吗？装可怜，装柔弱，装林妹妹，她惹了这么大的事，却让我们大家深夜为她奔波，她算什么？

张敬之到底没敢对我动手。他没理我，气鼓鼓地背过身子走了。

有人跑到附近的一户人家去借了一辆板车，他们手忙脚乱地将徐晓雯抬上板车拉走了。我离开人群，一个人去往小军家。

已是夜深，小军家里阒寂无声。堂屋的大门洞开着，屋子里又黑又静。我走进去，一头撞进无底的黑暗里。我在黑暗中叫了两声，没有传来任何回音。恐惧感袭来，我感到身上的汗毛竖起来了，赶紧从漆黑的屋子跑了出来。隔壁的一间耳屋里还亮着灯，微弱的灯光从一扇低矮的、半合着的小门里泻出，我摸索着近前，发现一位老人正在昏暗的油灯下搓草绳。一个十岁左右的男孩偎坐在老人身边，脸色漠然地望着油灯发呆。他是小军的哥哥大军。

老人是男孩的爷爷。他就是传说中的老地主。老地主的头发和胡子已经花白，脸上的神色十分安详，表情里看不出任何悲伤。一双青筋暴突的手从容而有节奏地搓动着，掌合之处宛若一只淡青色的鱼嘴，那均匀的草绳就一节节从"鱼嘴"里吐出。

我呆看了一会儿，忍不住上前询问："大爷，您家里人，不，我是说小军……"

老人抬起头，脸色平静地看着我，看了一会儿，垂下头，继续搓绳子："你说那个化神子啊，拉出去埋了。"

"埋了？怎么就……埋了？" 我眼前出现了一个清晰的"埋"字。"埋"就是"土里"。我不愿想象一个活生生的孩子已经到了土里。

"化神子当然不能隔夜埋啊，这是规矩。"老人搓着绳子，头也没抬。这里人把早夭的孩子叫化神子。化神子死了，当天就要掩埋，而且不能跟祖宗们埋一起，否则死者就会阴魂不散，给家里人带来灾难。这是我后来才弄清楚的事。

"埋……哪里了？"

"哪里？大队部东边呗，化神子都埋在那里。"老人伸出手，往黑夜里指了指。我印象中，大队部的西边是有一片坟地的。坟地就在离知青点不远的一块地势较高的旱地里，从我们宿舍后窗看去，可以看到那里的一片白杨林。林子后面有很多隆起的土丘，便是些高高低低的坟。有风的夜晚，高高的白杨树上，叶子总是发出哗啦哗啦的声音，让人的毛孔有些发紧。但大爷说的地方不是那里。他说的是大队部东边。东边正是我们知青点后面的一块菜地。从宿舍的后窗看去，正好可以望见那里，里面种着一些蔬菜，那里是大队部的公用菜地。

我加快脚步，往大队部跑去。通往大队部的土路上黑漆漆的，路上已没有一个行人。这是个月黑夜，放眼望去，整个田野上一片漆黑，只有大队部卫生站里还有少许灯光。经过大队部时，我看见卫生站的窗子里还有一些人影在晃动。

我避开大队部的灯光往东边的那片菜地走，远处依稀传来一丝微光，是一只手电筒发出来的。我穿行在菜地里，深一脚浅一脚地向那亮光靠近。果然，一阵压抑、凄切的低号清晰地传来。是小军的妈妈。她在哭。这里已是菜地的外围，麦收后，还没有来得及种上庄稼，翻过麦茬的泥土显得又松又软。小军的爸爸正垂着头，用一把铁锹在挖土，手电筒就放在一个隆起的物体上，照着他脚前的一个小土坑。那个隆起的"物体"就是小军了，用草席卷着，还没来得及掩埋。

小军的妈妈一直在小声地哭。

"儿啊，你来世眼要睁大一点，投胎要投到好人家啊！投到贫下中农家，投到大队干部家，千万别再投到我们这样的地主家……"

那些悲怆的话语，像尖刀一样锐利地划过我的胸口，黑暗中，我情不自禁地抓起了一块湿润的土坷垃。

"儿啊，我可怜的儿，妈妈对不起你，连一个匣子都没给你，只有一床草席送你……"

我听不下去了，感觉喉头被什么东西硬硬地堵住，呼吸有些困难。突然，小军母亲的哭声停住了，空中传来"咚"的一声，然后是"噗噗噗"泥土撒下的声音。被草席裹着的小军被埋进了土坑。那一刻，时间静止，只有黄土掩埋尸体的声音。

终于，夜空中传来一个男人夜狼一般的几声悲号。那悲号短促，急迫，只有几秒钟就消失得干干净净，好像它们根本就没有出现过。空中出现一阵可怕的冷寂。小军的妈妈倒在那小小的土堆前，阒寂无声，这个可怜的女人晕了过去。

我的心悬起来，空中骤然传来一声哀号：

"儿啊，你走好啊——"小军的妈妈终于又发出凄厉的哭号声。

"你把我也埋了吧！让我去陪我的儿！儿啊！还不如让娘跟你一起走，这世上还有什么活头……"哭号声终于不管不顾，再也没了先前的压抑与禁忌，在漆黑的夜里破空而去，又消失在更远处的黑暗里。

我颤抖着，在黑夜中抱紧了自己的身体。

"你别嚎了，再嚎老子就把你一起埋了！"男人的吼声，像一把锐利的斧头，将黑夜砍开了几道口子。我感到背后凉飕飕的，仿佛那力量就落在我的背上。

"埋吧！你把我也埋进去……"

我听不下去，抹着眼泪离开了。

一个无辜孩子的死，仅仅因为小孩子间的一种简单的仇恨。这仇恨也许并不具体，与其说它是因为两颗糖，毋宁说是因为所谓的阶级。谁让那孩子是一个"地主的狗崽子"呢？我后来才知道，死去的小军并不是地主的狗崽子，他的父亲才是真正的"地主的狗崽子"。他充其量只能算是地主的狗孙子。然而只要是地主的后代，狗崽子与狗孙子又有什么差别呢？

小军的死，还不是最让我惊悚的。真正令我震惊与无言的，是小兵的死。小兵是被活活钉死的，被小军的哥哥大军钉死的。这样的死，让我想起来就全身发冷，不寒而栗。让我每一分钟都想逃离这里，逃离这片可怕的土地。

这一切，仅仅是出于复仇。一场孩子间的复仇。这一年，大军还不满十岁，比杀死他弟弟的凶手小兵只大两岁。小军死后没多久，大军把一根树枝插进了小兵的耳朵里，硬是用半块砖头把它钉进了小兵的脑袋。树枝从小兵的左耳穿入右耳，一直穿进他右耳下的地面——很难想象一个不满十岁的孩子会有这样的残忍！

　　然而，此时的大军是一个精神出了毛病的孩子。大军的精神出毛病是因为小军。小军死后的第二天，受到惊吓的他突然就不认识人了，不认识自己的父母，也不认识任何其他的人。但他认识杀死弟弟的凶手小兵。

　　谁也不知道他是什么时候开始跟踪小兵的。

　　小兵死时，离小军的死不足二十天。几乎是双抢一结束，人们刚刚从心理上和身体上松口气的时候，就发生了这件血腥的事。

　　小军死后，大军那孩子就不正常了，有人看见他把尿拉进自家的水缸里；拿碗去别人家的猪槽里盛"饭"吃。大家只知道这个孩子是被弟弟的死吓傻了，或是吓疯了，但谁也没想到他会杀人。

　　大军的疯，起初并没有引起大人们的关注。那时正值暑假，孩子们自己玩成一堆。大人们都忙于双抢，谁也没心情理会大军的疯。偶尔议论一两句，也是很快被手里的活计打断。相反，大军的不正常却引起了孩子们的兴奋和关注。他们好奇地跟在大军的后面，看他往自家的水缸里撒尿，看他在猪槽里抓食。他们嘲笑他是苕货，骂他是疯子。他们对着大军的背影齐声喊："疯子！大军是疯子！"喊完就猛转身，撒开腿，疾风般跑开。几个胆大的孩子甚至捡起小石子，向大军的后背砸去，待大军捂着头转身追赶时，才开始没命地逃窜。

这样的情形给孩子们带来了节日般的新奇与快乐。每天，他们成群结队，在大军后面兴奋地追赶和叫喊。他们边跑边喊："疯子！大军是疯子！"有时，大人看不过去，一声怒吼，孩子们就发出尖利的叫声，狂奔而去，躲在远处偷笑。大军则愣愣的，仿佛受了惊吓，尿水从他破烂的裤管里淌下，让大人们也愣住了。

"这伢儿不只是疯了，还苕了！"

"疯子都是先从苕开始的。好人一苕，就离疯不远了。"

大军就是先苕后疯的。可是谁也没想到，这个突然变苕了变疯了的孩子会杀人。疯孩子大军把小兵给杀了。一个地主的狗崽子把贫下中农的后代给杀了。杀人的凶器竟然是一根树枝，那情形令人触目惊心。

血和脑浆从小兵的两只耳孔里流淌出来，小兵大睁着眼，张大的嘴里似乎还藏着半声呼喊。人们发现这一幕时，大军正呆坐在一旁，不哭，也不笑，只是好奇地看着死去的小兵，完全不明白自己干了什么。但是，他手上的血和那块带血的砖头，证明他刚干了一件令所有人胆寒的事。

小兵和大军的父母几乎是同时冲上去的。他们把大军暴打了一顿。大军的喉咙里发出了凄惨的叫声，后来是可怕的哀鸣。双方的家长都没有住手，一直到闻讯赶来的巫书记发出一声怒吼。

"他就是个疯子！你们就是把他打死了，他也不晓得自己做了么子事！"巫书记喊道。

"可他钉死了我的儿子！这个狗崽子用树枝钉死了我的儿子啊……"小兵的母亲哀号着，发出歇斯底里的哭叫。

"赶快把他捆起来！关在家里。否则，还不晓得要做出么子害人的事来！"巫书记吆喝几个壮劳力上去按住大军。事实上，根本不用他们动手，大军就已失去招架之力。一个不满十岁的瘦弱孩子，在四个大人的暴力袭击下，早就丧失了攻击性。他的眼神里只有恐惧，并不知道自己干了什么，更不知道自己缘何招来一阵毒打。

小兵的父亲就像不久前小军的父亲一样，双手托起了自己的儿子。小兵也将像小军一样，被埋进那片"额外的"菜地里，那个化神子们专属的地方。他们将去那片被祖宗们抛弃的野地里做伴，了结只有孩子们间才能结下的恩怨。他们中的任何一个都将不再孤单，就像孩子们玩捉迷藏一样，他们一不小心就把自己藏进了漆黑的泥土里。

我没有去看望小兵和他的父母。不用去看，我也能想象出那同样的一幕。我开始恨江汉平原，恨它的愚昧，恨它的伤痛，恨它蕴含着的那些莫名其妙的仇恨。

我在心里发誓我要逃离这里，永远离开这片不幸的土地。

❖

冬天转眼间就来了。

雪花在半空中漫天飞舞，它们一片片落下来，一点点地覆盖住这广袤的原野。随着时间的流逝，我开始对这片土地报以宽容、理解与眷爱。我甚至想，假如有一天，我像这里的人一样，把自己埋在这个美丽的平原上，化成霜，变成泥，那霜与泥也一定会反过来滋养我们每一颗苦难的心。

半年多来，许多场景在我的记忆中已有些模糊了。即使初来乍到时那场历时二十余天不分昼夜的防汛大会战，也没有给我留下什么特别的记忆。这样艰苦的劳作，对其他人而言，也许只是一场残酷的体力考验。可对我而言，残酷的并不是劳作本身，而是发生在劳作中的某些真实事件，以及对那些事件与场景的深刻记忆。

小军的死，已经成为我至今无法摆脱的梦魇。换个角度言，是我杀死了那个孩子。那胆怯而无辜的眼神，额头上鼓起的青包，指缝中渗出的血，以及他的笑和眼泪……都历历在目。我怎么也想不通，一个活蹦乱跳的孩子就这么到土里去了，永远住到那个黑暗的地方去了。如果我不给他那两粒糖，不告诉他去我那里玩，他会死吗？他也许会继续在人世间挨骂，挨同龄人的打，但绝对不会住进那永远的黑暗里。

可他去了。从我码的那个草垛里，去了那片菜地。隔着一片白杨树林子，与那些成群的土丘毗邻相望。每天，我听见风吹进白杨林里，硕大的叶子在空中哗哗抖动，像唱着一首孩子们的歌。白杨树的每一片叶子都像一个孩子的手掌，它们在风中摇动，召唤，打着天真的手语，仿佛对他们的亲人诉说着无尽的相思。

每晚临睡前，我都会在黑夜里聆听。风声从窗外走过，轻轻掀起窗前的塑料薄膜，发出簌簌的抖动声，就像那些孩子委屈的诉说。我在黑暗中努力辨识着小军的脸，他的哭、笑，他额头上的青包，小小的指缝里渗出的血迹，他死后睁大的眼睛，嘴角沾着糖汁的草叶……

雪花静静地落着，是这个冬天的第一场雪。不远处的白杨林在黑夜里伸展开光秃秃的枝条，风从林间穿过，发出静默的絮语，仿佛那孩子在无助中发出的无声呼喊。我把脸转向煤油灯的灯影里，眼圈发热，不单是为个孩子的死。有时，我感到自己就是那个孩子变成的：我的童年就是他的童年，我的今天，就是他长大后的样子。这样的想法乱七八糟，时常在我脑子里盘旋，挥之不去。每当黑夜来临，它们就悄悄地跑出来，在我的眼前舞蹈、跳跃。仿佛只有这样，那孩子的生命就在我的身上得到了延伸。有时，我又觉得他是我多年前走失的弟弟。他悄无声息地跟随我，从遥远的北京来到这广袤的平原。

我爱这片土地，在爱中背负着深刻的罪与歉疚。

有时候，我宁愿相信小军是不小心"掉"下去的，宁愿相信是我把他码进了草垛里，宁愿担负这罪的是我，而不是那个叫小兵的孩子！这样就不会有后面那一连串的事件。两个六七岁的孩子，两张天真稚嫩的面孔，冷酷的上帝把他们卷在草席里，一起带走了……两条幼小的生命，在我内心交错成一副沉重的十字架，我注定将永远背负着它，在这片土地上活下去。

我把这些都写在信里告诉了母亲，我说了小军的死，也说了小兵的死，他们的年龄，和弟弟走失时一样。我知道我把母亲掩护着的伤口揭开了，母亲一定会在黑暗里哭泣，想她的儿子，丢失的儿子。母亲在回信里没有提到弟弟，她在努力回避那道生命的伤口。她只是嘱咐我别忘了在口袋里放糖，她不知道我已经不往口袋里放糖了。永远都不会放了。她总是怕我晕倒，但她不知道我现在每隔一段时间就会晕倒一次。这么密集的次数，已经超过了她的想象。如果她知道，她会担心的。

"江汉平原多么美，多么好啊！你会热爱它的。"母亲给我的信里总是这样写。这正是我心里的声音。我已经在爱这里了。爱它，就像种子爱着泥土，禾苗爱着春雨，谷物爱着镰刀。

我们知青点设在大队部。它是全大队最气派的一栋建筑，是这里少见的青砖瓦房。尽管房子狭长而低矮，但屋顶却一律盖着漂亮的红瓦。当地人都叫它红瓦屋。红瓦屋共有六间。中间两间宽大，是大队部的办公室和公社供销社设在大队部的代销分店；左边两间是大队卫生站。右边两间就是我们的知青点。两间宿舍，一间住着男生，一间住着女生。

这已经是星光大队能提供给我们的最好条件。

红瓦屋坐北朝南，北窗正对着大队的礼堂。礼堂的空间很大，有两层平房那么高，北风刮来时，到礼堂处会减缓它的力度和速度，这使我们在空旷的冬天里不至于感到那么寒冷——江汉平原的冬天大抵还是阴冷的，湿而寒。这样的寒冷与北京冬天那种干冷比起来，无疑要难挨得多。取暖只能靠不熄的柴堆。

但我喜欢这样的冷，它带着土地的湿润与温情——任何时候，你都可以在房子里码起柴堆，点上火。柴火噼啪地燃烧着，火舌轻轻地舔动，让你的心感到没有来由的温暖和宁静。

我们点上住着三十来个知青。除了我们这批迟来的，还有二十来个是去年和前年下来的。我们的平房与礼堂平行，相距大约三十多米，两端各用青砖砌起一堵院墙，围成一个封闭的院子。为了安全，院墙顶端插上了碎玻璃片，每当朝阳或者夕阳从两端斜照过来时，那些玻璃片就会反射出绚丽的色光，斑斑点点地落在院子里的地面上。站在宿舍和礼堂之间的空地上，有时候会产生一种错觉，好像进了北京的某个四合院。唯一不同的是，在这个大宅院里，既没有花草也没有树木，却在一侧的角落里垒着两个土砌的大灶台，上面支着两口大跃进时期常见的大铁锅。锅台不远处还有两口大水缸。灶台的上方，是一片用木头和油毡撑起的简易房顶。这是星光大队特意为我们知青搭建的厨房。厨房虽有屋顶，却没有墙，可以遮雨，但不能挡风。平常大家轮值做饭。好在一天只有三顿饭，这样开放式的厨房，天热时好散热，天冷时也好生火。烤火时，也不会被烟熏着。每天，我们在这里烧火做饭，烤火聊天，盛一口锅里的饭，吃一口锅里的菜，俨然一个父母生下的众多孩子。当地人管我们叫集体户。

说厨房完全没有墙是不准确的，实际上它是有两面墙的，一面是礼堂与宿舍间的那堵院墙，另一面则是利用了礼堂自身的一堵墙面。墙面是用石头砌的基脚，又结实又坚固，因为烟火的常年熏烤与照射，发出老石特有的赭红色光芒。靠近宿舍的那一头的屋檐下，常年堆放着各种柴禾：木柴、棉秆、麻秆、麦秸或者稻草之类。烧柴随着季节的变换而变换。总之，江汉平原是永远不缺柴烧的。每一种农作物的干尸，都可以送进灶膛里，供人生火做饭和取暖。

我喜欢这样的时候：灶膛里的火焰发出呼呼的风声——我终于相信火焰也是能发出风声的，尤其是在寂静的冷冬，外面飘着细小的雪花，或者看不见的微雨，那火焰一跳一跳的，从灶膛里刮过来，就会发出呼呼抖动的风声。有时，在我炒菜时，张敬之会悄无声息地坐在灶前，仿佛不经意间就坐在了那里。他专心地往灶膛加着柴草，火焰像风一样呼呼地喘着，在他那双明亮的小眼睛里跳动。每次与这双眼睛对视，我的心尖都会不自觉地颤动。

自从我在大堤上晕倒，他把我背上他的肩膀，并偷偷地把两斤红糖送到我手里后，我们之间这种无声的对话就开始了。每天，他的眼神像落在我身上的第一缕阳光，悄悄地照亮着我阴郁的内心。有时，我在半夜里醒来，回想着他坐在灶膛前，火焰在他的眸子里闪动的情形，内心感觉特别幸福和温暖。我一遍遍地回味着它们怎样在与我对视的那一刻，炽热地燃起，就像灶膛里反射出的火光一样明亮而灿烂。我想象自己与它们久久地对视着，在这种想象中无望地沉迷。实际上，当我真的面对那双眼睛时，我总是没有勇气直视。我极力地回避着这样的直视。

天知道这是为什么！我内心有多么渴望，现实中就有多么逃避。我是在爱他吗？爱就是这种午夜梦醒后刻骨的回味与想念？

我把自己裹紧在棉被里，像蚕蛹一样小心地包得严严实实，这样，夜晚的冷风就不会钻进被子里了。有一次我梦见自己真的变成了一只蚕蛹，我在梦里使劲地想要挣脱裹在自己身上的那层厚蛹，我急得都快哭了，希望自己能破蛹而出，变成一只美丽的蝴蝶。我挣啊挣，然后就醒来了。醒来的那一刻，我好像看到了一片紫色的，开满鲜花的原野……醒来后，我才知道自己发烧了。

第四章
让我们永远相亲相爱

在哑巴重生的叙事里，生命是如此脆弱，亦是如此的坚韧。而平原是宽容的，平原上的母亲都有着平原一般的胸怀。小军的母亲与小兵的母亲，贫下中农妇女与地主婆娘，她们都没有再记恨下去的理由。

恩有恩报，怨有怨报；福有福头，祸有祸因。她们还有什么可说的呢？她们都失去了自己的儿子。老天并没有偏袒她们中的任何一方。

在农村，大人们的眼中其实并没有太多的阶级之分。大家抬头不见低头见，无论多么血腥的斗争场面，在他们看来，最终都要让位于乡里乡亲间的情意。反倒是懵懂无知的孩子们，最容易被特定的一些意识形态化的东西所导引，他们之间，并没有恨的源头，却能生出他们并不清楚的敌意与仇恨来。他们的恨就像爱一样简单。就像平原上的一场骤雨，就像盛夏突发的一拨洪水，来得猛，去得也疾。而大人们却不，他们之间，从来没有无缘无故的爱，也没有无缘无故的恨。

小兵死后，大军的父母给小兵家送去了二十个鸡蛋，十斤糯米——这些鸡蛋和糯米，原是小兵家送来的，在小军死后。大军父母在这基础上又多加了十个鸡蛋，两斤红糖——这已经是他家能拿出的极限。说到底，没有谁会让一个疯孩子去抵命。

"他是个疯子！你们就是把他打死，他也不晓得自己做了么子事！"

是的，一个发疯的人，远比苕要可怕。苕，在某种程度上只是傻（这是平原上特有的说法）。一个人单是苕，倒也无妨。那些智力低下的傻子到处都有。可怕的是那些行为失控，精神错乱的疯子们干下的苕事。

"不把他捆起来关在家里。不晓得还要做出么子害人的事来！"这是巫书记对大军父母反复的提醒。小兵出事后，巫书记就多次叮嘱过大军的父母。可哪个做父母的愿意天天拿绳子捆住自己的儿子呢？何况他是那么安静，那么听话，那么胆小，那么可怜——打小兵出事后，这个叫大军的孩子就被打怕了，只要有人靠近，他就会吓得发抖，哪怕做父母的只是递给他一碗饭，一些好吃的，他也会吓得打战。

大军的父母再也不忍心伤害这个孩子，哪怕他已经不再认得他们，不再知晓这个世界的事理。但人对灾难是具有某种预见性的，只是往往弄不清它到来的时间，以致防不胜防。

灾难降临的这一天，是冬至。生活在平原上的人，习惯在冬至这天干塘起鱼。他们一直认为，这一天腌制的腊鱼会格外香，耐得住储藏——可以像那块封进坛子里埋在地底下的"双抢肉"一样，存留到第二年的双抢时分。平原上到处都是湖泊，大大小小的荷塘有多少谁也数不清。有水的地方就有鱼。

干塘，便是平原人每年冬至的一场盛事。

按照规定，每户人家在这天都能分到二十斤左右的鲜鱼。知青是集体户，可以按人头领取。欢欣的气息早在这一天到来之前就已十分浓厚，大家议论着，盼望着，就等开塘的那一刻。冬至日一大早，星光大队的男女老少们便已沉醉在节日的喜庆中。各生产队都抽调了劳动力，参加干塘。每个生产队还抽调出一两名锣鼓手，到现场助阵。锣槌上系着崭新的红绸。连过年时出门讨打发的三盘鼓手也出动了，鼓边上还镶了红色的新流苏。

大家迎亲一样，敲锣打鼓地赶往各处的湖塘。每一口被标记的湖塘边，早已插起一面鲜艳的红旗。红旗在北风中猎猎作响，噗噗抖动。湖塘的四周，插着一些漆成红色的木牌，牌子上一律用黄漆写着各种毛主席语录：团结力量大。深挖洞，广积粮。一切以粮为纲，全面发展……

天气寒冷，但起鱼的激动，仍然激荡着每一个人的心胸。尤其是那些从城里下放来的知青。老知青们已有过干塘的经历，情绪显得稍稍平静一些，新知青们就不同了，他们心中的激动和快乐简直无以言表。他们一到湖边，几个女知青就激动得哇哇大叫起来。平原在这一刻不折不扣地向他们展露出它的富饶与美丽，温情与欢乐。

抽水机哒哒哒地响起来，起鱼的盛典开始了。知青们统一由大队的民兵连长巫志恒带队和指挥，跟随本地的社员一起参加捕捞。为防止混乱，出现孩子们偷潜下湖的意外事件，民兵连长巫志恒特意安排了两位大队民兵，在岸上维持秩序。民兵们手持梭镖，背上扛着长枪，枪里面并没有子弹，却也显出几分军人的威武。

大队的赤脚医生刘雪梅也来参加干塘了。她穿着鹅黄色的灯芯绒袄子，像当地的媳妇女伢们一样，高高地挽着裤腿，露出两条雪白的小腿。她屁股后面的长辫子格外耀眼。出门前，刘雪梅特意用胶绳在辫梢处结了一只杏黄色的蝴蝶。她往湖边跑来时，那辫梢便随风扬起，在空中俏丽舞动，身后仿佛跟随着一只翩翩起舞的黄蝴蝶。人群中马上有人喊道："巫志恒，你媳妇子来了！"

巫队长转头一看，瘦削的脸颊顿时涨红了。他迅速抓起一把黄泥，往对方身上扔去："再乱说，小心今晚被鱼刺卡到喉咙！"一边却用眼睛去瞟徐晓雯，看似无意却是刻意道："雪梅她是我的干妹妹！"

这一解释不打紧，人群哄地笑开了。有人捏着嗓子学舌："雪梅她是我的干妹妹！"巫志恒的神情愈加尴尬了。刘雪梅倒是一脸平静，没听见似的，一头钻进了岸边的几位女知青队伍里。

巫志恒和刘雪梅定的是娃娃亲，这种娃娃亲往往是双方家长友情与亲情的另一种诠释。一直以来，刘雪梅管巫书记叫亲爷。其实就是干爹。在江汉平原农村，人们管干爹干妈叫亲爷亲妈。

拿娃娃亲开玩笑，是当地人的习俗。连八岁的娃娃都懂得。只要定了娃娃亲，小孩子们之间就要互相嘲笑：你的媳妇子来了——

在知青们看来，农民们的快活既粗俗又简单。他们喜欢拿这种娃娃亲来找乐子，听的人谁也不会拿它当回事。说娃娃亲的人很多，真成的并不多。这正是平原人特有的开放。年轻人大都以自由恋爱为主，常常是双方都有了意思，才会托媒人去说亲。

刘雪梅裸露的两节小腿格外白净，比那些城里来的知青女娃的腿还要白净。女孩子们羡慕地看着她。因为几乎从不下地，刘雪梅的小腿白得细腻，灿亮。她脸上的肤色也是白细的，透着一股子嫩红，与那些皮肤已晒得黑红的女知青们站在一起，她比她们更像城里人。刘雪梅因此吸引了不少目光，连那些男知青的眼睛都陡然变亮了。

在大家的打闹声中，湖水渐渐变浅了。有大鱼的鳍露出来，人们开始跃跃欲试。女人们惊喜地尖叫着，目光追随着水里动荡的波纹。波纹把阳光反射过来，很耀眼，很灿烂。孩子们欢叫着，手指在水面上指指点点。大人们微笑着，满意地眯起了眼。湖水很快被抽干。大鱼的鱼脊慢慢浮出了水面，随后，是尺余长的青鱼。它们在浅水里仓皇腾跃与挣扎。男人们挽起裤腿，纷纷下了湖。女人们双眼发亮，叫嚷着，男人抓起一条鱼，突然甩进女人的怀里，女人措手不及，一下就湿了怀。欣喜的叫声在人群中传递。大小鱼儿们在人们的掌中跳跃。一条鱼刚被一只手抓起，又猛地挣脱开去，再被另一只手抓起，身子奋力扭动几下，终于被砸进巨大的腰盆里。这些木制的、乡下杀猪起毛时用的腰盆，终于到了一年中最发挥作用的时候，吃饱了一年的桐油，现在被运到湖塘边，巨大的肚子里，盛满了跳来蹦去的鲜鱼。大鱼有成年男人伸开的臂膀那么长，小鱼也有孩子们手指的一拃。再小的，就不准起上岸了，它们得留在湖塘里继续生长，等到来年干湖时才会难逃劫运。

火光就是在这个时候腾起的。冲天的火光映红了七队上方的天空。它升腾着，翻卷着，吐出一条巨大的烟龙。徐晓雯首先看到了那条烟龙。它从火光里逶迤而出，扶摇直上，腾入云空。她傻眼了，惊恐地张大了嘴，却忘了喊叫。她那奇怪的表情把张敬之的目光引向了远处的天空。

张敬之顿时发出一声骇人的喊叫："天啊！失火了！是七队，七队失火了！"

人们抬起头，身子僵住了。大火已经蹿上了半空，有人情不自禁地捂紧了胸口，喉咙里发出阵阵呜咽。男人们站在齐膝深的湖水里，忘了去抓他们腿上冲来撞去的鱼。人群中不停地传来女人和孩子们的哭喊声：

"天啊！失火了！"

"失火了！七队失火了！"

"我们家完了！"

"快！快去救火啊！"七队队长巫志恒从水里爬起来，提着一只木桶疯狂地往队里赶去。人们终于反应过来，纷纷拿起了干塘的桶盆，跟在巫队长的后面往七队狂奔。七队的上空此时已火光冲天，浓烟滚滚，连成一片。显然，被烧着的房子不止一家。平原上的房子大都成排搭建，一家连着一家，一排连着一排。这些房子大都是草盖的屋顶，黄泥糊的墙。为了固定墙体，多数人家的土墙里，还缠裹着干枯的芦苇秆。房前屋后堆满了囤积的烧柴与草垛。所有人都知道，一家着火，全队烧光。

火焰越来越大，在屋顶上空熊熊燃烧着。随着北风的疯狂抽刮，那烈火抖动着，像一条身子不断壮大的巨龙，在天空下腾跃。烈火越烧越狂，越烧越欢，越烧越疯。至少有七八家的房子被烧着了。赶到近前的人们，在炽热的火光中束手无策，目瞪口呆。他们不知该从哪里下手，杯水车薪，从门前河沟里担来的水，泼进火里，只是冒起一阵腾腾的白气。如果火势不能及时扑灭，整排的房子都将在火焰中化为灰烬！

"快，分两头救火！一半人往东，一半人往西！中间的不管，让它烧！"巫队长在这时显出了他的冷静与清醒。人们如醍醐灌顶，立即分作两头。此时，救火的人越来越多，从其他地方赶来的人也纷纷扑进了救火的人群。所幸房子离河沟近，取水方便。救火者众，火势终于从两头切断，得以扑灭。平原人喜欢依水而居，也许正是缘于他们对火灾的恐惧。

一场火灾，整整有八户人家的屋子在火舌中化为灰烬。目睹这一场火灾全过程的只有哑巴重生。除了火灾，重生还目睹了疯孩子大军的死，目睹了失去家园的人的绝望，目睹了知青们的惊惧和眼泪。他看到了人们面对大片灰烬时的无望、悲哀与苍凉。

火是疯孩子大军引燃的。大火扑灭后，人们才突然记起，火是最先在大军家的房顶燃起的。人们这才想起了疯孩子大军。事实上，大军的父母早在火舌蹿上自家屋顶的那一刻，就明白了一切。早上队里的铜锣响起时，他们夫妻匆忙出门，忘了把灶里的火浇灭（每天出门前，他们都会把灶里的火浇灭，怕的就是大军不小心把火引燃）。自从大军发疯用树枝钉死小兵后，就开始怕冷。他常常哆嗦着身体，大热天里也叫冷，总喜欢坐在灶前往灶膛里加柴禾。

大军的妈妈对这场火灾是有预感的。每当儿子往灶里加柴时，她心里就会出现一种可怕的担忧：担心他会把灶前的柴禾引燃，引发火灾。半年来，她一直生活在这样的幻觉里，仿佛提早看到了这样一场漫天的火灾。这样的场景，曾无数次出现在她的梦里，总是让她从一身冷汗中醒来。她在惊疑中抚摸着自己的儿子，儿子依然在她的怀里瑟瑟抖动。所以，无论儿子有多么怕冷，多么需要那灶膛里的温暖，她也总是会在出门前把灶里的火浇灭。她只能在出门前，往儿子的身上加衣服，加了一件再加一件。她多么希望这些衣服就是温水，就是热气，就是阳光，就是火，让她的儿子不再感到寒冷。

想不到，大军还是把祸闯下了。

现在好了，他们的儿子解脱了，到他该去的地方去了。她的两个儿子，一对亲兄弟终于团聚了，他们真是相爱呀，谁也离不了谁！她噙着眼泪想。她在泪水里笑着，仿佛看见了一对儿子终于手拉着手，头挨着头站到了一起，就像她过去常见的一样。她看着他们，他们对她笑着，仿佛在诉说着他们团聚的幸福。

失却房子的人们，在自家的灰烬中扒拉着，寻找着可能留下的财物：一个瓦罐，半口水缸，或者几个破碗。大军的父母也在自家的灰烬里扒拉着，寻找着儿子的骨头。他们找到了儿子的骨头，那是连在一起的几块焦炭，黑乎乎的，散发着生命和肉体的余香。他们闻到了儿子的香味，他活过的香味，死去的香味，烧焦的香味，天堂的香味。

"儿子。"他们在心里轻唤着。

"就算烧成了黑炭，这黑炭也是要埋的。让他们兄弟俩在一起吧！有个伴，不孤单。"大军的妈笑着对丈夫说。丈夫也在沉思中点头，说："嗯，那就埋在一起。"

夫妻俩欣慰地抚摸着儿子的骨头。妻子闻过了，递给丈夫，丈夫闻过了，又递给妻子。他们久久地，默默地凝视着手中的儿子，心里终于获得了片刻的安宁。他们都没有掉泪，心里突然轻松了。此刻，他们相信，没有人会想起他们的儿子大军，就像当初出事时，没有人会想起他们的儿子小军一样。然而，在他们回过身来时，他们看到了女知青徐晓雯。她在灰烬里冲他们跪着，在他们刚才捡拾骨头的地方，她磕了一个头，又朝他们手里的骨头磕了一个头。最后，再朝着他们夫妻俩重重地磕了一个头。

"你这是干什么呢？快起来，小徐！"

徐晓雯早已满脸是泪，她静静地看着这对苦难的夫妻。从看到火光的第一眼起，她就想起了大军。想起大军，她就想起了小军，想起了小兵。小军死在她码的草垛里，这是她永远的心痛。她相信，如果冥冥之中果真有一个悲剧的链，她的出现，正是这个悲剧发生的源头。有时，她怀疑这一切都有一只无形的手在为人世做着安排。

小军。小兵。大军。他们去了同一个地方。她仰望着苍穹，那里依稀还飘散着一些未尽的浓烟。她在心里呼唤着三个孩子的名字，并暗自许诺：这辈子我将不会离开这里，离开你们！总有一天，我会来你们身边，让你们消解此生的恩怨，在那个我们都喜欢的世界里，永远做好朋友，永远相亲相爱。

❖

鱼最终从湖里打捞上来。人们不会因为一起骤然而至的火灾而忘了那些鱼。房子烧没了，可以再盖，只要人还在，日子就可以过下去，还要过得更好。

由于夏天涨了大水，雨水把田里的肥水冲进了湖塘里，这年湖里的鱼格外多，格外大，也格外肥。人们把鱼一担担地挑到队屋的禾场上，按斤两分扒成堆。

巫书记把最大的鱼都分给了红瓦屋的知青。

每人二十斤。多的不退，少的补齐。知青们学着当地人的样子，鱼不去鳞，从背上剖了，用盐腌上，几天后，挑一个有太阳的日子，用热水洗净后，挂在阳光下晾晒。没有阳光的日子，就挂在无人的风口。一到两个星期后，它们就成了香喷喷的腊鱼。

八户失去了家园的人，暂时被安置在大队部的红瓦屋里，和点上的知青们做起了邻居。农民们生就是忍耐的、坚韧的、平和的，无论多么大的灾难，他们都能平静面对。他们和知青们住在一起，教他们如何把鱼腌好，做成腊鱼。

由大队出资，巫书记安排了人力，八间新屋很快又盖了起来。还是在原来的位子，原来的大小，原来的样子，只是墙土换了新的，屋顶的茅草换了新的。失火的人家，又有了新家，重新开始了周而复始的生活。他们有时也会念叨和怀念在火灾中失去的少许财物，比如一口上好的铁锅，一把烧变形了的锅铲，一个盛米的木桶，一个上了桐油的脚盆，再比如几个篾竹编的筲箕和箩筐，几把高粱秆扎的扫帚，还有被肩膀和手心磨得光滑好用的扁担和犁——想到后者，真是让人心疼至极。总之，样样都不是特别值钱，但样样都是需要的，样样都是离不了的好东西。

惋惜，念叨，但已经于事无补了。只好再积攒，再添置。队里其他未遭火灾的人家，都会主动送上一些物品。吃的，用的。坛子里的米、腌菜，地里的萝卜、白菜，几只筲箕，几把簸箩。东家凑，西家给，日子很快就又生机起来。这样的时刻，平原人把他们的宽厚与纯朴都毫无保留地奉献出来，一点儿也不吝啬这种给予。

腊月到来，年的气氛就浓了。腊八日一过，各生产队就要杀年猪了。

就像干塘起鱼一样，生产队里很快又洋溢起喜庆的气氛。但杀猪不比起鱼，不是件人人都能参与的活儿。杀猪时，猪的号叫多少令人们感到心悸，女人和孩子们都尽量躲得远远的，不会像抓鱼那样踊跃和兴奋。可见，人们对死亡的恐惧，是从声音开始的。鱼临死前不会发出声音，平原上连五六岁的孩子也敢开刀剖鱼。杀猪就不同了，那种凄厉的号叫声，已把死亡的悲惨预先传达给了听众。

杀猪得精选身强力壮的男人们。

杀猪显然也比杀鱼更加血腥一些。但血腥的后面，是温暖的等待和幸福。猪们被绑上了桌台子，发出痛苦绝望的哀叫，却激不起人们的同情心——在人们看来，这是它们的命。猪就是用来吃的。人们喂养它，最终是为了喂养自己。这是猪的宿命。人们也许会对一头牛、一只羊产生感情，会在操刀的那一刻手软，会在内心里为自己的杀戮悔过，期待它们在冥冥之中原谅自己——如果它们有魂灵的话，在下手的那一刻，心中或口里总要念叨一声："畜生啊！别怨我，是你的寿限到了，不是我要你的命，是天要你的命……"可谁会对一头猪的死悔过呢？杀生之人，决不因杀了一头猪，而认为自己有多大的罪过。当然，胆小的人或许会在猪血喷溅的那一刻，闭上自己的眼睛。但那只是因为怕，对血腥的怕，并不是因为负罪。

　　杀猪也是以队为单位，一般都在队屋的禾场上进行。女人们烧水，男人们剐毛，就像男人们耕地，女人们纺织一样，天经地义。杀好的猪被放进滚烫的水里，很快就被其他人手煺尽了毛。屠宰者这时候会在脸上呈现出某种成就感，慢条斯理地从口袋里掏出一些烟丝，就着小半张裁好的白纸，熟练地卷成一根烟，叼进嘴里。旁边马上就会有人掏出火柴，给"师傅"点烟。大方一点的生产队，这时会买上一两盒现成的卷烟，好一点的，如"常德""游泳""沅水"之类，差一点的，起码也是"大公鸡"。每个生产队都有管财经的队长，这时即使擅自做主，给握刀的师傅们甩两盒，社员们也不会指责他乱花队里的钱。这些烟，师傅们当然是不会独享的，会抽烟的，每人都会得到一根。空了的纸烟盒会立即吸引来一群孩子，孩子们围着师傅恳求，为了得到这个纸烟盒，他们不惜出卖自己的父母，管师傅叫爹，叫爷，叫祖宗也行。师傅们得了便宜，哈哈笑着，把纸烟盒抛给那叫爷叫得最起劲的孩子。

　　孩子的亲爹亲爷便在一旁边笑边骂："狗日的，让你占尽了便宜！小心这猪变成鬼，半夜到你床前，抓你心吃！"

"那鬼恐怕是你变的吧？只听说人变鬼，倒没听说猪变鬼。"师傅哈哈笑着，更加得意地反骂回去。

"那就让你下辈子变猪吧，让老子变成杀猪佬，一刀就结果你狗日的！"

大家一阵哄笑。师傅骂回去："老子看你狗日的今天不吃肉！"

大家忍不住，再一次哄笑："那就把他的肉贡献出来，分给我们吃！"

"不是他的肉，是猪的肉……"

人们兴奋地抬着杠，互相愉快地对骂。偶尔夹杂几句荤话，起劲的总是那些生过孩子的妇女。男人们占她们便宜，她们也毫不示弱，群体上攻，和那口贱的男人对骂，骂得他憨笑着低下自己的头，求饶。

杀猪这样的活儿，到底有些血腥，他们一般都不会让知青们沾手。但知青们也会赶来凑热闹，胆大的也敢上去帮一把手，胆小的就往灶里加柴。按惯例，杀完猪后，猪头和猪骨都会放在生产队的大锅里，大伙儿当场煮了吃掉。临了，那猪血也会被切成小块，下进滚烫的汤里一起分吃掉。这样的日子是多么的温暖和幸福！满村里都飘散着煮猪头的清香，全队老少，齐聚在队屋前的禾场上，等着分吃一块猪头肉，喝一碗骨头猪血汤。

杀猪那天，徐晓雯和杨柳照例被分在七队（抽一次签管一年，这一年中都去同一个队里参加劳动）。七队因为有巫队长的指挥而格外有序。巫志恒到底是当队长的，又深得父亲真传，不管做什么事，总会让手下的人特别齐心。

啃完猪骨头，喝完猪血汤。队里便按人头分了猪肉。

徐晓雯和杨柳分到的，仍然是队里最好的一份。其实，不管在哪个生产队，知青们都是最受照顾的对象，无论分什么，拿的都是最好的。

初来时的不适与怨艾，慢慢在这浓浓的"年"味里散去。在乡亲们的指点下，知青们不仅学会了腌腊肉、灌香肠，还学会了怎样做烟熏豆腐和霉豆渣。腊月里，各种各样的腊货在到处的屋檐下飘香，在平原上飘香。家家都在忙活：打糍粑，炸麻花，扯麻糖，炒花生，煮瓜子，做豆皮，炸藕丸子……江汉平原最不缺的就是藕，仅仅关于以藕做食材的一般小吃和菜肴就有十来种：藕粉、藕夹、藕饼、藕丸子、藕丛子、藕肠子、藕蒸菜、炒藕片、煨藕等。各种关于藕的吃法，更有因莲藕的丰产带来的各种附加吃食：新鲜的、干的莲子，鸡头苞、鸡头苞的梗子。干完塘，就是挖藕。干塘后，水浅处只及人的足踝，水深处也只齐人的小腿。人们站在水塘的淤泥里挖藕。成捆成山的藕堆在塘埂上。平原和平原上的千百湖泊就是这样回馈着它的子民。

每年的这个时候叫歇冬。这时才是平原人真正享受丰收的时候。各种吃食应有尽有。平原到这时才真正显示出它的富饶。知青们想起他们在城里的父母，每到年关，厂里也会分发各种福利，但远远赶不上这里的大手笔——每人二十斤鱼，十斤肉！无论老少，一律按人头领取。至于有各种粮食与农作物，就更不必说。这样一想，他们又觉得自己插队是来对了地方。

一年的劳作辛苦，在这一刻都获得了丰厚的回报。对比他们去别的地方插队连肚子都吃不饱的哥哥姐姐们，他们这就叫老鼠掉进了米缸里。

整个江汉平原沉浸在一种"年"的温暖里。这样的"年"，是平原特有的年。这样的温暖，是鱼米之乡的温暖。这年春节，知青点的人基本走光了——背着他们分来的腊肉腊鱼回武汉去过年。留下来没走的，只有杨柳和徐晓雯。

除夕那天下午，只剩下两个人，他们只好合做"团年饭"。徐晓雯负责炒菜，杨柳烧火。虽然只有四个菜，但却是他们下乡以来，做得最好的一顿饭：一盘腊鱼，一碟香肠，一碗腊肉煮萝卜，一钵大白菜。腊鱼腊肉是他们自己腌制的，萝卜白菜是大队部的菜地里拔的。饭后，他们一起坐在火盆前烤火。

天气出奇的寒冷。外面下着小雪，小小的雪花悠悠地飘着，还夹杂着细微的雨丝。这种雨夹雪的天气是最冷的。他们小声地聊着天，说着插队以来的种种感受。两个人从来没说过那么多的话。天黑前，巫志恒过来请他们去家中团年。他撑着一把黄色的油布伞，站在门外的暮色里，木屐上尽是稀泥。这样的天气，平原上的土路最难走了，如果不穿木屐，缠在脚上的湿泥只会越驮越重，直到重得人的脚提不起来。也有胆大不穿木屐的，干脆踩着自制的高跷，在湿泥路上自如地行走。半人高的高跷，夹在腋下，一步可跨出一两米。

平原上的冬天，格外湿冷，这种湿冷会一直冷进人的骨头里。这种天气，又是年三十，人迎着雨雪出一趟门真是需要勇气。

见巫队长到来，杨柳和徐晓雯都很吃惊。巫队长说："我爸让我来接你们去家里团年。"

杨柳说："我们刚吃过团年饭了。真难为你，这么冷的天，还害你跑这一趟。"

徐晓雯也说："多谢了，巫队长，我们吃过了，就不去了，请代我们向巫书记表达感谢！就说我们明早去给他拜年。"

巫志恒看着徐晓雯，语气里便带了些恳求："大过年的，你们都没回去跟父母一起团聚。那就暂时去我家聚聚吧，我们家人多，大家一起聊聊天，一起守岁也热闹些。"

徐晓雯看看外面的天色，又看看杨柳，有些不忍拒绝。

杨柳看出她的心思，心里有些不情愿去巫家团年。他希望能和徐晓雯单独在一起，别说他们今天还说了很多话，就算什么也不说，他也希望只有他们两个在。他对巫志恒客气道："谢谢巫队长，我们真的吃过了。我们不去了。"他指着外面的湿泥地："再说，我们也没有木屐。"

巫队长也看出了杨柳的心思，心里有些不快，但他没流露出来。他笑着说："那你们先等会儿，我去给你们拿木屐。"说完就撑着那把油纸伞冲进了雨雪中。

徐晓雯有些犹豫了，她觉得不去会拂了巫书记一家人的好意，天气这么冷，人家巫队长都亲自来请了，怎么好意思再让人跑一趟呢？

她对巫队长的背影喊道："巫队长，我们跟你一起去吧，没有木屐不怕，我们有雨靴。"

"穿雨靴冷。你们等我送木屐来。"巫队长头也没回就急匆匆走了。

二十分钟后，巫队长果然给他们送来了两双崭新的木屐。两人只好锁上知青点的门，跟随巫队长去他家团年。

❧

年三十晚上，在巫书记家吃过晚饭后，徐晓雯和杨柳就回到了知青点他们自己的"家"。

临走，巫队长拿了本书来递给徐晓雯。徐晓雯接过来看了看封面，是《钢铁是怎样炼成的》。这本书她听说过，小时候也曾经在父母亲的书柜里见过，这本书后来从他们家里消失了，她至今都还没有认真阅读过。她不知道巫队长怎么会有这样一本苏联小说。有好几年，她在北京和武汉都见不到这样的外国小说了。

巫队长说："这是我最喜欢读的一本书，借给你，闷的时候可以看一看。"

杨柳说："这本书我读过好几遍，很值得看看。"

徐晓雯高兴地谢过，放进怀里带走了。

巫志恒目送着他们两人消失在夜色里，内心的感觉很复杂。他对杨柳既有些妒忌，又有些同情。通过长时间的观察，他看得出杨柳喜欢徐晓雯，但徐晓雯对杨柳的关注显然并不比对他自己多。在这一点上，杨柳和他一样可怜。他嫉妒杨柳的才华，又看不起他的自卑。从父亲那里他知道一点杨柳的家庭背景，因此在心里对他有点淡淡的鄙视。相反，他欣赏张敬之，对他没有嫉妒，只是有些羡慕——徐晓雯被带进派出所的那个晚上，张敬之的所作所为就彻底征服了他。

他也喜欢徐晓雯，仅是喜欢而已，且只能悄悄地喜欢。他明白有些人是永远走不到一起的。虽然他也是一名知青，但和他们不一样，他是回乡知青。他比他们高两届（属老三届），1968年高中毕业后就回乡务农了。和那些从大城市来的知青不同，他的根一直扎在这里，而他们却是来扎根的。尤其是徐晓雯，她是北京人（他们都叫她北京女伢）。他不敢奢望，所以也从不做无望的幻想。

这本《钢铁是怎样炼成的》是他在读高中时在县城里买的。他已经读过无数遍了，无数次为保尔和冬妮娅的爱情所打动。他相信徐晓雯也会喜欢，并和他一起分享对这本书的热爱。

事实上，这的确是一本宝贵的书。当晚，徐晓雯就着昏暗的煤油灯光一直在看，她很快就沉浸在书中的内容里了。风从远处扑过来，不知何时已将宿舍窗户上的塑料布撕开了一角。冷风夹杂着寒冷的雨雪，打在破开的塑料窗帘上，发出一种哧啦哧啦的声音，像是有人在黑夜里不停地撕书。有一刻，徐晓雯被这声音惊动，才发现脚下的火盆早已经冷却。她抬起头往窗子上看去，不禁有些毛骨悚然：被风撕开的一角塑料布已从窗子上垂挂下来，疾速地抖动着，发出恐怖的哗哗声，煤油灯光把她的影子有些狰狞地投在墙面上，随着灯光的摇曳，那影子也在不停地变形，显得十分鬼魅。她被自己的影子吓了一跳，刚明白过来是怎么回事时，窗子上的塑胶纸陡地掉落下来，露出一方巨大的黑洞。风呼啸着涌进来，倏地将桌上的煤油灯扑灭。

这一刻，徐晓雯头皮有些发紧。她合上书，摸索着走到窗前，试图用图钉把落下的塑料布重新钉回去。但她个子矮，力气小，图钉吃不上劲。塑料布刚一钉上去，马上又被风撕开来了。她只好摸出上厕所用的手电筒，将手电含在嘴里，再次将塑料布扶上去，用图钉死劲按紧。

当她摸出火柴，重新点亮煤油灯看书时，就像有人故意跟她过不去，她只要一捧起书坐下，灯就会被风吹灭。窗子上的塑料布一次又一次地被风撕开，灯一次又一次地被吹灭。

屋子里一团漆黑，夜风中重又传来那种书纸被撕碎的声音：哧啦，哧啦，哧啦啦。撕纸的声音，一阵接一阵，十分可怖。她循声走到窗前，那哧啦的声音却又小了，就像有谁躲在窗外和她玩捉迷藏。她把脸贴在窗前，透过窗子破开的地方望去，就看到了不远处的那片菜地，顿时脚心发凉，心猛地一抖，魂魄也仿佛已经出窍——

此刻，那片化神子的坟地里，依稀亮着几盏灯火。那灯火悬空立着，在田野上摇曳，摆动，如幽幽闪烁的鬼火。她不知道，那些灯火，是活着的人给死去的亲人送去的"灯"。当地人又叫"送亮"。送亮，是为了给死去的亲人照亮除夕回家的路。在江汉平原，无论除夕的夜晚有多么冷，多么黑，下着多大的雨雪，活着的人都是要给死去的亲人送"灯"的。

再往远处，白杨树林子那边，是更多的"灯"。那些"灯"，它们嵌在方形的笼子里，笼架是用竹片扎的，也有藤条扎的，外面一律糊着防雨的油纸。即便是下雨的日子，那龛里的烛火也足可以撑到它燃尽时。

这些灯，是人送的，但它是属于鬼魂的。照亮的是鬼魂们的除夕。

徐晓雯不知道这里的习俗。她的心揪紧了，她不敢看那些灯，宿舍里没有钟，没有手表，她不知道此刻是几点，屋子里是如此黑，她害怕地想起了住在隔壁的杨柳。

冷风一阵阵抽过来，将掀起的塑料布的一角不断打在她的脸上，仿佛有谁在黑夜里扇她的耳光。恐惧感逐渐笼罩着她，牙齿情不自禁磕碰着打起颤来。她下意识地冲向隔壁宿舍。不知是门没有拴紧，还是用力太大，门一下子就被她撞开了。里面亮着灯，她径直闯进去，杨柳床前的蚊帐合着，床却在摇动。她想也没想就用手撩开了蚊帐……

徐晓雯惊叫一声，迅猛地缩回了手。与此同时，杨柳的动作停住了，他惊恐地睁开眼睛，骇然发现站在自己床前的徐晓雯。

那一刻，杨柳羞愧难当，迅速用被子蒙住裸露的下身，蒙住整张脸。

徐晓雯见到了她一生都不愿回想的一幕。她怔住了，愣了一会儿，便逃也似的离开了男生宿舍。回到宿舍，她在黑暗中呆坐了很久。黑暗并没有消失，那种哧啦的声音也并没有停止，她之前的那些恐惧却消失了。

她麻木地坐着，整个身子在黑暗中变得僵硬。脑子却变得愈益清醒。

是的，因为她的冒失，她和杨柳，他们双方都将陷入无地自容的难堪中。

她后悔自己进去之前没有先敲一下门。碰见这种事，她尚且恨不能找个地缝钻进去，更遑论他的羞耻？可她那会儿恐惧得心都缩成了一团，全身发着抖，只恨不得立即冲进有人的地方，哪里顾得上敲门？

今天可是除夕之夜，也是即将跨入新年的时刻。如果杨柳因为她发现了他的秘密而做下什么蠢事……天啊，她不敢想下去了！窗户上的塑料布早已被冷风彻底撕开，整个掉落下来。北风从窗子里肆无忌惮地扑进来，吹着她早已冰冷的身子。

徐晓雯告诉自己必须做一件事：去找杨柳道歉！

可这次她怎么也撞不开隔壁的门了。门从里面闩死，她敲了几下，又喊了几声，里面没有人应。但门缝底下有光线透出来。

显然，杨柳在里面。发生了那样的事，他肯定是不愿见她了。她等了几分钟，杨柳一直没有起来开门，她不得不悻悻地往回走。落在地上的塑料布，被风掀起来，在她的脚前来回"走动"，在黑暗中发出令人心颤的哧啦声响。

徐晓雯站在窗前凝望着远处的黑暗，内心被更大的黑暗笼罩。空空的窗洞外，田野上那些"灯"逐渐熄灭了，渐渐地，天和地连成了一体，一起凝结在巨大的黑暗里。她被各种恐惧的想象纠缠着，心比外面的夜色更黑，更冷，更沉。她的眼前又出现了口角挂着糖汁与涎水的小军。难道她又要因为自己的一次冒失，再断送掉另一条生命？

一个念头陡然在她头脑里冒出来。她在黑暗中迅速地脱光了自己，颤抖着手指，小心地摸了摸自己冰凉的身体。因为激动，她的身体在冷风中拼命地打着哆嗦。她抓起床上的军大衣，一丝不挂地套进去，没有扣纽扣，只是小心地裹紧了大衣，疯了似的去捶隔壁的门。

门仍然紧闭着，里面没有任何声音。徐晓雯害怕了，禁不住放开嗓子狂喊起来："杨柳！开门杨柳——"

没有任何动静。可怕的预感再次袭来，她不管不顾了，伸出脚奋力地踢门！"杨柳，开门！杨柳，求求你，快开门哪！"她的嗓门发抖，变调的声音里透着寒冷与恐惧。四野阒寂无人，漆黑的夜色很快就吞没了她的声音。

"杨柳，不要啊，我好怕！呜，都怪我——"她瘫软在门上，呜呜地哭起来。"我怕黑，真的好怕……"她边念叨边哭。

门终于开了，杨柳脸色骇人地出现在她的面前。他的眼睛隐藏在灯光的阴影中，脸上有一种扭曲的羞耻与伤痛。她用力地挤进去，用背抵上门，双手紧攥着未扣纽扣的大衣。

"杨柳！看着我，你看着我！"她看着他，脸上挂着冰冷的泪迹。

他低下头，眼神逃避着她的注视。脸上的神色是晦暗的，绝望的，眼里有着一种可怕的决绝。她注意到他床上的被子已经折好，枕头平放在叠好的被子上，枕边整整齐齐地码着一摞书。床前的木方凳上，放着一盏油灯，油灯下摆着几张信纸，纸上放着一支笔——这一切，都在准确无误地向她传递着一个信息。

她松开手，大衣敞开来，露出了里面一览无余的雪白胴体。

"杨柳！"她低声喊道，猛地一把抓起他的双手，毅然把它们放在了自己裸露的前胸。

杨柳吃惊地瞪大了眼。她微笑着，眼神平静地看着他。他的手就像触到火一样，迅速地缩了回去。她再一次抓起了他的手，把它们重新按回到她的胸前，动作果断而坚定。指尖触到她细致柔软的胸部，他再一次挣开了自己的手。她固执地把它们重新拉回去。就这样一次接一次，重复又重复，直到他的手不再挣扎。她的眼神直视着他，平静地微笑着。灯光下，他看着她的身体，光洁地裸露在军大衣里。那么坦荡，无畏，透着女神一样的庄严、圣洁和美丽。

她微笑地看着他，说："现在，你也看过我了，对么？我们之间没有害羞的事了。"

他闭上眼睛，两颗泪珠从眼里滚落下来，砸在她的手背上……

"杨柳，让我们都忘掉今晚的事，好吗？"她恳求道。

他睁开泪眼，露出迷茫而困惑的眼神，问："你为什么要冒这样的险？为什么要拯救我？"

她始终微笑地看着他，眼眸平静而清澈。它们是明净的秋水，是朗朗的月光，照彻着他自感卑琐的灵魂。那一刻，他读懂了她眼里的一切——她是在用少女圣洁的躯体向他做出承诺：她将永远为他保守秘密。

还有什么比一个少女用赤裸的身体做出的承诺更神圣？他的眼睛湿了，在她面前低下了头："对不起！"

"答应我，忘掉今晚的事。我们都忘掉！好吗？"她期待地看着他，再次强调。他点点头。

"去帮我把窗子上的塑料纸钉好。风把它撕开了，外面黑乎乎的，我挺害怕。"她合上军大衣，迅速扣上纽扣。

他心里轻松了。跟她一起进了女生宿舍。她揿亮手电筒，往那黑洞洞的窗子上照了照，捡起地上的塑料布。她指着窗外，跟他说起她见过的那些幽幽闪烁的"灯"。此刻那里已是一片漆黑，那些"灯"都消失在黑夜里了。

"我真的看到了，它们就在坟地里亮着，现在都不见了。

杨柳，它们就是传说中的鬼火吗？"

杨柳明白她为何贸然闯入他的宿舍了。他听人说起过这些除夕夜晚的"灯"，告诉她这是当地的习俗，不是鬼火。徐晓雯捂着胸口出了一口长气。

他帮她把塑料窗纸重新钉回到窗户上，为了不让它再被风吹落，他在每一颗图钉下都垫放了一块小纸片。完了，又从门外捡来几根小木条，用钉子把它们牢牢地钉在窗框上。

风终于被阻隔在窗外。屋里渐渐温暖起来，他去厨房里找来了干柴，重新为她生了一盆火。徐晓雯满意地看着这一切。煤油灯亮着，小小的火苗静静地伫立在书桌上，把他们的影子稳稳地投射到墙上。她说："杨柳，我们聊聊吧，聊聊《钢铁是怎样炼成的》这部小说。"她把书递给他。

他点点头。他们在火盆边坐下，聊起了书里的人和事。他离开时，她放心地为他举起了灯盏，一直目送他的背影在隔壁的门里消失。她知道他不会有事了，这一晚，他们都将平静地度过。

合上门的那一刻，他已经泪流满面。他想起了歌德《浮士德》里的那句诗：永恒的女神，引领我们上升！

是的，她就是他的女神，他的恩典！是她用女神一样的恩典，带他走过了一道生命的刃口。

杨柳不记得自己是怎样染上那种恶习的了。

他只记得头一回有这种冲动，是他在父亲的书房里看到了一本没有封面的古籍书。这是父亲的藏书。它夹在一排被父亲称为善本的书里，被锁在书橱最里面的一格。父亲不许他碰它们。他也从没有想过要去碰它们——从小他就是个听话的孩子，从不忤逆父母的意志。他只碰那些允许他碰的书。那时，他父亲刚被打倒，被作为反动学术权威发配到江北的一个劳改农场劳改。

父亲走前，他们的家已经被抄过一次，那些被他父亲称为善本的书籍，大多已经被抄走了。但有一部分还是被他父亲提前藏起来，被他母亲偷偷运到了他姨妈家。他父亲去劳改后，母亲又把它们运回家锁进了父亲的书橱里。

有一天，他母亲去农场看他父亲了，只有他和妹妹在家。那天妹妹一直哭着向他要吃的，他不知该怎么办。他记得他姐姐下放前，曾从母亲的抽屉里拿出一片钥匙，打开父亲锁住的书橱，从里面拿过钱。于是他也打开母亲的抽屉，找到了父亲书橱上的那片钥匙。书橱里面也有个小抽屉，他果然从里面拿到了钱。他用一块钱给妹妹买了一袋饼干，十颗糖果，妹妹不哭了。锁上书橱的那一刻，他突然有了一种好奇：想看看父亲那些侥幸存活下来"善本"。

多是古籍。他看不懂，也没有兴趣。但其中的一本，却有大量的插图。

这些插图把他惊呆了。它不知道这本书叫什么名字，因为它根本就没有封面。书中的插图称得上惊世骇俗，各种男女在一起的姿势被画得栩栩如生，动作大胆而又色情。他不知道这只是明清时期最常见的春宫图。不同的是，这本书图文并茂，上有特殊的藏书印，一度是过去某位帝王的典藏。

他想，这大概就是人们所说的毒草了。父亲竟然收藏这样的书！难怪他会被打成反动学术权威。

　　刚满十四岁的杨柳还搞不懂它的价值。他只知道，这些图文，让他的心中涌起了无边的海啸。这海啸让他的身体燥热，让他在黑暗中把手伸向了自己的身体，那种奇特的反应让他的全身颤栗。

　　就是那一天，他有了那个可怕的行为，并且逐渐形成一种习惯。为此，他矛盾，痛苦，自卑，但却不能自拔。他既害怕，又无能为力。小时候，他有了困惑就会向父亲寻求解答和帮助。可现在却不能，父亲不在身边，他不能再像过去一样，遇到困惑时就去他那里寻找答案。

　　他找不到答案。他找遍了家里的藏书，可没有一本书告诉他该怎样做。

　　他在黑夜里与自己的行为和内心抗争，但他无法获胜。

　　从那时起，他开始经常失眠，他的身体迅速长高，人却开始消瘦。每天，自卑感和罪恶感像蛇一样纠缠着他。当班上新转来的女生徐晓雯出现后，他开始不能自制地想她。并在刻骨的想念中一次又一次地自渎。

　　那可怕的一幕是怎么发生的，他不愿再做回想。每次回想都让他的内心感到发抖：恐惧、羞耻和罪恶。庆幸的是，她像神一样挽救了他，把他拽离了内心的黑暗——他在黑暗中睁着眼睛，听风刮过屋顶，逐渐感觉到那明亮的天色。他在晨色里告诉自己：他污秽的心已不配去玷污她。

　　晨起，树上和屋檐下到处挂起了透明的冰凌。干冷的风，把湿湿的路面也吹干了，泥巴路的表面结了一层硬硬的冻土，脚踩上去，发出阵阵脆响。冰碴子和泥土混凝成的路面，稍不小心，脚下就会打滑，摔上一跤，死疼。这样的天气出门，最好就是穿上木屐。

早上，徐晓雯敲开了杨柳的门，一脸笑容地给他拜年，并递给他一双干净木屐。这是他昨晚从巫队长那里穿回来的，回来后就连泥带水地扔在后面的院子里了，不知什么时候已被徐晓雯刮得干干净净。

杨柳也向她道了新年问候，脸上仍有些羞怯，没敢看她的眼睛。

徐晓雯笑着，说："我们今天去给乡亲们拜年吧。"说完碰碰他的手臂。

杨柳说声"好啊"，一边抬起头看屋顶，屋顶上积了厚厚的一层白雪。看来，半夜里不知什么时候又下过一场雪了。雪后，分明又刮了长时间的老北风，路上看不出一点下雪的痕迹，厨房里的柴堆上和路边的枯草上却分明多了一层净白。柴堆靠墙的一边是干的，没有靠墙的那一边，也覆了薄薄的一层雪。雪层的边缘，洇出一圈淡淡的湿痕，被雪盖住的地方已经湿了，湿柴烧起来没有干柴那么利索。

"昨夜又下雪了。"杨柳说。

"下雪了好呀，瑞雪兆丰年！"徐晓雯抬起头看看天，又看看远处的田野，说："你收拾一下，我们去拜年！"她把手放在嘴前呵了口气，搓搓手心，像当地的女孩一样把手插进袖筒里。她的动作和样子越来越像当地人了。

杨柳禁不住笑了。他套上她给他的干净木屐，和她一起出了门。路上，胆大艺高的孩子们，已经在路上走起了高跷。

空中传来此起彼伏的鞭炮声，爆竹声里夹杂着锣鼓与唢呐的欢闹。出行早的生产队，已经舞着自己的龙灯和狮队上路了。单枪匹马打三盘鼓的、吹渔鼓筒的，三人一组，五人一队玩竹马的，都行动起来。

各家各户都已做好开门迎新的准备。这是平原上最温馨、祥和与自足的时刻。人们走街串户，舞狮耍龙，索礼是假，喜庆是真。所有的乐趣都蕴含在那个讨要贺礼的过程中。为了在热闹中讨个好彩头，人们总是会故意拖延打发贺礼的时间。有的人家把贺礼挂在高高的屋梁上，故意设置难度让舞狮耍龙的人爬上去取，这才显出舞者的真本事。舞者踩着同伴的肩膀，做腾龙状，做怒狮状，耍杂技一般，爬上主人家的屋梁，一把扑过贺礼，揽入怀中。人群中便爆发出兴奋的喝彩与欢叫。家势越旺的，越会故意用贺礼来吊人胃口：当家的踩着木的或竹的长梯，靠在高高的屋梁上，一会儿拿出一样礼品，过一会儿再拿出一样礼品。逗趣地一样样取出：一盒糕点，一条烟，一瓶酒，甚至一匹布。如是反复，变魔术一般从屋梁上的篓子里拿出来，无非是为了拖延表演的时间。耍的时间越长，主人的脸上便觉得越有光彩。

天气的干冷与气氛的热闹形成鲜明的对比，人们前呼后拥，一家一家追赶着看热闹，瞬间就多出好多兴奋的话题。看热闹的人成群结队，泥路上的冻土早就被踏成了烂泥。徐晓雯和杨柳并肩走着，不时穿过看热闹的人群，和面孔相熟的人打招呼，拜年。人人都说着祝福与问候的话语。他们偶尔也驻足看一会儿热闹，再穿过欢闹的人群，去往七队。

小军的家，在离巫书记家不远的一户新草房里。火灾发生前，那黄泥的墙壁已不成样子，墙皮早已经脱落，可以清楚地看见墙土里的芦苇秆子。小军死后，徐晓雯曾经来过一次。那时，她站在小军家的堂屋里，透过黄泥剥落的墙洞，能看到房间里面乌黑的蚊帐。那蚊帐补了又补，早已看不出颜色，看不出形状，已经不是一个整体。现在，这一切都已不复存在。一场火灾，已让它们在灰烬中化为记忆。

现在的房子是队里新盖的。依然是黄泥的墙，草盖的屋顶，但看起来要比以前的结实崭新多了。门前的粪坑里沤了一堆灰粪，从灶膛里刨出的柴草灰堆在正中间，里面也有些自家积攒下的猪粪和路边拾来的牛粪与鸡粪。各种柴灰和粪便，和在一起在粪坑里沤着。节后一开春，这些灰粪就要交公，春耕时就能派上大用场了。家家户户用推车把它们运到生产队的农田里，为一年的辛苦忙碌做好追肥的准备。

平原上的农舍，大多是这样的黄泥草屋。几根木头柱子撑起一道屋梁，搭成一座屋脊。芦苇秆裹上稻草和黄泥，糊成墙。屋顶上再盖上厚厚的芭茅草。茅草从屋檐上垂挂下来，便成了屋檐。家里条件好一点的，会把黄泥中的芦苇秆子去了，用纯正的土坯垒成硕大结实的土砖，按工字形砌成厚实的土墙，再用黄泥抹平，刷上白石灰，就是一栋阔气的土坯房了。如果再把屋梁架得高高的，屋里就有了相当的亮堂。那就是农村里格外耀眼的房屋了。当然，村里最好的要数过去地主家留下的老屋：纯正的杉木板壁，两臂合围粗的杉木柱子，将门楼高高地撑起，一律的木格子门，木格子窗。门窗上雕龙镂凤，屋顶上铺着细密的黑纸瓦，瓦脊上还立着两只砖雕或石刻的狮子。两只小狮或一东一西，或一南一北，威风凛凛地蹲在屋脊上，遥望着远方。任尔雨雪风霜，我自岿然不动。

这样古色古香的老派房屋，在偌大的平原上也不会有几家。那都是过去的有钱人家留下来的祖业，如今早就几易其主，不是充公做了生产队的队屋，就是做了乡村里的小学校。昔日的主人早已远离自家门楣，做了那黄泥草屋里的贱民。

眼下，火灾过后，沾了生产队的光，小军的父母终于住上了不花钱的新屋。虽然是黄泥草屋，但比起他们原先四壁漏风的屋子来，不知好了多少倍。过去的屋子，墙上破了洞，刚孵出的鸡娃子最喜欢从这破墙洞里钻进钻出，与它们的妈妈快乐地捉迷藏，气得当妈妈的用爪子在洞口上一顿狠刨。那洞口便越刨越大，终于可以让母亲追着调皮的孩子自由地进出。

那天，徐晓雯看见一个人蹲在小军家的墙洞前，正把几根湿的新柳条，齐齐地插进那破洞处。补墙的人是巫书记。只见他右手握一把瓦刀，左手扶一桶黄泥，瓦刀卷起黄泥，好一会儿才将那洞口补上。遗憾的是，这个被巫书记补好的洞，还没等干透，就在大军点燃的那场大火中倾覆，连同大军一起化成了灰烬。

此时，隔着窗户，徐晓雯和杨柳看到巫书记也来给小军父母拜年了。那个可怜的父亲默坐在一旁。一连失去了两个儿子的小军妈妈在灶屋里煮一碗鸡蛋。徐晓雯不能想象这对孤单的夫妻到底度过了怎样一个悲哀的除夕。

昨夜，他们一定去给他们的两个儿子送灯了吧？那田野里亮起的灯火一定有两盏是属于大军和小军吧？徐晓雯想。

他们听见巫书记在劝慰小军的父母：

"俗话说，留得青山在，不怕没柴烧。伢儿们走了，这是命。把该忘的人忘了，再生一个吧。生了，我来给你们送祝米。"说完从腰包里摸出一些钱和粮票，放到小军的父亲手上。

小军母亲使劲摇头："不生了。生他们是造孽。"

小军他爸露出一脸悲怆，说："您老说说，让伢儿投胎到我们跟前，来了是不是受罪？"

"这牛在世上走一遭，受不受罪？马受不受罪？受罪。它们不仅要受苦受累，还要遭人打，遭人骂。人虽有高低贵贱之分，可活着的权利哪个都有，你说是不是？就是猫啊狗的，也还要下几窝崽子呢。这人有了后，才有寄托和指望。你们听我的，趁着还年轻，再生几个伢！"

老地主一脸的云淡风轻，坐在屋角落里沉默不语，即使是大年初一，手里仍然不停地搓着一把绳子。有没有后有什么关系呢？做地主的狗崽子，也许真不如一头牛，一匹马。

徐晓雯闻得见那沉默里的悲哀。

他们特意等巫书记走后才进屋，小军的父母端出一个红色的塑胶盘子，里面盛了些米花糖和麻糖，还有几颗纸包的水果糖——这糖徐晓雯只望了一眼，眼泪便涌了出来。

徐晓雯双膝跪下，郑重地给小军爸妈拜年。她向他们各磕了一个头，说："阿姨，叔叔，我和杨柳来给你们拜年。"在江汉平原，大年初一跪下磕头，本是晚辈给长辈行的拜年礼，但此时，在徐晓雯的内心，除了行年礼，更多的是深刻的忏悔与谢罪。

小军妈赶紧扶起了她。徐晓雯从口袋里掏出二十块钱，这是她临别时母亲留给她的不时之需，她把它递给了小军妈：

"没给您买过年礼物。这钱您收下，家里刚失了火，正好添些东西。"

小军妈吓坏了，这个女人一生都没有见过这么多钱。

她说："知青女伢子呀，年前你已送了二十斤鱼来，我们不能再要你的东西了。"徐晓雯不肯起来，说："您要是不收下，我就不起来。阿姨，就当我是你们的亲生女儿吧，让我给你们尽点孝心！"

小军妈忍不住哭起来，她说："女伢儿啊，这事……怎能怪你？你以后再不要这么想了！"

小军爸也忍不住说："北京女伢子，你的心意我们领了，但我们不能收你的钱！"

徐晓雯把头顶在小军母亲的脚尖上，恳求："大军和小军不在了，我就是你们的女儿。就让我叫您一声妈，好么？妈，妈妈！"她的眼前真的浮现出她妈妈的样子，眼泪从她的眼里滚落下来。她喃喃说："弟弟们没了，你再生一个吧，给我生个弟弟，我会看好他的，再也不会让他走丢了……"

小军的爸妈失声痛哭。杨柳眼圈有些发热，他侧转身子，走到了门边。

最终，小军的爸妈收下了徐晓雯给的二十元钱。

整个过程，杨柳始终沉默着。一种物伤其类的悲哀在他的心底弥漫着，他们这些黑五类，真的生来就是卑贱的吗？为什么他不觉得徐晓雯卑贱，为什么他觉得她的灵魂是如此高贵？他被她与生俱来的善良深深打动着，这个女神一样的女子，这个圣母一样的女子，已经无法不让他仰视。

临走，杨柳把自己身上仅有的五块钱也掏出来，放进了那个装糖果的塑胶盘子里。从小军家里出来后，他们又拐上了去往小兵家的路。

他们将去给另一对不幸的父母拜年。

张敬之心里牵挂和想念着徐晓雯，过完年初八就回来了。多了一个人，知青点的气氛热闹了些，但也多了某种压抑。这种压抑，三个人都感觉到了，张敬之总觉得他走后这些日子，徐晓雯和杨柳间发生了些什么。他们之间似乎多了点什么，又好像少了点什么。多出来的，是一种默契的味道，一种自然的亲近感。但又少了一种刻意的回避和冷淡。

看得出来，徐晓雯是盼望他回来的，她看他的眼神是温柔的，羞怯的。那羞怯里分明又藏着些欢喜和炽热，这让他感到欣慰和幸福。杨柳呢，比年前对他要热情多了。这热情里掺杂了一种敬畏，更确切地说，是尊重。他总是有意识地把单独相处的机会留给张敬之和徐晓雯。他不再用那双深潭一样的眼睛偷偷打量她，凝望她。或者说是觊觎她。

晚上，睡在床上，他们也会聊聊，这在过去是没有过的。张敬之聊他回武汉的感受，杨柳也说了他和徐晓雯去老乡家里拜年的事。他们之间，偶尔也提到徐晓雯，一般是张敬之主动提及，杨柳被动地回答。张敬之问起他们除夕是怎么过的，杨柳说了巫队长来接他们去家里吃团年饭的事。

"那天天气不好，雨夹着雪，特别冷，路上都是湿泥。我们本来不想去，可巫队长又赶回家，特意给我们送了两双木屐来，我们只好去了。"

杨柳说了那晚给徐晓雯去钉窗户的事。

"那晚特别黑，风很大，把女生宿舍窗子上的塑料布吹开了，胶纸掉在地上，窗外黑洞洞的，徐晓雯很害怕，半夜跑过来叫我过去给她钉上了。"

听到这里，张敬之有些紧张。他沉默着等杨柳往下说。

"钉是钉好了，就是钉得不太好看。那晚要是你在就好了，你比我能干，应该比我钉得好看。"杨柳说。

张敬之松了口气，说："钉结实了就行，好不好看倒不重要。"

"是啊，半夜三更的，女生宿舍又只有她一个人。风把窗子吹开了，冷还是其次，主要是害怕——你想那外面都是坟地，坟地边还亮着好多鬼灯。这些鬼灯把她吓坏了。"杨柳说起徐晓雯被那些鬼灯吓到的事。

张敬之说："幸亏有你在。我本来也是不打算回去的，我妈来信催我回去过年，正好大队又分了些鱼和肉，就想回去看看了。"

"有家回当然好。过年么，能和家人团聚一下是好事。"杨柳说。和张敬之不同，他在武汉已经没有家了。徐晓雯和他一样，他们都是无家可回。

张敬之说："今年春节，我也不回去了，留下来陪你们。"

杨柳说："好啊，人多了热闹。最好还有哪个愿意留下来，四个人正好凑成一桌扑克牌。"

张敬之没有回应。他突然问："这是几点钟的事？"

"什么几点钟？"杨柳愣了一下，没反应过来。等他明白过来时，才觉得张敬之是在怀疑他。

"哦，具体时间不知道。大概十一点多吧，或者更晚一些。她来叫我，有些惊慌失措，一个劲用脚踹我的门。"他眼里浮现出当时的情形，羞耻感又涌上来，他可以怀疑他，但他不能怀疑她！杨柳不快地说："你不应该怀疑她。"

张敬之有点羞愧，也觉得自己过于小人之心了。他赶紧转了话题，说："哪天我们一起到巫书记那里去坐坐，给他拜个年。另外看能不能让公社出面，给咱们知青宿舍换两扇新窗户，要装玻璃的那种。"

"这恐怕不好吧，大队已经够照顾我们了，让我们住在红瓦房里，老乡们都还住着茅屋呢。"

"这个事，大队解决不了，得找公社。"张敬之爬到杨柳的床上，在黑暗中摸出一件东西递给杨柳。

"什么？"

"酒。竹叶青，还有这个，"他揿亮手电筒，"大前门。我妈托人搞到的。你还记不记得公社的罗主任？我们给他送去。让他出面解决。"

杨柳禁不住对张敬之心生佩服。

两个人激动地商量怎么去给罗主任拜年。头一回，张敬之对杨柳不那么戒备了。这之前张敬之一直觉得他不在的这段日子，杨柳和徐晓雯间发生了什么。怀疑，却又不愿意相信。现在，他不怀疑了。要是他们之间有什么隐私，杨柳就不会主动告诉他去帮徐晓雯钉窗户的事。况且，杨柳明显一直在对他释放某种善意。不仅如此，他也在有意无意地成全他和徐晓雯。

杨柳的态度是坦然的，真诚的，这与过去完全不一样。他宁愿相信他们之间发生了点什么——比如杨柳向徐晓雯表白过，却被她断然拒绝了，并告诉他她的心只属于张敬之。

这么一想，张敬之的心里就觉得美滋滋的，并真的有种去徐晓雯那里验证一下的冲动。不过，想归想，他不会愚蠢到真的去问她。

正月十五日前，星光大队的知青们陆陆续续从武汉回来了。知青点又像往常一样热闹起来。元宵节那天，由张敬之带领，知青们一起去给巫书记拜年——这一天是年的尾声，也是年关最后的高潮。过完十五，年就算过完了，一年的热闹和放松就到这里结束，重新开始一年的劳作。

一路上，他们遇到很多熟悉的老乡，大家互相合手作揖，互道恭贺。在江汉平原，只要不过完年，路上见了，熟人间都要双手合拢，作揖送恭贺。知青们也乐意随乡入俗，和老乡们仿佛一下子就亲近了许多。

经过刘雪梅家时，她正和她妈妈在一起推磨。刘雪梅推磨，她母亲驭磨。刘雪梅握着磨担来回推着，磨盘每转一圈，她母亲就用铜勺往磨孔里加一勺泡涨的糯米。随着她母亲手臂的伸展，回收，雪白的米浆从两块石磨的缝隙周围淌出来，流进磨盘下面的木盆里。磨出的这些新鲜米浆，是要用来做坛子的。

元宵节吃坛子，是这里的习俗。也不知有什么典故。知青们猜应该是从形状上会意的吧，这里的人把元宵包得结结实实的，一个个整齐地码在案板上，坛子上小下大，底部是平的，上面用拇指按出一个小圆窝，看上去像墩子，又像一个个微缩的坛子。事实上，坛子是这里的方言，实为团子。平原人把团和坛读成同一个音，这是徐晓雯几年后方弄明白的。

坛子的馅，是肉和胡萝卜。皮是用糯米做的，叫糍浆。刘雪梅母女俩现在磨的就是准备包坛子用的糍浆。

石磨也是一份重要的家当。石磨分上下两块，磨担和磨架是它的附件。在平原上，家里条件稍好些的都有一间磨坊。刘雪梅家的磨担被桐油漆得锃亮，磨担的一头，用麻绳吊着，悬挂在屋梁上，另一头的垂杵，则钩在石磨一侧手柄上。手柄上有一个圆孔，磨担的垂杵就插在这个圆孔里。一推一拉，石磨就自主地转动起来。

一群人饶有兴致地看着母女俩推磨。刘雪梅看到他们，赶紧停下手中的活儿，请他们到家里坐。他们也高兴地给母女俩拜年。他们学着当地人的样子，口里道着"恭贺"，将双手合在一起打躬作揖，弄得刘雪梅母女笑了起来。

刘妈妈进堂屋去给他们倒茶。

刘雪梅说："你们这些外马（外地人），来这里尽闹笑话。同辈人才说恭贺的，对长辈要说拜年！"

见刘妈妈走开了，张敬之故意说："对晚辈呢？"

刘雪梅说："对晚辈也只能说恭贺，不能说拜年。"

张敬之说："恭贺刘医生，元宵节快乐！"说完冲刘雪梅做了个鬼脸。知青们哄地一声笑起来，刘雪梅半晌才反应过来，张敬之是在把她当晚辈占她的便宜。

一群年轻人打闹成一团。张敬之好奇地握住刘雪梅家的磨担，说："让我来推几下看看。"结果一使劲，磨担推了出去却拉不回来了。弄得大家都笑起来，林红缨笑着讥讽他："猪鼻子插根葱，装象！别以为你什么都会。"

张敬之不服气，说："你行你来试试！"

林红缨也不示弱："试就试，刘医生能推，我就能！"说完抓起磨担就准备试。刘雪梅笑着走过来给她示范了一下，林红缨果然就把磨盘推动了，还一连推了好几圈。张敬之笑笑，说："毛主席说：在战略上要藐视敌人，在战术上要重视敌人。"林红缨哼了一声，得意地瞟了一眼徐晓雯。

推磨是个力气活儿，更是个技巧活儿。张敬之又推了几下，很快就学会了。没几下就轻车熟路了。刘雪梅的父亲听到动静从房间里走出来，欣赏地看着他，笑着说："你们这些在大城市里长大的知识青年，到了农村是什么粗活儿累活儿都能干哪！"

他们是第一次见到刘雪梅的父亲。此前他们都听说过，刘雪梅的父亲是县人民医院的医生，既懂中医，又会西医，据说还会给病人开刀，是县医院的业务骨干。他们都敬佩地看着他。

张敬之说："叔叔就是县医院的医生吧？雪梅早跟我们说过你了，说你是公家人。"

雪梅父亲笑笑说："你们从省城来，公家人见得多了，不稀奇。"

刘雪梅看着杨柳，问："你们这是要去哪里？"

杨柳说："我们去给巫书记拜年。"

刘雪梅说："那我和你们一起去吧。"

刘妈妈拿了一盘点心出来，说："去吧，你们去了转来到我家吃坛子，今天十五，要吃坛子的。"

张敬之不客气地说："好啊！我早想尝尝坛子是个什么味道了。"

这里元宵节要吃坛子，他听说过，但还没吃过。

随后，一行人便浩浩荡荡地往巫书记家走去。

第五章

在深圳之一

那个姑娘进来时，我正在跟客户讲电话。我示意她在门外先等等。

讲完电话，我冲她点点头，她走过来，交给我一沓文件。

这是个漂亮的女孩子，儿子眼光果然不俗。说实话，第一次见到她时，我真吃了一惊，几乎出现了某种幻觉。好像时光倒流了，死去的某些记忆瞬间出现了复活。

这姑娘竟梳着一条漆黑光滑的长辫子。在这样一个时代，在这个每个物件、每个人的每个细胞都透着现代气息的城市，居然有个漂亮姑娘拖着一条长辫子在这个现代化的写字楼里走来走去，我不知道这是不是一种刻意的时髦。

这天，我终于忍不住好奇地问她："你梳这条长辫子是一种刻意的时髦吗？"

她脸红了，用有些诚惶诚恐的眼神看着我，说："对不起，张总，我会把它盘起来的。"

我想说我不是这个意思，我喜欢她的长辫子。可我不能这么说，她是我儿子的女朋友，我将来的儿媳妇。

但她一直叫我张总，这个傻姑娘，她应该叫我叔叔，或者爸爸。但我不能这么说，毕竟她现在只是儿子的女朋友。再说，现在的年轻人，是速度的一代。他们凡事都爱一个闪字。闪分，闪合，乃至闪婚，闪离。

我不知道她和我儿子的未来会怎样。

"你，先放下吧。"我示意她坐下，却不知该跟她聊些什么。我温和地看着她，有些语塞。面对一个未来可能成为自己儿媳妇的女孩子，总是会有些尴尬。

最后，我终于挥了挥手，她便急急地退出去了。遗憾的是，从这天起，我再也没见过她那条可爱的长辫子。

她果真把它盘到了头上。

事实上，盘上去的辫子使她显得更漂亮，多了些现代感，一种成熟的高贵气息。我不由得当着她的面赞了句："辫子盘上去也挺好看的。"

她笑笑，似乎松了口气，很快就从我办公室出去了。这女孩似乎有些怕我。我相信不只是因为我是她的顶头上司，恐怕还因为我是她男友的父亲。总之，她似乎不太愿意和我亲近。

可我却有种强烈的想要亲近这孩子的欲望。她长得实在太像一个人了。我不能相信这个世上会有长得如此相像的两个人！生活中总是有如此多的奇迹，让你不得不相信命运是长着眼睛的。

　　我第一次见这孩子，是在我办公室。那天儿子打电话来说，要带女朋友来见我。让我在办公室里等着。

　　当儿子牵着一个姑娘出现在我眼前时，我顿时出现了一种错觉：怀疑自己回到了二十多年前的某个时候，站在我的面前那个姑娘就是徐晓雯。我不得不微闭上眼，好让自己平静下来。以便保持作为一名尊长该有的冷静。心里却认定这个世界正出现一种奇迹：一个人的模样正穿越时空的存在，在另一个人身上复活。

　　"你家是哪里的？"我看着她，忍不住问。

　　"湖北。"她的样子似乎比我还要紧张。

　　"湖北哪里的？"

　　"A县。"女孩的脸红了，脸上流露出面对他人鲁莽问询时的那种不安与尴尬，显然她在压抑着她的愤怒。

　　"老爸，你要查户口吗？！"儿子生气地说。

　　我不理他，继续看着女孩问："清水河公社的？"我双手撑住办公台，吃惊得从座位上站起来。

　　女孩突然笑起来，说："不，是清水河镇。现在不叫清水河公社了。"她似乎明白了什么，说："叔叔，您是去过我们那里吧？"

　　"你是星光大队的？"

　　"是星光村的。早就不叫星光大队了。"女孩语气欢快起来。

　　是的，你们一定能想象我吃惊的程度。一种窒息感上来，我感到血压在急剧上升，人几乎要晕过去。

　　我激动地说："你的母亲……是徐晓雯？"

女孩看着我，眼睛发亮，惊喜地问："您当过知青，是吗？"

我说："如果我没猜错的话，你爸爸叫杨柳，对不对？"

女孩开心地笑了，说："您跟他们认识？"

我点头。一屁股陷在沙发里。

徐晓雯，杨柳，我。我们岂止是认识？

我深吁一口气，把目光投向窗外，这个城市越来越漂亮了，阳光透过两座高楼的罅隙，把一柱彩色的光线斜射到我的办公桌上，无数的尘埃在光柱里舞动。如果没有这一柱光，人是感觉不到这些尘埃的存在的，即使它们原本就在空气中，它们一直就在空气中。就像我们记忆中的那些人和事。

我缓缓地说："我和你父母都是同学。我们一起插过队，就在你的家乡。那是1970年。对，1970年夏天，那时你们都还没有出生。"

我看看她，又看看我儿子，微笑着对他们解释。

儿子这时已经明白过来，他抓住那姑娘的手，在我办公室里兴高采烈地转起圈子，有些忘情地大叫："噢，杨小米，我们两家是世交耶，太好了！哈哈！"

姑娘也笑着，样子显得有些羞涩。她说："我听我妈说过，他们当时一起插队的知青有三十多人。"

我说："不对，我们这一批，只有十二个。三十多个是分三批下去的。"

我从座位上站起，回忆着那个星光之夜。当时，我们一群人站在那个清水河公社的院子里，那个姓罗的公社干部让我们选择去向。那一刻，我仰望着天幕上的星光，觉得那缀满星辰的天空就像一个等待开启的寓言。

星光知青点。我说。我们班的十二个人，都随我去了星光知青点。当时，徐晓雯留的是短发，不是眼下这女孩这样的长辫子。想不到此刻，徐晓雯把她变成了她女儿，重新站在我面前。

我打量着她，笑问："你妈妈，她还好么？"

女孩的眼神突然黯淡了，她垂下头，说："她，已经不在了。"

不在了？这是什么意思？我睁大眼睛，疑惑地看着她："你是说……"

她点点头："是的。去年冬天刚过世。癌症，胃癌。"

女孩压抑着自己的情绪，尽量平静地告诉我。我颓然坐下，像一摊软泥陷进座椅里。死了！徐晓雯她就死了？这怎么可能！我们可是同年生的啊，她仅比我大不到两个月。

我，我们这些一起插队的同学、战友们不都在这个世界好好地活着吗，她怎么就走了呢？这些年，她和杨柳一直生活在我们插队的地方。这我是知道的，只是这些年已疏于联系。我以为她在那个平原上，一定好好地活着，因为那是她一生热爱的选择。

我也曾试图联系过他们。听说她不愿意离开那里。我知道那里有她的理想和追求，有她的爱人、孩子和家。时过境迁，这些年我也不想再去扰乱她的平静。一个年至半百的人，已经懂得去珍惜别人的平静。就算偶然想起，或者有过什么念头，也不会轻易付诸实施了。

没想到她竟然走了，彻底地离开了这个世界。连一点见面的机会都没有留给我。命运可真能跟人较劲，用一个人的死来跟另一个人较劲，我还有什么可说的呢？

我们过去那一拨儿同学和战友，如今早已各奔东西，离散在这个星球的各个角落。偶尔联系一下，也都是隔着电话线和网络。不知这是时代的幸运，还是时代的不幸——我们已沦为这个时代的奴隶，逐渐为我们所创造的生活所控制。

我的脸色一定很难看，孩子们不安地看着我。儿子说："爸爸你没事吧？"我摇摇头，看着她的女儿，这个她复制下来的自己。她总算复制了一个自己，并让我见到了这个她。

"你爸爸，他还好吗？"我克制着自己，努力恢复平静的语气，可我知道我的喉咙那里在颤动。

"他在村里当民办教师，都当大半辈子了，因为残疾，一直没能转成公办。"

"哦，你真该早点告诉我这些！哪天我们一起去看看他。"

"小米不是今天才见到你嘛！"儿子揽过我的肩膀，小声在我耳边道："爸，面试通过了吧？"说完冲那女孩眨眨眼。

我对女孩说："请代我向你的父亲问好。你叫杨小米？"

儿子应该不止一次跟我说过这个名字了，可直到此时，我才真正用心去记。我说："你们自己玩儿去吧，我还有些别的事。"我闭上眼睛靠在椅子上，朝他们挥挥手，示意他们离开。

望着孩子们充满活力与朝气的背影消失在门外的走廊里，我的内心久久不能平静。姑娘脑后的那条辫子可真漂亮，从背影看过去，和她母亲简直就是神似。如此神似的母女俩，在生活中并不多见。也许只是人们缺少对时光的铭记，少有人把两代人放在不同的时空里一起去比较，所以就忽视了这种神似吧？而我不能不比较，因为徐晓雯留给我的最后印象就是这个样子。

我们已经多少年没见过了？我记忆中的她，与眼前这个姑娘其实处在差不多的年龄。甚至比这姑娘更年轻，好像我们之间不是隔了二十多年，而是只隔了两年，或者三年，她长大了，长成了眼前这个姑娘的样子……

哦，人类DNA的复制是多么神奇。

她怎么能就这么离开了呢？离开我，永远不再和我见面，就是想让我只记住她年轻时的样子吗？永远二十岁。哦，这真是一种说不出来的苦与遗憾，徐晓雯，你真的不想让我再对你说点什么了吗？

这些年，我内心里其实一直隐存着这种期待与盼望，期待我们还能见上一面，还能面对面地说点什么。只是觉得，我们都还好好地活着，不算太老，还没有那种溢出时间的冲动，又或者还有某种忌讳。谁知道你就这么匆忙地走了呢？你真是残酷啊，总是做一切事都不给我一个解释，不管是当初送我参军远走，还是和别人结婚，又或者选择在农村待一辈子，当一辈子乡村孩子王。对了，你不想回城，是把一切都看透了，还是真舍不得那个平原？舍不得你的女儿你的家？你说过了，杨柳缺了一条腿，你不能离开他，他也不能离开你，既如此，那我还能再说什么？你是一个不愿多解释的人。你那么快就决定嫁给杨柳，嫁给一个断了一条腿的人，是因为你天生的同情心和与生俱来的善吗？你后来在W大的悄然离去，以至于我们近在咫尺却无缘相见，连林红缨都对你感到陌生。你的内心深如海，我永远也无法探测到你的海底。哦，我们是有过的，那夜的星光照彻着我们，照彻着原野……哦那比海还深的爱你知道吗我从没有停止过这种追忆也许没有人会相信无论后来我在什么样的女人怀里那一刻我感受到的都是你的存在！我只能靠着对你的幻想去寻找那种死一般的感受——医学上把这叫什么来着？性暂留还是性代替？我记不得了，也不想去弄清它。就像我也不想再去弄清你。反正你是不肯跟我解释的永远不肯而今你已把自己藏在深深的泥土里……

第六章
1971年的爱情

　　草垛事件发生后，知青们的心理上蒙上了淡淡的阴影。尤其是在小军死后，大军因受刺激发疯，用一根树枝钉死了小兵——树枝从小兵的耳朵里穿过，那孩子的死状惨不忍睹。

　　这种发生在小孩子身上的死亡景象，远比他们在城里所见过的种种死亡更惨烈。在他们看来，"翠竹根连根，学友心连心，你我齐携手，扎根新农村"的思想，开始变得越来越渺茫。一名老知青最先说出了这样的话：我们的理想是虚妄的，我们的激情是廉价的，我们的牺牲是无谓的。这样说时，那名知青干涩而疲惫的眼神里，透出的是岁月的暗淡与沉重。

　　"那我们怎么办？难道就这么在农村耗一辈子？"

　　"当然不能耗一辈子。得想办法回城！"

回城？怎么回？回城那么容易吗？最先引发知青骚动的是林红缨。

1971年夏天，林红缨突然当上了公社广播站的播音员。她离开了知青点，搬到了公社的院子里。大家深知，住进公社的院子里，就等于是变相地回了城。同为插队知青，原本是一起共患难的，现在却出现了这样的不平等地位，这令他们感到了人心的动荡与分裂。一群女知青甚至组织起来，到公社找当地领导理论。罗主任接见了她们。

"凭什么林红缨当广播员，我们就该死守在农村种地？"

"她会讲普通话，声音也好听。"

"问问我们这些女知青，哪个不会讲普通话？再说，她普通话能有徐晓雯讲得好？人家可是正宗的北京人！"

"徐晓雯？她不行，她出身不好，父母都是右派！"

右派？大家面面相觑。张虹反应最快，她叫道："可我父母都是工人，我根正苗红，也会说普通话，为什么不让我当广播员？"

"我的出身也是工人家庭。为什么我不能？"

罗主任笑了。罗主任说："论出身，你们都能。可人家小林同志是正规考上的，她写的诗，我们清水河水平最高的何茂新老师都给她给了满分！你们当时怎么不来考呢？"

"考？"大家愣住了，"什么时候考的？我们怎没听说？"

"公社门口早就贴了招考通知，你们呀，应该多关注关注公社的各种信息！红旗知青点就有八个女知青来考了。你们知青点来考的只有小林同志一人，这不能怪我们啊。"

大家再一次面面相觑，有人冲到公社大门口去看，果然发现里面的公告栏里贴着一张报考名单和成绩公布。考试的时间，内容都写得清清楚楚。大家傻眼了，一时无话可说，却又气不打一处来，回去的路上，一直在骂：

"我们点上怎么就林红缨一个人知道消息？"

"这根本就是个阴谋！林红缨后面肯定使了手段。"

"这么重要的事，为什么不在高音喇叭里播出来！"

义愤之中，她们又想起了刚刚获知的另一个信息："徐晓雯的父母都是右派？难怪她会从北京迁来武汉，原来如此！"

徐晓雯是唯一没有参加这次"闹事"的女知青。本来大家还奇怪，现在终于明白了。她成了继林红缨之后备受大家关注的人物。几乎从女知青们一回到知青点，其他人就都知道了这个"秘密"。当晚，张敬之把所有的知青都召集到了一起，唯独没有叫徐晓雯。他冷冷地看着大家，说："我今天把大家叫到一起，就是想告诉大家，我们现在的身份就是知青，也只是知青。以后谁要是想在这中间搞什么成分划分，散布什么不利于团结的谣言，我就叫他滚出星光知青点！"

言下之意，不言自明。

"大家一起来到这里，咱们就是一根藤上的瓜，歌里是怎么唱的？瓜儿连着藤，藤儿连着瓜，藤儿越肥瓜越大！我再说一次，哪个要是想搞身份歧视，我就把他这只瓜从藤上摘下来。"如今的张敬之，俨然已是知青中的领袖人物，没有人敢跟他对抗，包括比他们早两届到来的知青。

张敬之是什么时候获得这种地位的，好像没有人认真想过。不知不觉中，大家就认可了他这种地位。只有杨柳明白，这一切始于张敬之亲赴公社，从公社请来了罗主任对知青点进行了一番视察，并由罗主任亲自安排，公社拨给经费，给知青点的宿舍换上了两扇又大又亮的新窗户，窗户上安装了崭新透亮的玻璃。窗框上还刷上了一层漂亮的绿油漆。

两扇装了玻璃的新窗户，从物质上改善了知青们的住宿条件，也从意识上唤起了大家对张敬之的尊敬。

杨柳不得不佩服张敬之的胆识与谋略。说实话，打从徐晓雯被送进派出所那天，张敬之弄清真相带领知青们勇闯派出所那天开始，杨柳内心里就已为之折服。那一夜的深谈，张敬之把一瓶竹叶青酒和一条大前门的烟呈给他看后，他们之间就结成了某种同盟。事实上，张敬之也一直在明里暗里庇护着成分不好的他。眼下他这番话虽然是针对徐晓雯来暗示的，从某种程度上也是惠及杨柳的。

有了张敬之的警告，大家对徐晓雯的议论少多了。但是，林红缨当上公社广播员的消息还是让他们受到了一些刺激。刺激归刺激，改变现状却不容易。

日子如此乏味而空洞，大家总得为自己劳碌的生活找点调剂。

A县是有名的产粮大区和农作物重地。农作物之多，他们一时半会儿都数不过来：水稻、小麦、大麦、荞麦、菜籽、花生、大豆、蚕豆、豌豆、绿豆、芝麻、高粱、玉米……更有成片成亩望不到边际的棉花与黄麻。农作物的产量有多大，他们的劳动强度就有多大。最苦最累的莫过于每年夏天的挑堤。防洪——这是高于生命比一切都重要的政治任务！挡住了洪水，才能保住粮食与作物。插队以来，他们除了劳作，还是劳作，每天都是面朝黄土背朝天，顶着露水出工，踩着露水收工。他们的身体开始变得强壮，越来越强壮，他们的心却开始变得疲惫，越来越疲惫。

初来时的热情，早就被严酷的现实击退。

他们不得不开始正视插队的现实，对未来怀着深刻的悲观与绝望。从平原上逃离成为他们最大的梦想。当然，平原的美，他们也是喜欢的。平原上到处是田畴与湖泊。早春刚至，田野里就已开满红彤彤的燕子花，一片连着一片，一块接着一块，野火一样在到处的田畴里蔓延和燃烧。这种用作绿肥的花，人们又叫它红花草。在《现代汉语词典》里，它有一个专门的词条：紫云英。

燕子花开过了，被他们犁进了田地里。油菜又从它们的尸体上长出来。金黄的油菜花艳得让人睁不开眼。油菜花的香气是如此馥郁，芬芳醉人。那色泽是那么浓烈、灿烂、气势磅礴，覆盖住无边无际的平原。

放眼望去，整个原野就是一个巨大的花的拼盘。到处蜂飞蝶舞，春情荡漾。紫色的豌豆花，白色的芝麻花，金色的油菜花，红色的燕子花……一年四季里，到底有多少作物在平原上开花，结籽，知青们已经不记得了。因为根本就数不清。农作物的花，蔬菜的花，莲藕与红菱的花，药物与水草的花，篱笆与藤萝的花。连棉花都是要开出各种颜色的花来的。更有那些说不出名的野花：荠菜花，野麻花，刺芥花……有的开在水里，有的开在陆地，有的开在路边，有的开在田畴。连那些埋着死人的坟头，都开着不同的野花。

平原就像一张巨大的绿毯，向他们展露它的花叶繁盛。

江汉平原是广袤的，它的土地是肥沃的。人们的种植有多么辛劳，它的回馈就有多么无私。就像人们把种子撒在地里，作物就会生长出来，知青们把爱情种在这里，它的种子也会发芽，开花，结出各种甜的苦的果实。

这平原的确是美的。尤其是这样的早春，繁花在盛开，作物在摇曳。知青们感觉到某种旺盛的生命意识正在觉醒，从他们疲乏的生活里觉醒，从他们日渐冷却的心里觉醒。就像蛰伏在土壤里越冬的昆虫，一觉醒来，就要参与春天的歌唱。

一种无法抑制的情绪在他们的身体里躁动，这是他们心中的爱情。是的，唯有爱情可以让他们暂时忘却生活的苦涩与劳累。

按规定，知青下乡未满三年，是不许谈恋爱的。但星光知青点的知青们不管这些。尤其是先来的那批老知青，他们胆大妄为，目中无人，动不动就跑到河边的柳树林子里幽会。有放肆的甚至敢在大白天钻进半人多高的苞谷地里，躲在苞谷叶子后面"搂抱和亲嘴"。

尽管政策有规定，但谁也阻止不了种子在春天里发芽。就像花儿要开花，年轻的心到了它该萌动的时候，就会生长出爱的萌芽。人们发现，春耕还未结束，星光知青点上已经悄然出现了七八对恋人。

张敬之和徐晓雯公开相恋了。

心有不甘的林红缨和郑义也组成了一对。

大家坦然地享受着平原带给他们的自由与温情。青春勃发的身体，在苦涩与欢乐的日子里，宛如平原上开出的小花，悄然绽放，芬芳暗藏。小小的知青点，有什么秘密是基本上藏不住的。

其时，一大半知青都在仓促的排列与组合中，选择了一个和自己相处的"对象"，与其说他们是找对象，还不如说他们是在无奈中为自己挑选游戏的搭档。他们明明知道：这不是他们想要的爱情，这根本就不是什么爱情，但每个人都把它当成爱情体会着。有时，他们也和本地青年打成一片，玩那种平原上流行的长纸牌。纸牌有三种：千和、戳和、碰和。三种纸牌花色不一样，张数不一样，打法也不一样。知青们喜欢打戳和。千和太烦琐复杂，只有老人们才喜欢，碰和又太简单单调，打起来不刺激，孩子们玩一玩差不多。

　　纸牌一律是自制的，又细又长，用桐油浸得金黄，上面有彩色油漆点染的字或图案。放在鼻子底下闻，有股淡淡的桐油香。一群男女知青喜欢在打牌的过程中找寻恋爱的乐趣——他们多是两两成双，一对打一对。他们打情骂俏，眉目传情。在这样的娱乐与调笑中，时间便过得飞快。他们暂时忘掉自己的处境和身份，忘掉他们的亲人与城市。这样的场景，常常是在收工后，在集体户里吃完了晚饭，大家围聚在宿舍里，或者蹲在灶台边，一边打牌，一边喧哗。对输家的惩罚五花八门：在额头上画乌龟，背毛主席语录，顶碗，学狗叫，唱歌……满院子都是笑闹声，满院子都是武汉口音。弄得当地的年轻人羡慕不已，他们学着他们的武汉话，期期艾艾，渴望加入这一群体。最受知青们欢迎的，自然是刘雪梅和巫志恒。刘雪梅暗恋着男知青中的杨柳，巫志恒默默喜欢着女知青中的徐晓雯。虽然他们都明知道得不到心仪之人的心，但能在群体的欢聚中感受到心上人的存在也是一种幸福。

　　当地的年轻人模仿着知青们的打扮，动作，乃至他们说话的方式。这些连武汉长什么样子都不知道的土憨巴，也像武汉人一样"洋气"起来：他们把搂抱也说成拥抱，把亲嘴也说成接吻，把好上也说成相爱……总之，因为这些知青的到来，星光大队，乃至整个清水河公社的年轻人都有了变化。

知青们对当地的影响还不止这些。从春耕结束到双抢前，有一段稍微清闲一点的时光。由星光知青点的知青们领头，策划举办了一场马拉松运动会。长跑在大堤上进行，全大队的青壮年都参加了这次运动会。这件事惊动了公社，后来又惊动了县里，连A县领导也倍加赞赏，号召全县农村青年向插队知青同志们学习，学习"他们扎根农村，与农民兄弟打成一片，带领农村树立新风尚、建立新面貌的宝贵精神"！

公社和县里的广播都播报了他们的事迹。他们在广播里听到了林红缨那略带点武汉腔的普通话，不平衡的心理又加强了几分。他们嘴里骂着"个婊子养的"，心里却羡慕着林红缨终于可以摆脱面朝黄土背朝天的命运。

生活是如此贫乏，但贫乏的日子却是平静的。谁也没有想到，知青点会出大事情。

出事的是林红缨。林红缨有一天突然离开公社，搬回到了星光大队。林红缨当上广播员，知青们都认为是她背后使了手段。事实上不是。那天，林红缨叫郑义陪她去公社供销社买香皂。买完香皂，林红缨说想去公社看看，说不定公社的罗主任还记得他们。他们在公社院子里转了一圈，没有见到罗主任，就在公社大门口的水泥橱窗前浏览。橱窗里贴着当天的《人民日报》社论，还有各种各样的通知与公告。其中一张用红纸写的公告吸引了他们的注意。

林红缨只看了一行，心跳就加快了。

这是公社广播站招考广播员的公告，条件是要会说普通话，出身良好，并注明了插队女知青与学校女教师优先。至于其他诸如身体健康、长相端正之类的要求，对林红缨来说，简直不算要求。

"公社要招广播员啊，你来报名考试吧！"看到这个公告，郑义也很兴奋。

"可是全公社只招一人啊，要会说普通话，还要考试！"林红缨抑制住自己的兴奋，不安地说。

"上面写了，女知青优先报考。难道我们武汉人还讲不好普通话？你看，这考试也简单，除了现场答卷，就是朗诵诗歌和背诵毛主席语录。这个有什么难的？再说，不就是来报名考一下吗？管它考不考得上，你先报名再说。"郑义指着公告鼓动道。

林红缨说："可是我们公社有那么多女知青，光我们点上就有十几个，红旗知青点也有好几个。要是都来考怎么办？我竞争得过么？"

郑义抬头朝四周看看，突然伸手将那张公告扯下来，揉成一把，塞进怀里。郑义用手指杵了她一把，说："走！"

林红缨立即明白过来。

他们迅速走到一个无人的地方，两人对视，禁不住哈哈大笑。

郑义说："只要我们知青点没人看到这个公告，就没人和你竞争了。别的点有没有人看到我就不知道了。"

他们记下了招考的日期，就把这张红纸扯烂了扔进一处水沟里。让他们想不到的是，招考那天，星光知青点果然只有林红缨一个来报考。

考试那天，在郑义的掩护下，林红缨请了病假，一个人悄悄赶到了公社。来应考的只有十来个人，其中大部分是红旗知青点的女知青。另有两名小学老师。

考卷发下来，林红缨大喜。其中几题是默写毛主席语录和诗词，压轴题是根据文章所提供的材料，写一首抒情诗。

林红缨一直热爱诗歌，也曾偷偷写过几首，对毛泽东诗词更是倒背如流。

林红缨并没有使什么手段就被录取了。

她当上了公社的广播员。当上广播员后，林红缨就搬离了知青点，住进了公社的职工宿舍。林红缨刚走那阵，几乎每星期都要回一次星光知青点。她喜欢在星期天骑一辆凤凰牌轻便自行车，从公社到知青点来玩。起先，她和郑义还保持着比较亲密的关系，后来就几乎不和郑义单独相处了。谁都看得出来，林红缨看不上郑义，现在她更有理由不和他在一起了。

林红缨骑着凤凰自行车的派头，令每一个女知青都很眼红。

有那么一段时间，知青们发现林红缨变胖了，也不喜欢来知青点玩了。最后一次来知青点时，她脸色显得十分忧郁。她看起来心事重重。而且，这一次她也没有骑凤凰牌自行车。她告诉她的知青战友们一个爆炸性的消息：她不想当广播员了！

"过几天，我就回来和你们一起参加生产队的劳动。"林红缨说。

知青宿舍里一下炸了锅。

“你疯了？好好的广播员不当，跑回来种田！”一位女知青吃惊地叫道。

“对，我喜欢种田。”林红缨平静地道。

“你这是放屁！谁不知道你当初是怎么削尖脑壳往公社钻的？自己一个人偷偷去报考，生怕走漏了消息！哼！”另一个女知青睥睨道。

幸亏知青们只知道她隐瞒考试的事，不知道她和郑义撕了公告的事。否则他们还不知道会怎样咒骂她。在这一点上，她是感激郑义的。不管她怎样冷落郑义，他都替她保守着这个秘密。

林红缨说：“那是当初。现在我不想当广播员了。真的。”

“那你去跟公社领导说一下，让我顶你的缺。不就是播个音嘛，普通话谁还不会！”老知青张虹道。

“可以。我回去就向公社的罗主任推荐你。”

“真的？”张虹有些不相信地问。

“当然是真的。”

张虹激动得一把搂住林红缨：“谢谢！我当上广播员一定先请你客！”

“就算林红缨不当广播员了，也轮不上你啊。你以为公社领导心中没有别的人选吗？”一位老知青嫉妒地看着张虹，不满地说。

“我又没要你推荐！关你什么事？再说，公社领导心中有没有人选你知道？他认识你是谁？”张虹也不甘示弱。

“公社领导是不知道我是谁，可他又知道你是谁？”

两个女孩吵起来，互不相让。激烈的争吵声引来了隔壁的男知青们。弄清原因，大家全都对林红缨的行为感到匪夷所思。

一位处世老练的男知青当即敏感地问：

"林红缨，是不是公社哪个狗官想占你的便宜？"

林红缨摇头说不是。

"那是为什么？好好的广播员你不当，回到点上种地，谁会相信？"

男知青们也蠢动起来。张敬之说："林红缨你别害怕，要是哪个王八蛋胆敢在咱知青头上拉屎，我们全体起来，把它清水河公社一锅端了！"

可林红缨却只是摇头，什么也没有说就走了。

两天后，林红缨真的驮着铺盖卷，回到了星光大队。回到星光大队的林红缨没有搬回知青点，而是住进了村里的五保户陈瞎子家。她对巫书记说，她已经不习惯住集体宿舍了，况且陈瞎子眼睛看不见，她可以照顾她。

巫书记没多想就应允了。

但是，林红缨回来的谜底很快就被人揭开了。有人发现她的肚子鼓了起来。此时的林红缨，已有七八个月身孕。她再也没法掩饰她变形的身子。尽管她每天都在自己的肚子上缠上一圈又一圈的纱布，外面罩着宽大的衣服，但她沉重的身子到底还是没有逃过有心人的眼睛。

起先，人们只是发现当过广播员的林红缨变懒了。她劳动起来笨手笨脚，有气无力，连弯一下腰都显得费力。后来，生产队的一名妇女最先发现了她的特别。她走路的样子引起了这位有经验的农妇的怀疑。她对林红缨进行了跟踪。在陈瞎子家的后窗缝里，那位妇女吃惊地看到林红缨一层一层解开了肚子上的纱布，露出挺起的巨大肚子，她忍不住发出了一声尖叫。

消息不胫而走。很快，每个人都知道了林红缨怀孕的事。此时，人们才猛然醒悟，林红缨为什么要离开公社广播站，住进一个瞎子的家中。

秘密泄露。林红缨再也不用掩饰自己的肚子了。她像所有的怀孕母亲一样，开始坦然地挺着肚子走路。林红缨怀孕的事不胫而走，很快成为星光大队最热门的新闻，并迅速扩散。清水河公社的各个大队各个小队，都在议论女知青怀孕的事。多嘴多舌的清水河人，无论是出工还是休息，无论吃饭还是上厕所，甚至连夫妻在床上办事时，都在议论。大家口口相传，很快惊动了县里的知青办。

知青办发下话来，责令清水河公社领导严肃查处此事。

于是，大队干部和公社干部一起上阵，轮番找林红缨谈话。他们要她说出肚里孩子的父亲。

"说吧！如果你有什么委屈，我们一定给你撑腰！我们会向上面反应，帮你讨回公道！"

……

"如果你是被强暴的，我们就把他找出来法办！替你们知青讨回公道。"

……

"如果你们是自由恋爱的，大队可以做出特殊处理，允许你们结婚。"

……

"告诉我们，那个男人到底是谁？"

……

无论怎么询问，林红缨就是不肯说出那个使她怀孕的男人。

1971年的冬天，在对林红缨的反复问询中无情地来临。当这年的第一场小雪从空中落下时，人们才忽然发现，在清水河公社成了新闻人物的林红缨，突然在星光大队消失了。平原上的冬天，现出了应有的萧瑟，知青们不再像往年一样关心生产队里什么时候起鱼，何时杀猪，他们关心的是女知青林红缨的突然失踪。她和她肚子里的孩子，成了他们最最核心的话题。

"林红缨会不会逃回武汉生孩子去了？"

"说不定她给那个男人谋杀了！天啦，这可是一尸两命！"

"那个男人肯定很有势力！说不定他威胁了林红缨！"

"是啊，林红缨肯定是被强奸的！强奸她就是强奸我们所有的知青！"

"如果被强奸时她连人都没看清楚呢……"

知青们做着种种猜疑，被猜疑的对象却突然消失了，这让他们的猜疑失去了支撑和寄托。

徐晓雯觉得，林红缨的怀孕与沉默，肯定与一段爱情有关。这爱情肯定不是他们理解中的爱情，它也许关乎忠诚，关乎生死，关乎奉献，关乎牺牲。否则，处事精明、从不吃亏的林红缨绝不会为了生下肚里的孩子，舍弃来之不易的工作，舍弃女孩子宝贵的名声。

可见，她是在拼死为那个男人保守秘密！

如此，它肯定不是一段平庸的爱情。

徐晓雯背地里问张敬之："你觉得那个人会是谁？"

张敬之说："会是谁？我怎么知道？"

"你说他会不会就在我们中间？"

"你是说他有可能是知青？"

"你认为呢？"

"你是说郑义？不可能！她压根儿就看不上那小子。况且，她当上广播员后，也很少回我们知青点。"

徐晓雯沉默了一会儿，她有些怀疑地看着张敬之，说："我不是指郑义。"

"那还能有谁？别人就更不可能。就我们宿舍那些人，我还不知道？"张敬之莫名其妙。

徐晓雯叹口气，没再说什么。她心里的疑虑却在加深，在她看来，以林红缨的性情，她的所作所为，只可能是在守护一段爱情。

❧

这年冬天，星光大队的民兵连长兼七队队长巫志恒参军走了。与巫志恒一起参军走的，还有一名1968年来此插队的知青。

张敬之接替巫志恒当上了大队民兵连的连长。他带领大队的全体民兵参加这一年的冬季拉练。参加拉练的知青心事都很沉重，都希望明年冬天征兵时能轮到自己。他们都想去参军。只有参军，才能让他们尽快脱离农村，回到城市。

但是，国家有明文规定：下乡知青插队不满两年的，不准报名参军。这样的规定，彻底粉碎了张敬之他们这批新知青的参军梦。作为1970年下乡插队的知青，招工和参军暂时都轮不上他们。他们只能眼睁睁地看着十几名老知青去报名，在羡慕与无奈中期待下一年的机会可以降临到自己头上。

插队以来，林红缨的遭遇，彻底把他们从迷梦中唤醒了。他们发现，恋爱的滋味并不都是那么春光明媚，它也可能让他们的生活阴霾沉沉。况且，快乐的情绪总是短暂的。真正长久伴随他们的，仍然是日复一日高强度的农活，是让他们根本无法改变的残酷现实。

这一年，清水河公社的征兵工作并没有因为女知青林红缨的怀孕事件受到影响。在人们看来，国家事与个人事，永远不可同日而语。个人的事即使事关生死，在国家的事情面前，都只是一件芝麻大的小事，就像大象脚边的一只蚂蚁。

运兵工作一结束，人们发现，失踪女知青林红缨又出现了。她的身材恢复了过去的单薄，显然，她腹中的孩子已经生下。与以往不同的是，她的脸上出现了从未有过的呆滞，有时她突然哭起来，嘴里喃喃着："还我宝宝，你还我宝宝……"哭着哭着，又突然笑了。

显然，林红缨疯了。星光知青点最漂亮的女知青林红缨疯了，她又一次给当地的人们带来了震撼！

疯了的林红缨喜欢在湖边踟蹰。一看到湖水，她的眼里就会涌起莫名的兴奋，对着湖面一个劲儿地叫："宝宝，宝宝。"她肯定是在找她的孩子。她是在哪里生下孩子的，她的孩子去了哪里，人们一概不知。人们相信，正是孩子的丢失，让她的神经出了毛病。

真相的浮现，是在某个湖里突然浮出一具婴儿的尸体后。婴儿的脚腕上缠着一根细麻绳。麻绳的另一端，露出了零乱的断口，从这个断口，人们一下就判断出它的另一端曾经绑过重东西。果然，人们沿着婴儿浮起的地方潜下去，就摸到了半块石磨。石磨的上面，分明也系着一截绳子，绳子的断口，正好和婴儿脚上的那截吻合。

显然，这个婴儿是被人用半块石磨沉入湖底的。湖并不大，也不算太深。里面长满了莲藕和红菱。夏天的时候，湖里开满了荷花，粉红的，莹白的，十岁左右的孩子也敢下到里面去，采莲蓬和捞菱角。

这个湖，不在星光大队，在与它相邻的星星大队。

是个男婴。所有的人都认为这个男婴就是女知青林红缨的儿子。死去的婴儿虽然只是个私生子。但这是谋杀！

谋杀就是犯罪。杀人就要偿命。在平原人看来，这是真理，天经地义。

到底是谁谋杀了那个男婴？婴儿究竟是不是女知青林红缨的孩子？派出所的工作人员介入了调查。一定要破案。

要破案，突破口只有疯子林红缨。警察把林红缨带到发现尸体的湖边，果然，一到那个湖边，林红缨就开始狂叫："宝宝，我要我的宝宝！"她的叫声凄厉而疯狂，见人就扑就咬，情绪出现了前所未有的歇斯底里。

警察把林红缨按住。他们确信，这个死去的婴儿就是林红缨生下的孩子。他们从林红缨的现场反应和情绪得出结论：她目睹了这个孩子被谋杀的过程。也许正是孩子的死，导致了她的疯狂。据此，警察推断：最大的嫌疑人，就是那个孩子的父亲。

这个男人始终躲在真相的后面。他是谁？究竟是一个什么样的男人让林红缨不肯说出他的名字？人们试图去诱导疯子林红缨，企图让她说出他的名字。但他们失望了。就像前面N次一样失望。林红缨在疯狂状态下也没有说出那个男人的名字。她除了念叨她的宝宝，对任何问话都充耳不闻。为了迅速破案，公安人员不得不搜查了林红缨的私人物品。从她的私人物品中，他们发现了她的日记。

日记里隐约地记载了她和这个男人之间的爱情。

正如徐晓雯所料，林红缨和这个男人间有着深刻的爱情。或者说，林红缨心中充满了对这个男人的爱情。因为她的日记里记着这样的话：

"他们企图让我说出他的名字。而我是决不会说的，即使是让我死，我也不会说。"

"我爱他，我要生下我和他的孩子。"

"这个孩子是我们爱的结晶，无论如何我都要生下他……"

但是，公安人员还是无法从这些记载里得出那个男人的真实身份。因为凡是有可能暴露他身份的文字，林红缨一个字也没有留下。足见，她有多么爱这个男人。

这是一个怎样的男人，让她如此不顾一切地爱恋和保护？公安人员在公社的广播站也进行了走访和调查，但得到的信息是，除了工作上的往来，林红缨几乎不和任何异性多打交道。在他们看来，骄傲美丽的林红缨从来不把她身边的任何男人放在眼里。除了回知青点，她也几乎从不离开公社大院。这引起了人们的种种猜疑与疑惑。

男婴的死，成了人们心头的一桩悬案。在案件的传说中，星星大队传来了一个老人的证词。证词是，老人在一个风雨交加的夜晚，听到了一个婴儿的哭声，哭声是从星星大队六生产队一间废弃的队屋里传来的，后来哭声就突然消失了。老人当时不以为意，后来想起，始觉得可疑。六队的队屋早已废弃，那里曾经住过一个流亡的老尼姑琼。老尼姑琼其实是修女琼，曾是个顽固的基督徒。平原上的人分不清楚修女与尼姑的差别，就像他们分不清楚基督教与佛教的差别。在他们看来，凡信教者皆为佛。那个老尼姑是什么时候消失的，谁也不知道。人们不知道她的去处，就像不知道她的来处一样。据这位老人说，老尼姑原是有姓的，姓叶或者姓岳，也许姓艾，总之，都是谐音。人们知道得并不真切。大家只是习惯叫她琼或者尼姑琼。与村里的哑巴重生一样，琼也是一个失语者，但她并非哑巴。琼消失后，那里就再也没有人住过。里面堆着生产队储存过冬的几十捆牛草，除了偶有社员去那里取牛草，平常几乎不会有人去那里。

那么，深更半夜怎么会从那里传来一个婴儿的哭声呢？

这个队屋，正好在离婴儿浮起来不到三百米远的地方。

老人说，那样的哭声只能是一个刚刚出生的婴儿发出的。

果然，人们在一捆立起的稻草后面发现了一个空洞，洞被稻草遮盖着，移开上面的稻草，人们就发现了产妇的胞衣。里面还有些吃剩的食物：几块发霉的煮红薯，半碗发硬的米饭。

人们立即联想到女知青林红缨那短暂的失踪。这么说，林红缨就是在这个废弃的队屋里，在这些喂牛的草捆中生下了她的孩子？是谁把她引到了这里？又是谁把这个刚出生的孩子沉到湖里的呢？

真相是自己站出来的。

这时已是1972年的春节后。正当清水河公社的人们对这起悬案的结果失去了追踪的热情时，派出所突然接到清水河中学何茂新老师的自首。何茂新老师是清水河中学初二年级的语文老师。在整个清水河公社，清水河中学是唯一的一所公办学校。

何茂新老师交代，婴儿是他杀死的。

民警问："你为什么要杀死那个婴儿？他是林红缨的孩子吗？"

"是的，他也是我的孩子。是我和林红缨两个人的孩子。我不是故意弄死他的。是不小心的。"

"那是怎么回事？你把过程交代清楚。"民警拿出笔来记录。

"那天晚上又是风又是雨，天气十分寒冷。我和林红缨一起躲进那间废弃的队屋里，等孩子出生。后来，林红缨的肚子痛了，半夜时，孩子终于顺利地生下来了。他是一个很可爱的婴儿，很漂亮，像他的妈妈一样漂亮。他一来到这个世界就开始哭，他的哭声太大了，都把我们俩吓坏了。我怕他的哭声引来别人的注意——要知道，我还没有离婚。我们的事一旦被人发现，我们的计划就全毁了。为了不让孩子的哭声传出去，我就把他放在自己的胸前，并把他紧紧地捂在怀里……后来，孩子不哭了，我们打开来看，才发现他已经死了。他是被我捂死的……我们的孩子没了，我们吓坏了，林红缨，她当场就昏死过去。我不是故意的，真的，天晓得我是多么想要这个孩子，否则，我们何苦要冒险生下他！我给孩子做过人工呼吸，没有用，他的小脸早就青了，小身体也变凉了……"何茂新痛苦地摇着头。

"没办法，我怕人发现孩子的尸体，就在那间废弃的队屋里找了半块石磨，用一根绳子绑着，把他沉进了湖里……这就是事情的经过。"

民警十分吃惊，民警厉声问："你把孩子沉湖，林红缨在场吗？"

"在场。是的，是我们两人一起沉的。不，是我一个人沉的，但她看见了那个场面。孩子死了，她受不了这个打击，疯了。是我害了她。当时，我真的没有别的办法，我不是故意的。为了这个孩子，我们做了多少准备，可他还是死了，被我这个父亲亲手杀死了。我对不起林红缨，对不起我们的儿子……"

"你说你不是故意弄死孩子的，谁能给你做证？也许你就是故意杀人灭迹呢。你这是狡辩！"民警声色俱厉地说。

何茂新无奈地笑道："随便你们怎么认为好了。我不需要做证。她都疯了，我还活着干什么呢？我只求一死，你们枪毙我吧！"

民警把何茂新铐起来。民警说："我们会枪毙你的。你放心，对于像你这样的杀人犯，我们是决不会手软的。"

破案的消息很快就传遍了清水河公社。这个结果出乎所有知青的意料之外。林红缨誓死保护的就是这个男人？但不是他又是谁呢？日后发生的一切，将足以证明，林红缨当时所爱的，就是这个结了婚的当地男人。知青们愤怒了，比知青们更愤怒的是清水河的乡亲。在他们看来，何茂新罪该万死，死一万次也不足惜。因为他不仅捂死了自己的亲生儿子，还把他用残忍的手段沉了湖，这不是杀人灭迹，销毁罪证，又是什么？是可忍，孰不可忍。何茂新作为一名有妇之夫，诱奸了未婚女知青，不仅搞大人家的肚子，还杀死了他们的私生子，致使对方精神崩溃，成了疯子。这和杀死林红缨有什么两样？既然都"杀"了两次人，抵一次命就绰绰有余。

死刑。当然要给他判死刑。这是所有清水河人的愿望。公判大会很快就在清水河公社的礼堂召开。这一天，几千人从四乡八里赶来，把公社礼堂的大门挤坏了，他们还把公社礼堂的主席台也挤垮了一半。因为杀人犯何茂新就站在主席台上。他低垂着头，脖子上挂着一块木牌，上面用墨水写着六个大字：杀人犯何茂新。名字上用红笔打了一个醒目的大叉。

有人在义愤中企图抓住什么东西，修理一下这个残忍的杀人犯，仓促中，他们发现了主席台边镶的一道"花边"。那是一排砌好的红砖。这排红砖将主席台的土台子围成一圈，砌它本是防止土台子的边缘被人脚踩崩。现在，愤怒的清水河人才管不了那么多，他们动手扒起红砖来。第一块红砖被人从土里刨了出来，刨砖的人因为用力过猛，食指的指甲盖都翻了过来，甲缝的泥土被流出来的鲜血染黑了。但刨砖的人此刻根本无心顾及自己的指甲盖。他举起那块红砖，向台上的罪人砸去，只见何老师的身体摇晃一下，差点扑倒在主席台上。

红砖本来是砸向何茂新头部的，因为出手时被谁挤了一下，它便偏离了袭击的方向，落到了何老师的肩膀上。

人群中有人喊："对，砸死他！""砸死这个清水河败类！""敢对女知青下手，砸他！""砸！"

场面开始失控。更多的人拥向了主席台，他们开始奋力扒红砖。秩序顿时混乱起来。公社人武部的干警和派出所民警迅速出动，一群现场维持秩序的基干民兵也冲上来了。

"住手！都给老子住手！哪个再敢扒砖，老子一枪毙了他！"一位武装警察突然向人群端起了枪。

人们这才停下来，可是还有人在义愤填膺地怒骂。基干民兵们冲上来，把人群赶了下去。那武装干警气得大骂："何茂新有政府来收拾，要你们逞什么能？你们再瞎起哄扔砖头，老子先把你们枪毙！"

民兵们笑起来，骂道："妈的个×！要收拾这种恶人，也轮不到你们……"

宣判开始，激动的人群安静下来。在人们的期盼中，杀人犯何茂新被当场判处死刑。

"死刑将在一个星期后执行。刑场在老地方：江边的河滩上！具体地点到时间再通知！"大会的宣判者用话筒向人群喊话。

人群中发出了兴奋的狂叫，掌声此起彼伏，滚雷一般，连礼堂的屋顶也感到了震动。谁也没有注意到缩在礼堂一角的疯女子林红缨。现在，事件中的主角已经不是女知青林红缨，而是主席台上的杀人犯何茂新。

没有人听见，宣判的那一刻，女知青林红缨发出了一声尖利的惨叫，但这声惨叫迅速被巨大的欢呼声吞没了。随后，披头散发的林红缨，像一匹灵敏的麋鹿，迅捷地奔出了公社礼堂。

❧⸙❧

枪决何茂新的日子终于在人们焦灼的期盼中到来了。尽管时间离宣判之日只隔了七天，期待已久的人们却仿佛已经等待了七年。

这天上午9点左右，刑车押着死刑犯何茂新，从清水河派出所里缓缓开出，经过清水河的两条直街，向公社的方向行进。县公安局也来了两名执法刑警，他们全副武装，和当地的武装干警一起站在刑车上。刑车一开出，等在派出所门口的人群最先跟了上去。他们跟在刑车的后面开始了追赶，有人奔跑的速度甚至赶上了刑车行驶的速度。于是，刑车也加快了速度。人群立即奋力追赶，秩序混乱起来，但奔跑的人群并没有停下脚步。人群越来越多，随着刑车的行进，奔跑的队伍也越来越壮观。

人们看见刑车上的何茂新已经没有一点老师的样子。他的背上插着一块长方形木牌，还是那六个字，还是那个红叉，但他的脸上已没有了一周前的羞愧与耻辱。他表情麻木，目光呆滞，反剪着手，被一群刑警押着——其实根本就不用押。他根本就没有任何反应。悲伤、软弱、恐惧这些属于临刑前的死刑犯的表情，在他脸上一样也找不到。

早春的柳树在清水河的街头爆出了淡黄的芽苞，嫩绿的柳枝儿把清水河陈旧的小街衬出了些许新意，风拂在人的脖颈里仍有些冷，可奔跑的人们却浑然不觉，他们全身冒着热气，热气腾腾地把一条逼仄的小街填得满满当当。一场即将到来的死刑，把清水河的所有人都弄得激奋起来。恍如过节，又比节日更盛大，更隆重。

刑车从公社的院子外绕行一圈后，后面跟上了一辆崭新的东方红手扶拖拉机。拖拉机上拉着满满一车荷枪的民兵。随后，一辆大解放也加入其中，刑车渐渐变成了一个车队。喇叭声响起来，人们不顾一切，蜂拥而至。连五六岁的小孩子也疯狂地跟在人群后，跟跟跄跄地加入到奔跑的队伍。

高音喇叭里传来了雄壮的革命歌曲：《义勇军进行曲》。此刻，喇叭里为什么要播放这样一首歌曲，人们想不明白也懒得想。总之，他们觉得这首歌曲此时听来是如此动听，如此雄壮激昂。联想到即将发生的事情，他们的热血更加沸腾，情绪更加昂扬。他们边跑边唱，边唱边喊。随着一曲高歌完毕，公社革委会罗主任在喇叭中喊出了行刑的地点：河滩外的一片芦苇荡。

人群中响起一阵欢呼。其实不用宣布，人们已经猜到了这个地方。以往几乎每一次枪毙人，都会选在这个地方。当地人都把那里叫靶场。打解放前那里就叫靶场。那里的芦苇长得格外密，格外粗，也格外深——都说是犯人的血肥出来的。实际上是每年挖芦笋和采棕叶的人都不敢往那里去，那里的芦苇才得以安然无恙地生长。

随后，车队开始飞速前行，往大堤上开去。堤高路窄，刑车在大堤上减慢了行驶的速度。更多的人追上来，人群密密层层，蚁群一样占领了堤坝。为了跟上汽车奔跑的速度，许多人开始沿着两侧的堤坡奔跑，不时有人从堤坝上被挤下来，像石头一样滚下堤坡。一个人的跌倒，立即引发一群人的跌倒。跌倒的人群像石头一样一个接一个往下，一直滚到堤脚下，嘴里不时发出愤怒的叫骂。滚下去的人从堤底下爬起来，来不及拍掉身上的泥土，又继续往堤坝上冲。

无数奔跑的脚步，在堤坝上腾起一层层的黄尘。黄尘最后变成黄烟，在早春的凉风里轻扬，慢卷，罩住蜉蝣般的人群。如果上空有一双垂怜与悲悯的眼睛，一定会原谅人们心里的那种残忍的热望——那双眼睛将会轻轻地闭上，并从半空中发出一声叹息：噢，可怜的人类，你们原来是如此渴望观看你们的同类被处死，观看子弹穿过头颅和心脏！但愿你们能在极度恐惧的观看与想象中，体会那对罪恶的惩处，以此来告诫自己，就像我当初让我的使者传达给你们的诫命：不可杀人。不可奸淫。不可……

行刑者站在刑车上回望。此刻，他相信，这将是他行刑史上最壮观的一次死刑。这是一次万人空巷的死刑，更是一场人们期盼已久的盛典。行刑者惊讶了，激动了，战栗了，他持枪的手颤抖着，在刑车的颠簸中闭上了眼睛，心里暗暗祈祷：老天呀，你让我背负着如此多人的寄托与使命，你可千万不要让我失手呀！他不停地对自己说，要准，一定要准！只一枪，决不开第二枪！

河滩上的柳树在春日的阳光下绿得冒出了烟，长江像一条雪白而巨大的布带子，长得没有尽头地延伸着人们疲惫的视线。刑车在蜿蜒的长堤上加快了行进的速度。人们在奔跑中与刑车们拉开了距离。距离越拉越大，车队的影子越来越小，终于在人们的视线里变成了几个黑点。随后，黑点像甲虫一样消失在远处的长堤上。脚步再快，也跑不过车轮。人群在落后与失望中终于让脚步慢下来，嘴里一边抱怨、谩骂，一边企图寻找通往法场的快捷道路。

一些聪明的人其实早已在长堤上守候。他们是来自星光大队、邻近的星星大队、红星大队、红光大队和更远处的红旗大队的先行者。他们没有盲目地跟随车队追赶，而是另辟蹊径，从另外的小路直接赶往河边那片芦苇滩。他们中有的是星光知青点的知青，他们像勇士一样跑在队伍的最前面。张敬之紧紧拉着徐晓雯的手，和他们跑在一起的还有郑义和杨柳。让所有的人都意料不到的是，车队在他们的前面突然拐弯了。它们开下堤坝，重新向远处的镇上开去，随后又绕道上了另一条铺满碎石的公路，紧接着就从他们的视线中消失了。

他们确定，行刑的地点改变了，这是以往执行死刑时政府用过的招数：为了躲开混乱不堪的人群，他们常常突然改变行刑的地点。

二十分钟后，刑车的队伍又重新出现在大堤上。此时的堤坝上，前来观看行刑的人群已经散去。他们不知道，刑车只是跟他们捉了一个迷藏，就又出其不意地出现在原来的地方。等到他们反应过来时，他们已被刑车的队伍甩掉了。

他们上当了！于是，最先发现上当的人开始往回奔跑。他们掉转头来，沿着来时的方向，继续沿着长堤奔跑。一部分人往东，一部分人则往西。往东的人企图追上车队的影子，往西的人则相信，他们最终会到达真正的行刑地点——河滩上的靶场。

星光大队的知青们决定停下来不再追赶。他们站在河堤上，观察着人群奔跑的方向以及车队远去的背影。他们决定离开奔跑的人群。张敬之和他的知青战友们站在一起举目远望，很快就判断出了车队可能行驶的方向。他带着知青们，冲下堤坡，斜刺进堤坝一侧的水杉林。就在他们冲出这片林子时，他们突然发现前面的土路上驶来了一辆A县县城方向过来的拖拉机。

拖拉机的拖斗里赫然坐着他们的战友、事件的主角、这场死刑的诱发者林红缨！

他们目瞪口呆地望着拖拉机，望着拖拉机上的林红缨。拖拉机的吼声停下来，他们吃惊地发现，他们那患了精神病的战友林红缨从拖斗里站起来，向他们挥着手，喊："还愣着干什么？快上啊！能上多少上多少！"

此刻的林红缨镇定自若，让他们全都傻在那里。到这时他们才想起，林红缨已经从他们的视线里消失多时，就像她过去消失了又出现一样，她再一次奇迹般地出现在他们的眼前。

林红缨说："快点上，否则就会追不上了！"

她吐字清晰，目光锐利，脸上透着焦灼，却显出特别的冷静。她的面色苍白，但是衣衫整齐。所有的迹象都表明她不再是个疯子。他们欣喜若狂，哭着，喊着，嘴里发出了激动的叫声：林红缨！天哪，林红缨……

林红缨伸出手，一个一个把他们往车上拉。

拖拉机加快马达往前赶去。他们此时才发现，拖拉机要去的地方正是他们的目的地。果然，在一片竹林子后面，他们发现了行刑的车队！车队正奋力地爬上一道堤坡。他们乘坐的拖拉机立即紧跟上去，冲上了大堤。车队前行了一段，在一片开满油菜花的河滩上停下来。往前二十米，就是那片长满芦苇的河滩！

这里正是行刑的地点。

知青们站在堤坝上，放眼望去，油菜花儿一片金黄，灿烂得让人感到眼晕。春风拂来，芳香直往鼻子里涌，张敬之情不自禁地打了两个喷嚏，紧随着喷嚏之后出现的，是两个寒战。

他们看见何茂新老师被拖下刑车，押送的民兵从车上纷纷跳下，其中的一名刑警在何茂新的后膝上猛地踹了一脚。何茂新立即跪在了油菜花地里。接下来开始拖行，一直拖进那片芦苇地。有刑警拿出了尺子，开始测量开枪的距离，并撒上白石灰。

林红缨就是这时冲下去的，她高叫一声，像一匹灵敏的小鹿奔进刑场。人们还没有反应过来，她已经站在何茂新老师的身后。她厉声叫道："今天你们谁敢杀他！子弹就得先从这儿进！"她指着自己的胸口，双眼直视着两名法警。

"荒唐！快把她押出去！"

这时何茂新老师发出了一声惊叫："红缨！"

林红缨说："他没有杀人，我们的孩子是自己死的！他只是把一个死婴沉进了湖里！"

人群中出现了短暂的慌乱，追上来的知青们也冲过去，站在了林红缨的身后。

林红缨说：“我不是来劫法场的！也不是故意来破坏你们执法的。我只是想告诉你们，他没有杀人，你们不能杀他！他的罪，构不上死罪！你们判他死刑，是违反国家刑法的！”眼泪从她的眼睛里滚落下来。公社的一位基干民兵认出了她，他奇怪地叫道：“她不是个疯子吗？”

“是的，我是疯过。可我现在不是疯子！你们看我像疯子吗？何茂新不是故意杀人的，我们的孩子真的不是他杀死的，他只是把他捂得太紧了，是过失！这一点我可以做证！我恳求你们不要杀他！作为一名在场证人，我请求你们对这个案子进行重审！”林红缨跪下来，声泪俱下。

大家面面相觑。一位警察诧异地问：“你不是装疯吧？”

“如果我是装疯，他就不会去自首了，今天就不会跪在这里了！求求你们，给他重判吧！”

“你有什么权力要求我们重判？你又不能代表政府！”

“我是不能代表政府，可我能诉诸法律。你们不能违反法律啊！他不够死刑，真的不够啊，你们杀了他，就没法改正了！呜——”林红缨泪如雨下，肝肠寸断。此时的何茂新，已经是泪流满面，痛哭失声。

几位警察冲过来拉林红缨，可她就是不肯起来。这时，一些跑得快的人也已赶上来，人群中出现了小小的骚乱。

一群民兵在两名法警的指挥下，强行拖走了林红缨。林红缨一边挣扎一边喊：“他不是故意杀人！你们杀错了人要负刑责的！”

知青们也被民兵们驱散了。一阵喧闹过后，死刑开始继续执行。法警们在芦苇中快速踩出一片平地——何茂新被喝令跪在踩倒的芦苇地上，背向河堤，面朝长江。法警们则站在油菜花地里，用石灰画出一片执刑的圈子，人群一律不得靠近。越来越多的人赶过来，他们在外围守候着枪响的那一刻。

黄艳艳的油菜花在人们的践踏下，成片地倒伏下去。行刑的法警重新举起了手中的枪，瞄准了准星。莫名其妙地，举枪的法警手有些颤抖。

"等等！"

说时迟，那时快，堤坝上传来一声大喝！法警的手抖了抖，一回头就看见堤坝上停着的一辆吉普车。吉普车上走下三个男人，法警们一眼就认出了，走在前面的那个人，正是A县的一把手，A县的县长兼革委会主任。中间的那个，则是A县法院的范院长。后面的那个人，谁也不认识。只有被按在地上的林红缨悄然发出了一声低唤：舅舅！但这声低唤也只在林红缨的喉咙里打了一下滚，就又被她硬吞了回去。

三个人走进法场。范院长举着一只喇叭，吞了一口口水，清了清嗓子，对在场的人宣布道："乡亲们，这个案子量刑过当，我们已经调查过了，证人证词齐全，何茂新是过失杀人，死刑暂缓执行。此案先收回县法院，择日再宣判。"

人群哗然了。他们听说过关键时候古代有劫法场的，有皇帝突然大赦天下的，还没见过临刑前犯人被宣布改判的！

人们到这时才不得不面对一个问题：林红缨为什么要救何茂新？

戏剧性的一幕发生了。何茂新老师被重新押上了刑车。车队再一次在人们的视线中消失，为争相赶来看热闹的清水河人留下了种种猜想，留下了尚待解决的谜团。大家在议论纷纷中散去，心中既惋惜又有些遗憾。就像一场好戏，他们还没来得及看到它开场，演员们却已鸣锣收兵。他们搞不懂，一个明明杀了自己儿子的人，却不能被判死刑。受害人明明被犯人诱奸（有认为是强奸）了，为什么却反过来替他喊冤。

这是女知青林红缨给朴实单纯的清水河人留的一道难题。而星光大队的一众知青，却感慨无比，并由此地看清了他们自己的爱情——比起他们的战友林红缨与杀人犯何茂新的爱情来，他们的爱情是多么苍白、平庸、乏味，多么缺少英雄主义精神！

林红缨挽救了何茂新的生命。她从一个正常人变成一个疯子，又从一个疯子变成正常人，在正常人与疯子之间，每次变化都是那么突然，那么不可思议，那么令人匪夷所思。在知青们看来，这一切只能与爱情有关。这样的爱情，才是他们想要的爱情，才是真正的、不同寻常的爱情。

"林红缨和何茂新那样的爱情，才是真正的爱情。"

这是这一年春天知青们说得最多的一句话，也是他们开始追寻新的爱情的最有力的例证。

❧❦❧

1972年，女知青林红缨和何茂新老师的爱情事件，给多年以来的"模范大队"——星光大队带来了某种污点，这一年，星光大队没有评上模范。

这一年，清水河公社的模范大队评给了红旗大队。多年的"模范大队书记"巫书记这一年也没有评上公社劳模和县劳模。这件事虽然给星光大队带来了负面影响，但是，知青们却不以为然。他们关心的是林红缨和何老师到底是如何相爱的，相爱的过程是怎样的。

了解这个全过程的只有徐晓雯。林红缨和她曾像闺蜜一样聊过天。

奇怪的是，林红缨只把这个过程告诉了徐晓雯——连她过去耿耿于怀的徐晓雯，林红缨都不再把她当作情敌，可见她对张敬之的爱不是真爱，对何茂新老师的爱才是真爱。徐晓雯相信，林红缨以前对张敬之的好感，只是青春期对异性的一种朦胧情愫，它根本就不是爱情。而她与何茂新老师之间，才是生死契阔的爱情。然而，林红缨后来亲口否定了她的爱情。

在林红缨居住过的那间土坯房子里——五保户陈瞎子没能熬过上一个冬天，她留下来那间土坯房，就成了林红缨长久的栖居地。徐晓雯在这里听说了她和何茂新老师之间的全部故事。

1971年春天，何茂新老师被公社借调两个月。作为清水河中学的一名才子，何老师是清水河公社领导们随时调用的机动对象。何老师是地区师范学校毕业的，能写文章，会画画儿，是清水河中学水平最高的老师。何老师也是该校仅有的三名公办教师中的一员。公社领导曾多次提出，总有一天要把何老师调进公社当干事，专门给公社写材料，但清水河中学实在找不到人来顶替何老师的位置。于是，公社便和学校达成协议：何老师可以继续留在学校教书，但公社一旦有事借用，何老师必须随叫随到。

何老师这一次借调到公社，是为清水河被评为A县的大寨公社写上报材料的。何老师一到公社，就被在广播站工作的广播员林红缨打动了。以前，何老师是被她的声音打动，现在，何老师是被她的容貌和气质打动——即使何老师写的公文稿，也能在林红缨声情并茂的朗诵下，焕发出特别的韵味和生机。何老师也是个诗歌爱好者，他不仅为公社写材料，还为公社的广播站供稿，这些稿件主要是诗歌和散文。这些诗歌和散文，有讴歌社会主义新时代的，也有抒发个人情怀的。

其实，林红缨也被何老师的才气所打动。每次朗读他的稿件，她都格外用心，用情。就在这一写一读的过程中，何老师和林红缨有了心灵的沟通。

林红缨所在的广播室是公社院子里的一间偏房，在院子的最西边。墙上没有窗户，只有一个四四方方的小洞，小洞正对着公社的礼堂。这间屋子原本是公社电影站的库房，也兼着公社礼堂的放映室，公社只要来了新电影，总是会最先在这里放映。礼堂的主席台上，长期挂着一块白色的银幕，银幕两头像窗帘一样系着绳子，可以升降。有电影时放电影，不放电影就把银幕拉上去。开会的时候，银幕的上面还可以挂上红色的横幅。

这间库房不足十平方米。公社成立广播站后，就把它改成了广播室。屋子本来就小，现在又被隔成了两半，小的一半在后面，仅有四平方米。这四平方米就是林红缨办公的地方。办公室里堆放着林红缨的办公桌和播音设备。这样，林红缨活动的地方就非常有限。

另外的不到六平方米，仍然作为电影站的库房。何茂新老师被抽调到公社后，公社没有地方安置。考虑到他写材料经常要熬夜加班，就把前面半间电影站的库房腾出来，给何老师做了临时的办公地点和休息室。腾出的一部分放映设备也一并转移到了林红缨的播音室，这样，她在里面就连走动一下都有些困难了。

对此，何老师很有些内疚，见到林红缨总是露出一脸歉意的笑。何老师三十出头，笑起来露出一口洁白整齐的牙齿。说话的声音很温和，显得很有涵养。

林红缨却不以为意，她不觉得何老师的到来影响了她的工作。相反，每次见到他，她还觉得十分欢喜。有时候，他们一边工作，一边隔着墙壁聊天——那墙壁其实就是一块薄薄的木板，那边何老师的一声咳嗽，这边林红缨口渴时吞下一口水，彼此都听得清清楚楚。他们聊何老师的稿子，聊其中的遣词造句，重音与轻声，林红缨在广播时的抑扬顿挫，轻重缓急。谁也不知道，隔着一堵木板墙，两个各干各事，各进各门的人已经让两颗心靠得越来越近。

三十出头的男人的稳重、斯文、内敛，在何茂新老师的身上体现得是如此完美——这种男人要么就不动感情，一旦动了，那就是一团隐藏的烈火，能把自己悄悄地燃尽。就像燃烧的煤块一样持久，一样义无反顾。

大方、美丽、才情过人的林红缨让成熟稳重的何老师忍不住夜夜失眠，日日叹息。林红缨听见了这样的叹息，读懂了这样的叹息。她何尝又不想叹息！

何老师已经结婚。何老师的爱人也是一名教师，一名小学的音乐教师。他们认识是在学校的工宣队里，那时何老师的爱人还不是他的爱人，她叫小赵。人们都叫她小赵老师。小赵老师当时是工宣队的骨干成员，她能歌善舞，尤其是舞跳得特别好，在学校的舞蹈队里，她经常饰演李铁梅和白毛女。小赵老师和何老师认识后，就对他产生了好感，于是央求工宣队长为她说亲。工宣队长也觉得他们是天生的一对，就把他俩说合到了一起。何老师和小赵老师结婚后，才发现他们俩其实并不合适，小赵老师除了喜欢唱歌和跳舞，对他的诗丝毫不感兴趣。有时候，他写出一首后，特别激动，想读给小赵老师听，可小赵老师却嫌他迂腐和烦人。她说："我不喜欢诗，听不懂也看不懂你的诗。你就让我清静清静吧！"这严重伤害了何老师的感情，于是他开始写更多的诗，抒发自己的失落与烦闷。

现在，突然有人读懂了他的诗，不仅读懂了，而且还融入了自己的感情，把他诗中所蕴含的深意，通过自己的朗读表达得淋漓尽致，这简直就是一次再创作。何老师怎能不激动呢？

但是，作为一名有妇之夫，他不得不压抑着自己的感情，尽量与林红缨保持着距离，他唯一能做的，就是写一些更含蓄的诗，通过诗歌来向她表达自己的感情。

林红缨虽然不知道那些诗歌就是写给她的，但她在朗读时，还是被诗里潜藏着的情愫深深打动，她想，如果有人能给自己写这样的诗该多好啊！

直到有一天晚上，很晚了，林红缨来播音室里来取一篇稿件，透过板壁，她发现何老师的房间里依然亮着灯——他还在加班。他真是一个勤奋而用功的人。她钦佩地想。她尽量轻捷地打开播音室的门，但门还是发出了"吱呀"的响声，隔着那堵"墙"，何老师小声地问：

"是小林吗？"

林红缨的心跳加快了。她小声答道："是我。何老师，这么晚了，你还不睡？"

"我睡不着，在写一点东西。小林，你怎么还没睡？"

"我来广播室取点东西。"

"哦——"何老师欲言又止，紧接着又叹息了一声。

林红缨感觉何老师似乎有话对她说。果然，何老师就说了："小林，我们能聊聊么？"

林红缨说："可以啊！我听着呢。"

"就这么隔着一堵墙聊？我们可以见面聊么？"

"好吧。是你过来，还是我过去？"林红缨迟疑了一下问道。

"不了，就这样聊吧！"何老师忽然吹灭了灯。林红缨也揿灭了手电。

何老师说："小林，你喜欢我写的那些诗吗？"

林红缨说："喜欢啊！你那些诗写得真的很美。"

"美吗？那就送给你吧！其实，那些诗，本来就是写给你的。"何老师终于有些紧张地说。

"写给我的？"林红缨的心跳加快了，黑暗中她的脸上有些发烧。她听见自己的心在怦怦，怦怦怦，擂鼓一般跳动。

"小林，知道吗？我喜欢你。"何老师的声音低了下去，低得只有她能听到。她觉得自己的喉咙被什么堵住了。这一刻，她突然想哭，因为激动和欣喜。那些诗真的是写给她的吗？她在黑暗中回忆着其中的一些词句，想想，似乎真的是写给她的。

"对，写给你的，你，喜欢么？"何老师的声音变得温柔起来，温柔里还夹着伤感。

林红缨没有回答，她听见自己的心在回答："喜欢。当然喜欢。"

何老师沉默了。过了好一会儿，他说："你要不喜欢就算了。你没带手电吧，我给你点灯吧！"说话间，墙那边的灯亮起来，从墙上的缝隙处，照到她的播音室里。

"我看得见。我有手电。"那一刻，林红缨突然有些慌乱。其实，她这一会儿并不想看见亮光。她的心很乱。隐约中，她觉得自己是喜欢何老师的，可不知为什么心里又有些乱。她说："你把灯吹灭吧！"

"为什么？"何老师问，却真的"噗"的一声，把灯吹灭了。

她说："不为什么，我喜欢黑。"

他说："你看过《一江春水向东流》的电影吗？"

"没有。"她说。她是第一次听说这部电影。

"你想不想看？"他问。

"什么时候去看？"

"现在。"他说。"我想不到这库房里会有这部电影。这是一部禁片，1947年拍的，是由蔡楚生和郑君里导演和编剧的，由白杨和上官云珠主演的。白杨和上官云珠你知道吧？这真是一部顶级的好电影，一部史诗一般的电影。可惜这些年它一直被禁映。"

她在黑暗中点点头，电影它没看过，但是白杨和上官云珠她是知道的。

他问："想看吗？"声音更小了。

"想。"她说，"可是怎么看呢，我只会广播，不会放电影。"

"我会。"他说。"你过来我放给你看。"

她的心跳加快起来，脸在黑暗中发烧。她竟然在黑暗中点了下头，嘴里却犹豫着说："不了，以后吧！"她其实是想说："好吧，我现在就想看。"可她还是说："我要回去睡觉了。"说完揿亮了手电，却并没有打开门离去。

他在那边沉默了。

过了一会儿，她听见他说："算了吧，放映机的声音会把人吵醒的。要是有人知道我在放电影，放这个电影，还不知道有什么后果。"

她更想看了，说："你不能把、放映机的声音关掉么？"

他欣喜道："是啊，我怎么没想到呢？那就只能委屈你看默片了，不过，即使没有台词，你也会被这部电影打动的。再说，影片上有字幕。"

她下决心道："好吧，我现在过来。"

她进去时，他正在黑暗中等她。见她进来，他把灯点上了，开始在木箱里找胶卷。胶卷盒子的侧面都贴着标签，有《闪闪的红星》、《渡江侦察记》、《梁山伯与祝英台》……他在里面翻找，从最底下的一层找出一盘胶卷。

他说："这个就是《一江春水向东流》。别担心，我们可以把声音关掉。"他在学校读书时用过学校的幻灯机。

他在一堆放映设备中找出一台手摇式的老式放映机，用手摸了下机器，说："这种老电影就应该用这种老式的放映机来放。"说完他把胶卷装上去，用手摇了几下，放映机上的灯就亮了。

影像投映在墙上，没有声音，但是有字幕。他们很快就被影片的内容吸引住了。时间不知过去了多久，林红缨沉浸在素芬的不幸中，她一直在哭，眼泪把她胸前的衣服都流湿了，他陪她掉眼泪，并用手臂轻轻地揽住她，她终于哭倒在他的怀里。他默默地抚慰着她，他们都深深地沉浸在主人公的不幸里。电影放完时，他们终于紧紧地拥抱在一起，一边流泪，一边深情地亲吻。他先是小心地亲她的额头，然后是眼睛。她起先是躲闪的，慢慢就不躲了。她任他亲吻，并逐渐沉醉在其中。他后来开始吻她的耳朵，吻她的脖子，她在他的吻中几乎窒息。最后他终于吻住了她的嘴，她觉得她要死了。他吻得是如此用心，用情，她在他的舌尖上彻底地化成了水。而他，则是一摊被水化成的泥。

他们的爱情在小小的放映室里开始，也在这间斗室里结束。两个月的借调时间结束，他们最后一次在这里恩爱，缱绻，缠绕，死过去又活过来。他们做了又做，爱了又爱，他们做得筋疲力尽，爱得肝肠寸断。他们共赴生死，如火如荼，如痴如醉，凤凰涅槃。

他们的第一次，是在放映室的地毯上——她没有想到会在那里见到地毯，这为他们的第一次增加了一种隆重感和华丽感。她后来才知道，地毯是给那些贵重的放映设备配备的——她羞涩地笑着，沉醉地回忆起他们的第一次。里面的空间太窄，他那张临时搭就的简易小床（就是一小块门板）根本就承载不了他们两个人的重量。他先是把她小心地抱上那个装胶卷的木箱，后来又把她移到他的小木床上，最后才把她放平在地毯上。他们的身边散放着两盒电影胶卷，她记得一个是《闪闪的红星》，一个是《梁山伯与祝英台》。

"晓雯你记住，不到迫不得已的时候，千万不能走到这一步。不管你有多么爱他，你都不能把自己的身体交给他，除非那个人是你的丈夫。你记住了吗？"

徐晓雯点头，可她又感到困惑。

"你为什么要生下那个孩子呢？你为什么不把他偷偷打掉？"徐晓雯说，"这样不就没有后来的悲剧了么？"

"真爱一个男人，你是不会打掉他的孩子的。"林红缨说，"至少在当时，我以为我是爱他的，是可以用生命去爱的，何况，那是我们的孩子，我们共同的结晶。谁想到孩子会死？是他杀死了他。但他不是故意的，我知道他不是故意的。他只是害怕，害怕孩子的哭声，害怕暴露！"她突然冷笑起来。

他当然不是故意的，整个过程他都陪着她。他完全可以不陪她，但他没有这样做。为了在她生下孩子时他能陪在她身边，他们才找到了那间废弃的队屋，在那堆稻草中挖了一个藏身的洞……但是，事实上他是怯懦的，他并没有勇气提出离婚。离婚，远比他想象的要艰难得多——这样难以启齿的事，这样众人唾骂的事，在A县，谁不知道"当代陈世美"裘县长的故事？

况且，小赵老师怎么可能跟他离婚呢？离婚，这是件多么丢人的丑事！他不仅没有离婚，在她遭受种种询问——几乎就是审问时，他也没有站出来。他不能站出来，不敢站出来。

但林红缨始终都没有出卖他。她没有出卖他，可他们死去的孩子出卖了他，或者说是他的良心出卖了他。

她疯了。他也失去了活下去的勇气和力量。他决定赴死，但他的赴死挽救了她。在宣判他死刑的那一刻，她突然清醒了。她不疯了，并且决定救他。她连夜赶往武汉，为他搬来了救兵。她的舅舅是省高院一位有名的法官。她以死相求，终于获得了舅舅的理解和帮助。

这就是林红缨的爱情。一段听起来惊心动魄的爱情，一段缠绵悱恻的爱情，一段伤心动腑的爱情。

但是林红缨却突然认真地问："晓雯，你真的相信爱情吗？"

徐晓雯说："我相信。这世上还有比你们更了不起的爱情么？"

林红缨笑了，她冷静地看着徐晓雯，说："如果我告诉你，这不是爱情，你信吗？"她莫测高深地看着徐晓雯，说："人，更多的是自己的身体的奴隶。"

徐晓雯震惊地看着林红缨。她不知道她在说什么，她不懂。

"晓雯，你和张敬之，你们，'亲热'过吗？"

徐晓雯听懂了她的意思，红着脸使劲摇头。

"所以说你不会明白那种感觉。"她确定他们没有，她只是想看看徐晓雯的窘态。

林红缨说："我和何茂新之间其实不是爱情，是性。或者说不全是爱情，更多的是性。你现在明白了吧？"

徐晓雯吃惊地瞪大了眼睛："性？"

"是的，那个死去的孩子，也不是爱的产物，是性的产物。"

徐晓雯惊讶得说不出话来。原来所有人以为的如此撼天动地的爱情，在它的当事人眼里，居然不是！

"其实，经历过了才会明白，那种看起来像爱情的爱情，它不是爱情。我现在所能回想起的我们之间的事，都是关于身体的记忆。我已经不记得我们之间谈过什么，包括他写给我的那些诗，也通通都不记得了。一切的美好，都只与身体有关。那种感受，你是不知道的。"林红缨眼含深意地笑看着徐晓雯。

徐晓雯无法理解林红缨所说的这些。她只是无比困惑地望着对方。

"你看过电影《一江春水向东流》吗？是的，你肯定没有看过，它是部禁片。也不知那里怎么会有这个片子。你想，一个男人，一个结过婚的成年男人，在漆黑无人的夜晚把一个十七岁不谙世事的少女叫到他的房间里，用一部老式的放映机为她放一部解放前拍的禁片——说实话，我从来没有看过这么好看的电影，太好了——让她被电影感动得痛哭流涕，感动得哭倒在他的怀里，然后他就开始流着泪亲吻她，抚摸她，吻她的全身，摸她的全身，让她在他的怀里化成一摊水……他们便在这水里结合，一次又一次结合，晓雯，你认为这是爱情吗？"

"那是什么？"

"引诱。"林红缨斩钉截铁地说。

"你认为何老师引诱了你？"徐晓雯惊讶地问。

"是的。如果我再告诉你，我喜欢那种身体的感受，怀念那种感受，你会不会认为我下流？"

徐晓雯沉默。

"所以，不要轻易去尝禁果。如果你读过或听说过《圣经》，就知道那是蛇的诱惑。"

徐晓雯突然觉得，林红缨原来并不像他们认为的那样浅薄。事实上，她比他们都深刻。这种深刻源于她的思考，也源于她与众不同的经验与经历。

"那你为什么要救他？"

"因为他是无辜的，他的确不是故意杀死我们的孩子的。只有我是唯一的证人，只有我能救他。"

"可你也可以不救他。"

"从感情上从道义上，我都必须救。要知道，他是自首的——如果我没有疯，他不会去自首。他是因为我才自首的——一个男人为了你可以放弃生命，你不应该去救他吗？"

"可是你刚才说过，你们之间不是爱情，是性。"说出最后一个字时，徐晓雯的脸红了。

"这是事实——除了那些身体的感觉，我的确已不记得我们之间说过什么，谈过什么了，有什么是让我刻骨铭心，让我值得等下去，等十五年的。说实话，当我看到他终于死里逃生，被人从河滩上拉起，拖上那辆刑车的那一刻，我就已经不再想念这个男人了。我对他欠下的，我已还清，而他对我欠下的，却没有还，也无法还。素芬等了十几年，等来的是张忠良的背叛，最后投江自杀。我可不像她那么傻——从来痴心女子负心汉。我不想做痴心女子。对了，《一江春水向东流》，要是你也能看看那个电影就好了。"

　　何茂新被判了十五年。现在，何茂新已经和小赵老师离婚——小赵老师不想再和一个罪犯生活在一起。但是，经历了千辛万苦千难万险之后的林红缨，却不再想要她的爱情。

第七章

知青点改学校了

　　林红缨和何茂新老师的爱情事件，给星光大队带来的直接后果就是：知青点解散了。它变成了星光大队的小学教室。

　　这个决定是星光大队革委会主任、大队支部书记巫国喜做出的。

　　巫书记是一个心地善良、为人谨慎的人，他打心眼里同情这些城里来的知青伢，他们远离父母和亲人，在农村干着从未干过的苦力活，出了什么事还得自己兜着。像林红缨这样的悲剧，他再也不想看到它们在这群知青伢儿身上发生了。

　　巫书记非常郑重地召开了一次大队干部会。在会上，巫书记对大家说："天要下雨，娘要嫁人——这都是由不得的事。这些知青年纪轻轻的，男男女女天天住在一起，不出点么子事才怪了。"

"那可怎办？"与会的人问。

"怎办？知青里头要再出点么事儿，哪个也担不起。我的意见是，把知青点解散，知青宿舍改成学校。"

"改学校？"

"对呀，改学校。前几年是不时兴读书，可现在不一样了。要不，早几年为么事要搞复课闹革命？上面都讲了，学生伢子学工学农重要，读书也重要。伢子们进学堂读书，起码得学会算数和写信。有的人家，全家都不识一个字，收到亲戚的信，要找会识字的来帮着念，还要请人代写回信。光冲这一点，伢子们就得有个正经学堂。我们大队没学校，如果把红瓦屋里知青住的那两间腾出来，再加上大队部的两间，伢子们就有了读书的地方。"

星光大队虽然有十六个生产队，但没有一间正式的学校。孩子们上课都在各个生产队提供的流动课堂里。所谓"教室"，不过是哪户宽敞人家的偏厦，或是某间暂时不用的队屋。一间教室里几个班，一个老师教几个年级，既教语文又教数学。有时，两个老师在同一间教室里，各上各的课，各管各的学生。老师们也都是队里的社员，时不时还要参加队里的劳动。

这些老师中，有的在"文革"前读过几年书，底子还行。有的就很难说，自己也识不了几个字，加减乘除还要扳手指头。

如果有了学校，再从那些有文化的知识青年中抽几个出来当老师，这简直就是两全其美的事。巫书记盘算过了，两间知青宿舍，加上大队部的两间办公室，已有四间，再利用一下后面开会的礼堂，五个年级就齐了。礼堂和红瓦屋间的空地，还可以拿来做操场。

听了巫书记的话，大队干部们你看看我，我看看你，都不知该怎样表态。妇女大队长先发了疑问："那，这些城里来的知青伢住哪里去？"

"住到社员们的家里去。三十多个知青，每个队分两个落户，就解决了。跟平时参加劳动时一样，住到谁家里，谁家管饭，队里每天给这家多记五分工。再说了，知青们住一起，也不是个事。早晚还得再出点什么事。这也叫'防患于未然'！"

"我认为巫书记的决策是英明的。"妇女大队长立即响应，"咱们大队再不能出事了。"

"我们也没什么意见。"干部们都先后表了态。谁都知道，"林红缨事件"这次给星光大队带来了什么影响。为了表示支持，每位大队干部都主动提出，自己家里可以先安排一位知青。

巫书记很高兴。巫书记说："我家里也住进一个。饭管饱，工分可以不记。"

"工分当然要记。要是您家不参加记工分，我们也都不好意思记。"一贯沉稳的财经大队长说。

"说的也是，那就记吧！"巫书记点头。他打算安排徐晓雯住进他家里，徐晓雯一直在他们七队参加劳动，和队里人熟。另外，这个女伢子是从遥远的首都北京来的（他始终认为她是北京知青，而不是武汉知青），一到星光大队就遭受打击，挑堤晕倒，小军出事又被误抓进派出所。再说，这丫头懂事，样子也让人疼。他早就看出儿子巫志恒喜欢她。这一点，儿子参军前他就看出来了。

儿子以后是军人了，有缘的话，这女伢子说不定真能成自己儿媳。就算成不了，他这个当书记的，能够像父亲一样经常关照一下她，家里有好吃的，能让一点给她，也算是积善行德。他在心里早有打算，让徐晓雯去大队小学教书（虽然她家庭出身有点问题，不太符合优先选拔的条件，但他早就想好了理由：她有低血糖，劳动时经常晕倒，可以作为照顾的对象）。

会议结束后，巫书记坐在高音喇叭前，以大队革委会的名义，向全大队做了宣布。他本想再召开一个知青会议，先通报后再宣布，怕知青们闹起来不好弄，决定来个先斩后奏。难不成这些城里伢儿还敢找他造反不成？万一要造反，就再做打算。

想不到的是，知青们非但不反对，还普遍表示支持——

"这么大个大队，竟然没有一所小学。知青点改了学校，小伢们就有地方读书了。"张敬之领头，知青们一致表示赞同。

这可把巫书记喜坏了。他真是低估了这些知青伢儿的觉悟。

知青点解散后，知青们到各生产队落户了。

徐晓雯和杨柳落户到七队。这次落户，也是依照大家以往参加劳动的习惯分派的。落户后，徐晓雯没有住进巫书记家，而是住进了哑孩子重生家。

重生是个天生哑，生下来就没说过话。重生十四岁了，已经是个少年。与一般的哑巴不同，重生的哑，有点奇特：他不会说，却会听。一般的聋哑，嘴里尚能发出呜呜的怪叫声，可重生的嗓子完全不能发音，是个彻底的无声者。徐晓雯猜他是先天性缺少声带，或者是有声带却不会震动。

队里有一个关于哑巴重生的奇异传说。

重生生下来时，不会哭。接生婆急得对重生的父亲喊："快，去找块镜子来！"

重生的父亲于是在满村里找镜子。那一年是1958年，人民公社刚刚成立。但在他们的意识中，还顽固地笃信着一些旧有的习俗。人们相信，一个孩子生下来不会哭，就是魂魄没有随着身子一起赶来。只要去找一面镜子来，对着小孩的屁股照一下，再对着屁股拍几下，那魂魄就会回到新生儿的身上，孩子就会哭了。

重生的父亲在全村到处找镜子，可没有一户人家里有镜子。像镜子这种属于资产阶级的东西，农民们家里怎么敢轻易存放呢？重生的父亲急得像一只到处乱窜的野狗，从这个家里跳进那个家里，又从那个家里跳进这个家里，就是找不到一面可以用来给儿子照屁股的镜子。

有人想起了小军奶奶的梳妆镜——那时小军的奶奶还没有做奶奶，也没有投河自杀。她是一个三十多岁的年轻女人，人称吴嫂子。作为一个旧社会的有钱人家的女儿，吴嫂子还保留着一些旧社会里有钱人家小姐的习惯：每天早晨起来，都会对着镜子梳理她的一头青丝，虽然她的头发已经剪得很短，是那个年代妇女们普遍流行的游泳头，但她仍然喜欢坐在镜子前一丝不苟地梳头，甚至还悄悄在发梢处抹一点桂花油。

当重生的父亲在人们家里窜来窜去地找镜子时，有人提醒到："快去地主婆家找！"

重生的父亲这才一头撞进了吴嫂子的家门。他果然看见了吴嫂子家的镜子，可是那镜子却镶在红木的梳妆柜里，显然，这是吴嫂子最心爱的一件嫁妆。重生的父亲想要取走它，除非他将整个柜子搬走。他想起了儿子呆滞的不会哭的小脸，一狠心，挥起拳头往吴嫂子的梳妆镜砸去。"砰"的一声，镜子碎了，重生的父亲顾不上手背上涌出的血，从破碎处拔了一片，就冲出吴嫂子家门。

吴嫂子眼见得心爱的梳妆镜在瞬间面目全非，一时有些目瞪口呆，等她在清醒中哭出来时，重生父亲的身影早已消失得无影无踪。

当重生父亲气喘吁吁地奔进自家门里，举着那块带血的镜子对着儿子的屁股狂照时，小小的重生只是在接生婆的狠拍之下，像鱼一样张开嘴，做了一个哭的表情，却没有发出一丝哭的声音。

接生婆一边对着新生儿的屁股猛拍，一边不停地抱怨："怎么才找到镜子？太晚了，太晚了！魂魄等不来镜子，已经走了。这孩子恐怕不会哭出声了！"

重生的父亲注视着一脸哭容，却没有哭声的儿子，顿时懊悔不迭，恨自己怎么没有先想到吴嫂子家的梳妆镜？

重生的父母期待了很久，也侥幸了很久，但重生始终没能发出声音。无论喜乐，哭叫，他都只有喜乐和哭叫的表情。人们相信，重生长大后，只能是一个不折不扣的聋哑。

然而，人们很快就发现自己错了。重生他不是一个聋哑。准确地说，他只是一个哑巴。一个会听的哑巴，一个不会发声的哑巴，一个十足的无声者。

无声者重生，让人们情不自禁地联想起他的出生，想起他父母那好笑的新婚之夜，那个让过来人说起来就忍俊不禁，唏嘘不已的事件。这个事件到了孩子们嘴里，则变成了一种恶趣，成了孩子们骂架时，互相辱骂对方父母的隐喻与参照。

一个说："你爸妈狗连蛋，你妈以后生哑巴。"

另一个说："你爸妈才狗连蛋，你妈才生哑巴……"

这个事件说起来实在有些荒唐。一对新婚夫妇，初入洞房之夜，竟出现了令人无法理解的尴尬情形：新郎的身体被新娘牢牢地锁在了里面，最后不得不请人将他们用担架抬到医院去解决。最终医生采取了什么措施将两人分离，人们不得而知。但这个事件却成了星光大队经久不衰的笑谈。据说，新娘天生患有一种神经性的毛病，一旦情绪过分紧张，就会出现神经抽搐，身体痉挛的现象。人们曾亲眼看见，重生的母亲在一次劳动时突然抽筋，把一张好看的脸都抽歪了。抽完，她的脸部又恢复了正常，就像她的脸从来没有变歪过。

人们便理解了那样一次奇特的洞房事件。这个令当事人感到无比羞愧和悲哀的"狗连蛋"事件，人们只觉得好笑，觉得其乐无穷。这样的事件，甚至让队里的已婚男人们充满向往和羡慕。他们私下里对自己的老婆调笑："哪天你要是能像重生他妈那样把我锁一回就好了。"

女人便砸一拳自己的男人，笑着骂："要是叫人把你抬到医院去，看你不羞死！"

"羞个屁呀！不就是把私底下的事变成公开的吗？谁结婚了不做这事？"男人不以为然。

"你不要脸，我还要呢！"女人便有些悻悻然，心里也禁不住生出一些好奇：重生他妈是怎个将男人锁住的？

这个事件，于是成为重生头上的一枚耻辱印记。重生虽然不会说，却听得见人们的每一句议论。人们往往忽略了他的不会说，想当然地把他当成了不会听的哑巴。他们当着他的面，毫不顾忌地说起这事，哈哈大笑。

人们说："重生生下来就不会哭，弄不好跟他爸妈的'狗连蛋'有关。"

人们说："难怪重生是个哑巴，搞不好就是他爸妈'狗连蛋'那天怀上的。肯定是这事儿把重生发声的那根神经吓坏了。"

人们边说边笑，好像他们说的是另一个重生，一个不会说也不会听的重生，而真正的重生在他们眼里并不存在。

劳动之余，徐晓雯也听过这个荒诞的传说。实际上，每个新来这里的人，包括每个新出生在此的人，在他会听、会说后，都会知道这个传说。因为不管你想不想听，它都会在不知不觉中钻进你的耳朵。它始终在被人宣讲和传说，就像一个百听不厌的神话，不管是讲的人，还是听的人，都没有办法躲开他们那天性就喜欢取乐的嘴巴和耳朵。

在徐晓雯看来，不能诉说的痛苦，才是人生中最大的痛苦。世界上还有什么比说不出的痛苦更让人揪心呢？她心里也潜藏着许多不能诉说的痛苦，但那是她不想说。只要她想，她是随时都可以把它们说出来的。

而重生不同，他是欲说不能。

同样，不能诉说的快乐，其实也是一种深刻的痛苦。

在她看来，重生的痛苦，远比任何一个人都更深重。因为不管是痛苦，还是快乐，他都不能凭借自己的嘴去表达。如果他听不见，他还可以只活在自己的"语言"中，活在自己的心灵世界里。可是他听得见，他还不能无视别人话语的伤害，任何一种语言暴力，都可以准确无误地抵达他那沉默的内心。

除非凭借手势，重生永远不可能与这个世界达成沟通和理解。可是，当人们可以轻易借用一张嘴来表达时，有谁愿意用手来表达呢？除非，他们不得不借助于手来表达——那是他们需要摒弃话语的时候。

对重生而言，与这个世界沟通的唯一路径，只有文字。遗憾的是，重生不识字。十四年中，他从来没有上过一天学，没有一个人教他识过一个字，不是人们不肯，是从来没有人想起。

他被剥夺了通往这个世界的路径。

把路径还给路径。徐晓雯想。基督和他的使者把福音传给人类，重生也是上帝的孩子。一个沉默的上帝的孩子，一个上帝的沉默的孩子。

她将带他去寻找这个路径。

怀着这样的愿望，徐晓雯住进了哑巴重生的家。

重生

他们用手指拎我，他们说："你哭啊！哭啊！你为什么不哭？你不知道痛吗？你不知道人痛的时候是要哭的吗？"

我张开了嘴，我觉得我已经哭了，因为我感到痛，难以忍受的痛。

"你到底哭不哭？我看你今天哭不哭！你这个哑巴！"

他们更狠地拎我，疼痛使我剧烈地"号叫"起来，可是，他们还是骂我：

"哑巴！你这个不会出声的哑巴！你这个不会哭的哑巴！"他们狠狠地咒我，终于放开拎我的手。

"连疼都不会哭！是哑巴也会嗷两声啊，哑巴不也能发出点呜呜的声音吗？你怎么就一点声音都发不出呢？"

这样的场景发生多少次了？从小到大，我总是被各种各样的人拎着，掐着，身上时常青一块紫一块。这些掐我的人，有比我大的，也有比我小的，有男的，也有女的。有时，这些人中就有我的父母，我的爷爷奶奶。

奶奶恨铁不成钢地说："重生啊重生，你是鱼托生吗？你怎么就发不出声音呢？"

爷爷生气地叫道："有的鱼还会叫呢！还能弄出点水声呢！他简直就是一条蚂蟥，听得见水响，弄不出水声。"

我是一条蚂蟥吗？蚂蟥吸人的血，可我吸了谁的血呢？不就因为我的嗓子里发不出声音吗？爷爷竟然这样咒骂我。他一定是恨我，才这样骂我。可这都是我的错吗？就像有人家生出了没有屁眼的孩子，我们家生出了没有声音的我，那是祖上没有积德。

我以为我是发出了声音的。有时候，我明明听见自己哭了，可为什么别人却说听不见呢？很多次，我在梦里醒来，我听见自己在哭，那哭声悲伤，凄凉，有时简直就是号啕。那号啕声那么清晰地响在我的耳旁，我的心里，就像我平常所听到的那些哭声一样响亮。

可是，没有人向我证明这一点。从来没有人对我说："重生，你能发出声音了！"

我多么希望有人对我说这句话！我不相信自己是个发不出声音的人。可是，他们不相信我，他们总是说："重生，你这个哑巴！"

哑巴，他们肆无忌惮地这样叫我，并不觉得这是在骂我。

最可恶的是，他们还用他们的声音伤害我，侮辱我。十四年来，我就生活在这种伤害与侮辱之中。他们不仅无视我的声音，还无视我的耳朵，他们明明知道我听得见，却故意当着我的面说些难听的话。有时候，我实在愤怒不过，就会弯腰拾起一块土疙瘩，向说我的人砸去，他们这才醒悟。于是，他们便一边躲，一边哈哈笑着，说："你们忘了，重生是听得见的？"

"对呀，他是听得见的，我怎么忘了呢？"

"是啊，他可真是个奇怪的哑巴，别的哑巴是听不见的，他却听得见！"

"嘿嘿，以后说这些可不能当着重生的面。"

"说着说着就忘了呗，这个死重生！他又不会出声，谁想到他就在旁边？"

……

他们一唱一和，说着，笑着，看一眼我，并无恶意。他们也许并非有意，只是为了从我这里找点乐子。可他们不知道，他们是把自己的快乐建立在我的痛苦之上的。他们明白，不管他们怎么说我，我都是不会张开嘴来骂的，尽管我已在心里狠狠地骂过了，可谁让我发不出声音呢？

但是，只要我的父母在场，他们就不敢如此放肆。我的母亲会跳起来骂，她会把手指头伸到说歹话的人的鼻根下："老娘锁男人怎么了？老娘不仅要锁自己男人，还要锁你的爹，锁你的祖宗，锁你的祖宗十八代！"

她就这么骂着，一直骂到人家的祖宗十八代，骂得人家噤若寒蝉，骂得自己唾沫横飞。横飞的唾沫溅到人脸上、庄稼上或田畴里。有时候，她骂着骂着，就抽起了筋，白眼一翻，脸就歪了过去，吓得大伙赶紧去扶她。

她真有本事！她急起来，简直像一条疯狗，见人就咬，谁敢不怕她？再说，她动不动就能抽过去，谁也不想惹她抽过去，万一出了什么事，谁担当得起？弄不好出了人命，那可不就成杀人犯了？

其实，人们并不是真怕她，只是让着她。换成别的女人，队里的男人早冲上去抽她的嘴巴了，可他们不敢抽我妈的嘴巴。连我爹也不敢。这一点，我母亲深深地知道。

所以，几乎每一次，我母亲都是面带胜利的微笑，打败那些爱嚼舌根的人。

可生活在平原上的人就是贱，嘴巴贱。他们就爱嚼两口。我母亲越骂，他们越爱嚼。悄悄地嚼，背着我母亲嚼。只要我母亲不在场，他们就总要想办法挑起一个话题来，再由这个话题引开去，就能说到与我家有关的人，有关的事。

有时，我母亲故意躲开一会儿，然后又突然出现，让说的人一下子来不及收住话题。于是，我母亲就像吃了兴奋药，猛冲过去，无比激情地叫骂起来。被骂的人不以为然，忍气吞声地退居一旁，任我母亲叫骂，直到她口干舌燥，筋疲力尽，骂不下去为止。

就像猫戏老鼠，他们互相戏弄着，从中感受到无穷的快感和乐趣。

倒是我父亲并不把这些话把当回事。他们当着他的面嘲笑他："重生爹，新婚那天，你婆娘把你锁住了，你当时怕不怕？"

我父亲就笑，笑着骂："妈的个×，你回去找你婆娘锁一下不就晓得了？"

"你不怕，那你为么事要喊人把你俩抬到医院去？"问的人得意地笑着。

我父亲再笑笑，再骂："妈的个×，让你们开开眼界呗，不然，你们哪晓得眼红？"

问的人便讪讪地笑，反被我父亲讨了便宜。

从我父母那里讨不到便宜，他们就从我这里讨便宜。

他们说："重生，你爹明明拿地主婆的镜子照了你的屁股，你怎还是不会哭呢？"

我不理他们。

"你不会出声，不是在你妈肚子里被锁坏了神经吧？"

我愤怒地看着他们，还是不理他们。

"狗日的，这么看着我，想吃我啊？"

我说，老子就吃了你！可我张了张嘴，还是只有沉默。除了沉默，我没有别的办法。我想发出声音，可我的喉咙不争气。我以为我发出了声音，可人们却无动于衷。

我想喊，我想骂，我想哭，我还想大吼大叫，对着天空大笑。

可我办不到。所有这一切，我都只能在内心里完成。天啊，我怎样才能让人听见我的声音，听见我说的话呢？

有那么一天，我突然听到了天使的笑声。

她来了，那个长了翅膀的天使！

❦

知青点解散后，知青们就再也没有这样的时候了。

有时候，徐晓雯站在重生家的锅台边炒菜，还会下意识地去灶台边搜寻——坐在那里的是重生，是那个能听却不能说的孩子。这时，她才意识到，那个坐在灶前为她往灶膛里加柴的人，不再可能是张敬之了。

那种集体户的日子已经成为过去了。那时，每当轮到徐晓雯值周炒菜，张敬之就会坐在灶前给她烧火。知青们有时和他们开玩笑：爹爹烧火，婆婆炒菜。这说法是从杜鹃鸟的叫声中来的，不知从何年何月开始，平原上就流行着这样的童谣：豌豆八果，爹爹烧火，婆婆炒菜，炒出尿来。这是模仿杜鹃鸟的叫声编出来的，纯粹是给爱哭的小孩子逗开心的。每年春天蚕豆花开时，平原上的杜鹃鸟发出婉转的啼叫，孩子们的嘴里就会下意识地念起这个童谣。

她喜欢张敬之脸上透出的专注坚毅的表情，有股子横劲，符合他的个性。当他往灶膛里加柴禾时，灶膛里的火光映着他的脸，那种横劲就会逼真地呈现出来，好像他在灶里捣鼓的不是柴禾，而是他的敌人。几十年后，人们把这样的表情叫作"酷"。老实说，张敬之不算英俊，眼睛小且不说，还长着一张并不温情的阔嘴。五官虽不算难看，也绝对称不上好看。但他的眼神里总有一种奇特的东西，他盯着你看时，你会感觉到一种逼人的热力，即使他的眼神迅速地移开，那种热力也会持续地留在你的脸上，就好像烤过炭火留下的余温。

难怪林红缨说她就喜欢他那双眼睛，说她以前每次看见它，都有种被电击的感觉。徐晓雯想，这也许只是一种夸张的描述，但林红缨对张敬之眼神的描述是准确的。

徐晓雯一直记得他们来插队的头一个冬天，她头一次和张敬之这样守在锅台前，一个往锅里加菜，一个往灶膛里加柴，那时他们还没有恋爱，相对无言，偶尔注视一下彼此。那时，她还没有勇气去接受他，尽管她内心里十分渴望。

那时，她最大的盼望就是轮值她炒菜。因为只要她炒菜，张敬之就会一声不响地坐在灶台边，什么也不说，只是往灶里加柴。有几次加过了头，害得徐晓雯把菜都炒煳了。她不得不红着脸提醒他。事实上，张敬之和知青点上所有的知青都谈笑风生，唯独不怎么和她说话——这几乎是那个年代所有的少男少女表达爱情的方式。只有在自己爱的人面前，才会有这种矜持感。

有时候，徐晓雯故意代人值日，就是为了让他坐在灶前注视她。这成了他们之间的一种默契：只要是她炒菜，他一定会坐在灶前烧火。透过菜锅里飘出的袅袅热气，她悄悄地注视着他的脸；他呢，则勇敢地在迎接着这种注视，并在那一刻释放出比灶膛里的火焰还要炽热的光。徐晓雯便故意掩饰自己，力图做出一种冷若冰霜的表情，但她握着锅铲的指尖却在颤动。他看出了她的慌乱，故意抿着嘴，得意地偷笑。她心里生气，假装把注意力放在锅里的菜上，却常常把青菜都炒煳了。他们沉迷在这种目光的游戏中，直到有一天他们都不能再忍受下去——他拉起她的手，她顺从地偎进他的怀里。

这就是那个时代的爱情，感情的铺垫漫长，含蓄，却意味无穷。

有时候，徐晓雯也会感觉到另一双眼睛的存在，它们总是躲在一头漆黑的浓发下，躲在一双剑眉的暗影中，显出某种刻意的宁静。事实上，它们是沉郁的，胆怯的。她不喜欢这双眼睛。它们像湖水一样深不可测。她不明白杨柳为什么会有这样一双眼睛，这让她常常想起陀思妥耶夫斯基那部著名的小说：《被侮辱与被损害的》。这眼神让她感到不安，感到一种月光般的阴柔与清冷。每当她的目光不小心碰上它时，它就会立即闪开，它似乎更愿意选择一种逃避的姿态。但徐晓雯总感到它的如影随形，让她想起那些阴霾笼罩的日子。

她怕冷一般地渴求着阳光，喜欢那些像阳光一样明朗的人和事。是的，它们能驱赶走她内心的孤单。从小，她就渴望一间能照得见阳光的屋子，遗憾的是她居住的房间总是在阴面。

现在，她在重生家终于有了一间可以照得见阳光的屋子——得知她怕冷，他们把家里朝阳的那间屋子给了北京来的知青女伢子。每天早上醒来，徐晓雯坐在床上就可以看见温暖的阳光，看见窗外的原野。有时，阳光像白霜一样铺展在屋外的菜地上，感觉它比月光还要清朗和宁静。有时，夜晚看上去比白天还要亮，月光铺在原野上，菜地里发出一片白亮亮的光，给人的感觉反而像是白天。

平原因了它的博大和广阔，常常让她出现某种时间上的停顿与迷离。

每天收工后，徐晓雯在这间屋子里教重生认字，每天五个，有时还要多一些。重生是一个多么聪明的孩子！这半年里，她就在这间小屋里，教他学会了八百多个汉字。他已经会用文字与她做简单的交流了。他已经知道怎样用文字来哭，用文字来笑了，他学会了写日记。一开始，他会害羞地将他的日记给她看，后来，他就不肯给她看了，他有了自己的秘密。她想，每个人的内心，都有不愿让人知晓的秘密。守住秘密，就是守住内心，守住和上帝的契约。那就让他悄悄守着吧，她不会去做无知的探寻。但她知道，以这样的速度教下去，要不了多久，重生就会成为队里识字最多的孩子。

每一次，总是她先读出一个字，然后便在纸上写给他看，再让他照着样子写。刚开始他学得有点困难，她不得不像教幼儿园的孩子一样，先从笔画教起。认识笔画后，他很快就能写字了，而且写得比她的字还要工整。毕竟十四岁了，重生的悟性很强，加上他能听，只是读不出，所以学起来特别快。

教了一段时间后，重生就能一天学五六个字了。只要是他学过，写过的字，无论隔多少天，他都不会忘记。教重生识字，基本上靠听写。

重生的父母做梦也没有想到，他们的哑巴儿子有一天会识字，而且会识这么多的字。有好多连他父亲不识也不会写的字，他都能识能写。重生的一个妹妹和弟弟也都上小学了，可他们谁也没有哥哥识的字多。

重生的父母感动了。他妈妈几次对徐晓雯哭道："小徐啊，是你救了重生啊，我这一辈子都不会忘记你的大恩大德！"有一次，这位母亲竟对她跪下来，把徐晓雯吓住了。她无以为计，只好相向而跪，与队里这个有名的泼妇抱在一起哭泣。

那一刻，她体会到了一个母亲的心碎，一个母亲的心疼。这母亲的心碎与心疼，也同样令她心碎与心疼。

重生能识字和写字的事，很快成了队里的新传说。当这样的传说进入重生沉默的耳朵里时，他脸上的表情是幸福的，就像听到了上天的福音。看得出来，感到幸福的不只是重生，还有重生的父母和亲人。他们每个人的脸上都透着一种骄傲。是的，他们家的哑巴也会识字和写字了，而且识得比谁家的孩子都多。

　　从那以后，人们再也没有看到重生的母亲在田埂上耍泼。谁能想到，一个跳着脚，指着别人的鼻子叫骂的泼妇，竟也突然变得文质彬彬了，见到谁都客气起来。可以想见，她心里深藏着一个母亲对儿子多么苦涩的爱。徐晓雯不明白，连最原始的村妇，尚且懂得对文字的敬畏，可这世上为什么总有人要毁灭这种与生俱来的敬畏呢？她知道，对于一个不能发声的人，文字便是他唯一的救赎。所幸，重生获得了这种救赎。

　　徐晓雯越来越喜欢这样的生活。

　　就像一粒被风吹来的种子，悄悄地落在这苦难的平原上，徐晓雯觉得自己就像是落在了母亲深邃的子宫里，感受着深处的温暖与潮湿，终于在那里发胀，孕育，破土而出，长进这广袤的原野里。这温暖而苦难的平原，它容纳着她的苦涩，她的眷爱，她的青春和梦想。她知道她的血肉已与这平原紧紧地联系在一起了。她爱它，就像爱一个生她养她的母亲。是的，爱这平原，终其一生去爱它，像植株一样把根深扎进这平原的腹地，她这样告诉自己。

　　半年后，徐晓雯开始教重生算术。她陶醉在这种教育的快乐里，好像她生来就是一名老师。实际上，她不愿去学校当老师。她不去，只是为了和重生多待在一起，教他识字和念书。有时候，她甚至有种错觉，觉得她走失的弟弟又回到了她身边，变成了一个陪伴她的无声者。

　　其实，学校从知青中招选老师时，巫书记找她谈过话，但她不能放弃重生。她向巫书记推荐了林红缨。她知道她能胜任。也许最合适的人选应该是杨柳，但她知道大队不会选他，像她一样，他的出身是一个黑洞。

最终，大队选了张敬之和林红缨。杨柳则取代她住进了巫书记家。

有时候，张敬之来看她，也和她一起教重生写字。看得出来，他并不喜欢这么做，他只是想和她待在一起。可她无暇旁顾，只盼望能从重生身上看到奇迹，一个属于她创造的奇迹。为此，她完全忽略了张敬之的感受，他们几乎都没有单独相处的机会，哑巴重生总是夹在他们之间，这让张敬之很难受。

有一天，他终于忍不住跟她发脾气。

"你要是那么喜欢当老师我就去跟巫书记说一声，我们俩换个位置，你去学校当老师，我来七队种田。"他带点怒气地看着她，不满地说。

她只好笑着跟他解释："不是我喜欢当老师，是重生需要我。"

重生需要她，他就不需要她么？难道重生比他更重要？他想不明白，她身上总有一种自我牺牲的悲剧精神，这也许是由她的出身决定的。隐忍，同情，与生俱来的悲悯与善良。她从不怀疑，从不抱怨，似乎是一个永远的理想主义者，又更像一个命运的逆来顺受者。和她不一样，插队以来，他就一直处在怀疑中，对时代的怀疑，对理想与现实的怀疑，或者说对最高指示的怀疑。所以，他想要改变，哪怕只是稍稍做出一点改变，也是对现实的微弱反抗。

不管是恋爱，参军，抑或是招工回城，都是对眼下这种困兽般的境况的突围。在他看来，徐晓雯身上这种理想主义更像是一种天真与不成熟。在强大的现实面前，一个人渺小得连他自己的境遇都不能改变，更妄谈改变他人？

"可一个不会说话的哑巴，会识字又有什么用呢？"他无奈地质疑她。

"当然有用啊，会识字了就会写字，只要会写字，重生就不是活在他自己的世界中了，他就不再孤单，就能通过文字与这个世界沟通了。"

就算重生能与这个世界沟通又能怎样呢？谁又能走进他的世界中去呢？他想，我们不缺乏与这个世界的沟通，可谁又能真正走进他人的世界中去呢？包括他和她。沟通只是为了取暖。

他不想为这些事和她发生争执，但他渐渐地不愿去重生家了。

❦

知青点解散后，张敬之觉得他和徐晓雯的爱情也要解散了。

他被留在学校教书，只能说是暂时逃避了每天早起晚归的农活，当然，农忙时，他们这些做老师的也要下生产队劳动，但总是比天天去田里出工要轻松。

说实话，他这辈子最不愿干的就是教书这种臭老九的行当。但是他更不愿意当农民。下乡以来，当一个农民所要忍受的艰辛与劳苦他已经受够了。最重要的是，他们当初是满怀热情地来到这广阔天地里接受再教育的。可是这教育除了让他们明白当一个农民的不易，对他们的"再教育"在哪里呢？他们曾经梦想的火热日子，如今是如此沉闷、单调和漫长，每天早上醒来，除了面对无休止的劳作，他们不知道他们的生活中还有什么快乐和希望。

悲哀的是，即使当一名代课老师，也足以让跟他一起下放的知青们感到羡慕。老实说，论水平他们这群知青谁也比不过杨柳。教书，是杨柳家的传统。据说他家祖宗三代都是教书的。杨柳的父亲曾是W大学的一名教授，这一点张敬之是知道的。杨柳的爷爷解放前也曾是南京中央大学的一名学究。连杨柳的母亲也是他们子弟学校的老师。这也许就是所谓的"家学渊源"吧。

但大队从知青中挑选代课老师时，第一个考虑的却不是杨柳而是张敬之。又红又专，这是指他的出身；积极上进，有正义感，领导能力强，适合担任学校老师，这是大队干部们对他的评价。只有他知道，他是抱着混日子的心理去学校教书的。当老师怎么也比在烈日底下出工强。他是真的不想去田里出工了。现在，他最大的愿望就是去当兵。只有当兵才能回武汉——他们叫曲线回汉。回不了武汉，到A县县城里当一名工人也行。比他们早两年来这里插队的，已经有两个弄到了招工指标，一个去县城当了工人，一个干脆办回武汉了，连曲线都不用（听说他家里花了不少力气，找了人，还送了礼）。张敬之也想弄一个招工指标，可去哪里弄呢？谁都想弄到指标，关键是你得有人，有后台，有关系。不拘哪个时代，这永远是颠扑不破的真理。

老实说，这片土地毁灭了他的理想和激情。他当初来插队，一半是因为徐晓雯，一半是想来农村锻炼锻炼，再回武汉寻求更大的发展。他低估了农村的艰苦，更低估了回去的难度。

更要命的是，徐晓雯好像喜欢上了这个该死的地方，她每天守着那个哑巴重生，不厌其烦地教他识字和写字，这简直让他忍无可忍。每次去看她，她都和那个哑巴黏在一起。他几次想把她约出来，像过去一样去田野上走走，散散心，说说心里话，她都不肯。他已经很久都没有摸过她的手了。以前，他们走在一起时，只要没有人看见，他就会牵起她的一只手，小心翼翼地在她的手背上摩挲。她的手很小，手指特别软，手背上的皮肤很细腻，掌心里有一些被锄头打出的小茧子。小小的掌心肉肉的，厚厚的，孩子一般让人怜惜。手掌伸开时，十个手指会高高地翘起，仿佛杂技演员的手，十分可爱有趣。每次和她在一起，张敬之都会情不自禁地握住她的小手，摊开手掌和她比大小，她的小手卧在他硕大的掌心中，就像小孩子顺从地躺在大人的怀中。

他指着她的小手说："这是手小孩。"再指着他自己的手，说："这是手大人。"

她就笑，效仿他："不，这是手哥哥，这是手妹妹。"

他牵起她的手，把它们合在掌心里，嘴上说："手大人要保护手小孩。"心里却说：手哥哥和手妹妹要永远在一起，永不分离。

她不说话，有些害羞地微笑着看他。这样的时刻是甜美的，他们不用去想他们的将来，不用迷茫，不用失落，只用好好地体会这美好的时刻。但是现在，这样的时刻也几乎没有了。有时他试图抓起她的一只手，像过去那样摸一摸，她总是迅速地避开，然后向坐在一边埋头写字的重生努努嘴。好像他正做着什么见不得人的勾当怕那孩子窥见。

这让他既沮丧又失落，让他本能地讨厌那个哑巴孩子。

有一天，张敬之实在忍不住，不顾重生在场，一把抓住她的手，她的脸红了，企图从他手里挣开。这一次，他坚决不肯松开。任她怎么用力，他就是不松手。她的眼神急切，一会儿看看张敬之，一会儿又看看重生。

他冷冷地看那孩子一眼，不屑地说："他就是个哑巴。"他是故意的。他们说他听得见。看来，他果真听得见——他像狼一样，竖起了耳朵，抬起头，涨红着脸，眼神充满敌意地望着他，似乎连呼吸也加快了，那样子显得十分愤怒。

张敬之逼视着他。很快，重生低下了头，开始埋头写字，就像他什么都没听见过，显得十分平静。但徐晓雯却不干了。她恼怒地瞪着他，生气地说："张敬之，不许你这么说重生！请你以后说话注意一点！"

"我说的不是实话吗？"他也生气了。

"我跟你说过多少次了，他是听得见的，听得见！"

"听得见又怎么了？难道他不是哑巴？我说他什么了还是骂他什么了？"他控制不住地发起火来，"你每次都是这样，你要是想找借口不跟我在一起了就明说！我不会缠着你，我会走，我去当兵！永远不再烦你了，行了吧？"他实在忍不住，冲她嚷嚷起来。

徐晓雯的眼睛红了，嘴唇颤动着，眼泪在眼圈里打转，最终却没有落下来。她咬住嘴唇，充满恨意地看着他。那一刻，张敬之心软了，伸手搂住她，直跟她说对不起。

眼泪终于从她眼里掉下来，她靠进他的怀里，小声地哭起来。显然，那哑孩子什么都明白，他站起来，红着脸走开了。他出去时，张敬之注意到他的眼里亮晶晶的，含着眼泪。

见重生走开，徐晓雯身子一硬，一下挣开张敬之的怀抱。

她对着重生的背影喊道：

"重生，你回来，你的字还没写完！"

那孩子站住了。犹豫了一会儿，低着头回来了，他重新坐到桌边写字。那一刻，让张敬之觉得应该离开这间屋子的不是重生，而是他。他有些伤心，决定离开。

"你教重生学习吧，我走了。"他难过地说。走时，他以为她会追出来，那样他就会停下脚步，抱住她，摸摸她的小手，跟她说声对不起，他会像过去一样，把她拉到夜色底下，走上一会儿，跟她说说他心里的苦闷。

可是，她没有追出来。

张敬之彻底地失望了。一种从未有过的失落让他对他们的感情产生了怀疑。她真的爱他吗？难道他在她心中竟不如一个哑巴孩子重要？其实，那孩子也不算小了，十四岁了，是个少年了。她就不怕那孩子喜欢上她吗？他记得自己喜欢上她的那一年，也不过比眼下的重生大一点，十五岁。一个十四岁的少年，心里已经知道怎样悄悄去爱一个他喜欢的异性了。这是危险的。这一点，她难道就没想过？

他不是为了一个哑巴吃醋。不值得。他没那么糊涂。他是为她担心，不想她遇到什么麻烦。这些乡下孩子是最难招惹的，可她总喜欢去招惹他们。她忘了她刚来时，那个叫小军的孩子的死？不就因为她出于同情给了他两颗糖，那孩子就被其他孩子整死在她的草垛里了？如果当时不是他冷静，问清楚情况，又斗胆带着一帮知青闯到派出所，他都无法想象事件的后果。最可怕的是，大军因此疯了，他不仅钉死了小兵，还制造了那么严重的一场火灾。

有时，同情心是可以杀人的。这些不幸的事件，莫不与她不恰当的同情心有关。不能不说这些连环事件的发生，就像一副多米诺骨牌的坍塌。她的同情心，就是那些事件的诱因，就是那致命的一张骨牌。为了这件事，她跟他哭了多少回，内疚了多少回，忏悔了多少回！她怎么就不明白，所有这一切，都是因为那无原则的善意——她不知道好心也是会办坏事的么？

他劝过她，要她不要和当地人搅在一起，可她就是不听。现在，这个叫重生的哑巴孩子，说实话，他心里有一种很不好的预感，担心这个哑巴孩子有一天也会害了她。他更担心，他们有一天会分手，有一天他真的会失去她。想到这一点，他的心情就很坏，很坏。

他不知道该怎么办。转眼间来农村已超过三年，对于今后，他一想就很无望。他不能就这么在农村待一辈子。他是一定要走的，不管是参军，还是招工。他一定要离开这里，离开这该死的平原。要是徐晓雯一定要留在这里，他也只能忍痛放弃这段爱情。

回来时碰上林红缨。现在，他们在一个学校里教书，几乎天天都要碰几次面。张敬之不再像过去那样讨厌她了，自从她和何茂新老师那惊心动魄的爱情故事发生后，知青们都彻底改变了对她的看法。张敬之也不再刻意回避她。

林红缨叫住他，显出一副兴高采烈的样子。

"张敬之，有好消息告诉你！"

"什么好消息？"他故作轻松地问。

"我们有希望回城了！"

"什么？你说谁有希望回城？"听到回城两个字，他兴奋起来。现在，所有与回城有关的话题，都能刺激他的神经。

林红缨向他透露了几个重要消息：第一，上面又有招工指标下来了，分到他们知青点的，有两个；第二，公社最近可能要推荐一到两名知青去武汉上大学，选择范围就在清水河公社两个知青点中；第三，郑义的爸爸当上厂里的一把手了，他现在是厂长兼革委会主任。厂里正在想办法，打算把他们这批插队子女尽量弄回厂里去就业。

"我们有可能集体回武汉。"林红缨兴奋地道，"当然，那些家庭背景不好的，可能没希望，比如徐晓雯和杨柳。杨柳的父亲还在江北农场劳改，徐晓雯也不是我们厂的子弟。"

张敬之的眼睛里顿时有了神采。如果林红缨说的是真的，那么三种情形中，不管是哪一种，张敬之都比较有希望。他相信，除了徐晓雯，只要是知青，是傻瓜都想早点离开这里。这以前，他只能寄望于参军。去年的征兵，他又没走成。他们知青参军得过三关：基层推荐，政治审查，身体合格。后两条他没有问题。但他没有获得基层的推荐。为此，他专门去公社找了罗主任。基层推荐的名额有限，巫书记也已答应今年征兵时一定向公社推荐他。

如果是这样，他就不用等这个推荐了。

杨柳住进巫书记家后，赤脚医生刘雪梅喜欢到她的亲爷家来串门了。

183

第八章　重生

巫书记一家自然明白，雪梅是冲着谁来的，以前他们的儿子巫志恒在家时，她从家门口过也很少进来。那时，两家的大人见两个孩子间不来电，小时候说的娃娃亲只好不了了之。现在，雪梅喜欢来了，只能是因为杨柳。

杨柳插队也满三年了，知青们有谈恋爱的自由。和别的知青不同，杨柳从未想过自己有一天还能回城，他有自知之明，就算知青们都走光了，他也会是那留下来的最后一个。既然他必须在这里扎根，他也就不再奢望幻想中的爱情。刘雪梅来找他，他也乐意和她一起散步和聊天。他渐渐地接受了这个乡下姑娘。随着了解的加深，杨柳发现了这个姑娘身上众多的优点：上进、热情、善良。因为当医生的缘故，她懂得的知识也比别人多，有些医学方面的知识，杨柳也要经常向她请教。人非草木，两个年轻人之间慢慢有了感情。

到1973年夏天，他们就正式恋爱了。

恋爱后，杨柳有事没事也喜欢往大队卫生站跑了。除了刘雪梅外，卫生站还有另外两名男医生。一个姓李，一个姓陈。陈医生五十多岁了，资格老一些，担任着卫生站的站长。因为资格老，所以天天回家，从不到卫生站值班。有重病的人想要请他看，都得派人去他家里请——他随身的药箱里放着接诊的器具，看完病，他写好处方，箱子里有药就先用上。没有的，就让人拿着他的处方去大队卫生站里抓药。需要打针的，就叫病人家属送到卫生站去，那里有人值班。

李医生不到三十，但已经结婚，并有了两个孩子。李医生资格没有陈医生老，但也是卫生站的主任。一个星期最多来值两天班，有需要请到病人家里去诊的，他也会像陈医生一样，背上他的药箱，骑着自行车去上门。

　　所以，多数时间守在卫生站的，只有刘雪梅一个医生。乡下人粗，没有急得一定要看医生的，都是在家挺几天就好了。看一次病，便宜的一两毛，贵的也就一两块。一般病人多是上门找陈医生或李医生开个处方，再去刘雪梅那里拿药。

　　刘雪梅也不总是守在卫生站。那年头，医生去哪里没人管，也不叫擅离岗位。反正有病去医生家里看是一样的。唯一不同的是，卫生站的煤球炉子是不熄的，炉子上面终日放着一口铝制的多用锅——专门用来煮注射器针头和纱布等医疗器材。没有病人的时候，刘雪梅不是在那口锅里煮医疗器械，就是捧着一本医书在看。和杨柳谈恋爱后，杨柳就经常来这里陪她。

　　所谓"陪"，无非就是帮刘雪梅煮煮注射器，把消毒过的棉条裹成棉签，扎成把，把它们分别浸在酒精和碘酊里。有时，刘雪梅给他讲解一些药物的作用，告诉杨柳如何诊病，教他如何给病人扎钢针，并用自己的手腕演示给他看。从她父亲那里她学会了针灸的绝活，在这方面她绝对是个高手，连卫生站的老医生陈站长也不得不佩服。李医生更是多次向她讨教这门绝活儿。

　　他们有时也谈谈《人民日报》上新发表的社论，聊一些大而无当的话题。

　　赤脚医生大多没受过什么正规的医学教育，但他们是广大农村最重要的医疗队伍，是老百姓不可或缺的健康依赖。杨柳学起来很快，差不多可以当半个医生了。刘雪梅忙不过来时，就会指挥杨柳上阵（那会儿不管什么行医资格，能看病，能把病看好就行）。

杨柳是1970年高中毕业，水平虽然比不上66、67、68那些老三届的，但比刘雪梅又要高许多。刘雪梅是69届毕业的——69届毕业的是指69届的初中毕业生。由于停课闹革命，1969年全国都没有高中毕业生。刘雪梅初中毕业后，她父亲就把她送去县卫校，接受了一年的培训学习，然后就回大队当赤脚医生了。这也为她后来的高考设置了障碍。杨柳他们这一届是复课闹革命后复学的，高中两年，只发了两本书，一本《工业基础》，一本《农业基础》。说白了，就是工业学大庆，农业学大寨。英语虽保留，但内容就是"Long live Chairman Mao（毛主席万岁）""We love Chairman Mao"（我们敬爱毛主席）。在他的记忆里，他们连二十六个字母都没学完，就毕业了。

当然，除了学工学农学军，老师们还是教了一些别的知识给他们，毕竟他们以前有的是教数学的，有的是教物理或化学的，还有教俄语和英语的。靠着打擦边球，他们多少还是学了一些东西。加上杨柳的爸爸是史学教授，妈妈又是教语文的，所以他的社科知识会比一般同届的同学要丰富许多。但在医学方面，却是空白——这也是那隐秘的痛苦困扰了他那么多年的原因。是刘雪梅帮他填补了这个空白。

几年中，他生活在自己内心的黑暗里，在这种可怕的黑暗里做着无谓的挣扎。那件事给他心理造成的阴影太深了。他从内心看不起自己，从内心不能原谅自己。每天从睡梦中醒来，他都告诉自己：再不能这样做了！可是一到夜晚来临，他的身体接触到那该死的床板，他就会控制不住自己的手。他的手是那样不可抑制地发贱，它总是不由自主地放到那个令他不能自拔的地方。

那种感觉简直就是一个恶魔，每到黑夜里，它就牢牢地占据着他，控制了他。他以为插队会改变他，会使他从这种罪恶的羞耻感中解放出来，可是根本就不可能。每天在劳动中无论有多么累，多么疲劳，可一到夜晚，那感觉就像魔鬼一样缠住他，主宰着他。噩梦般的日子持续了整整四年，直到那可怕的一幕发生。

徐晓雯是怎么出现在他面前的，他至今都不愿再做回想。那样的回想让他的内心感到发抖：恐惧、羞耻和罪恶……让他感到庆幸的是，徐晓雯像神一样拯救了他，把他永远拽离了内心的黑暗——从那以后，他能够平静地入睡了，他开始长胖，在劳动中变得结实和强壮。他彻底杜绝了那个恶习。

每天临睡前，他会在读书中入睡。阅读和思考，成了他每晚躺下后的习惯。他从刘雪梅这里看到了一些生理和生育方面的医学书籍。他把它们借过来。读完后，他的内心豁然开朗。他觉得自己的心变得明净了，坦然了，神圣了。

他崇拜欧阳海，希望自己能像他那样，为祖国为人民去奉献，去牺牲，可他得不到这样的机会。他知道自己没有资格去喜欢徐晓雯，她是属于张敬之的。她是那么沉静而忧伤，那么纯洁而高贵，他污秽的心不配去玷污她。只有张敬之那样心灵坦荡、血统正宗的人，才配得上她的爱情。

他也知道刘雪梅爱他，他也愿意爱刘雪梅，他相信自己有一天会和她结婚，他们一起生活，生儿育女，像所有出生在这里的人一样，在这个平原上过完他的一生。

作为一名医生，刘雪梅并不避讳和他谈男女之间那些生理问题。有一天，他们终于谈到了性——他们是说起林红缨时说到这个话题的。那天晚上，杨柳正和刘雪梅聊天，卫生站的玻璃窗被敲响了。有人在窗外小声地叫她的名字。

"雪梅，你在吗？"

她听出是林红缨的声音，便回应道："林红缨啊，有事吗？"一边走去给她开门，请她进来。

林红缨的脸色很难看，她看起来很不舒服，她似乎想和刘雪梅说什么，看了看杨柳，欲言又止。

刘雪梅说："杨柳，你去外面给我打一桶水进来吧。"

杨柳很快明白她的意思，马上提着一只白铁桶出去了。

林红缨说这几天学校放暑假了，她回队里参加劳动，刚插了两天秧，小肚子很疼，腰也疼。她指指自己的下腹部。

刘雪梅说："是不是来好事了？来好事是不能下水田的，否则会落病。"

林红缨摇摇头："还差几天。"

刘雪梅说："来好事的前几天是会疼的。"

林红缨说："不是的。来不来好事都疼，只不过这几天疼得更厉害些。"

刘雪梅问："什么时候开始的？"

林红缨说："大半年了，一直隐隐约约地疼，这两天突然加重了，疼得我腰都直不起来。"她抚着自己的腰，把目光从刘雪梅脸上移开，有些犹豫地说："不知道是不是那件事落下了病。"

刘雪梅当然明白她说的是哪件事，就说："如果是经常疼，估计是感染了盆腔炎。"她猜她产后受了刺激，当时天冷，环境又差（她去看过那个稻草洞），感染上盆腔炎完全可能的。

刘雪梅说："我给你开些药先回去吃，另外再给你写张病假证明，你拿回去交给你们队长。你明后天就不要出工了，在家休息两天。这种病主要靠休息和调养。我明天上午去你那里给你做做针灸，再带些中药给你熬水喝。现在天也晚了，你先回去休息。我明天再给你好好诊诊。"

林红缨笑着道谢，她只能依靠刘雪梅，卫生站只有她一个女医生。临走，林红缨看见刘雪梅桌上的一本医疗手册《妇女保健手册》，就随手拿起来翻了翻。其中的几章一下吸引了她的目光《如何测算安全期》、《夫妻间的性卫生》、《妇女经期卫生与保健》……她双目发亮再看了几行，问刘雪梅能不能把这本手册借给她看看。

刘雪梅点点头，说："这是上面发下来的内部学习资料，看完了还给我就行了。"

林红缨便高兴地拿着那本手册走了。见林红缨离开，杨柳才提了一桶水进来。刘雪梅有些感叹，对杨柳说："唉，林红缨好可怜。"

杨柳说："她病得很重吗？"

刘雪梅说："说重也重，说不重也不重，不干重活，多休息和调养，也没什么不适。我给她开了点药，明天再上门去给她看看，顺便给她带几服中药过去。"

杨柳又问："她得的什么病？"

"妇科病。这种病，很多已婚妇女都有。"

杨柳有些不解，说："林红缨不是已婚妇女呀。"

刘雪梅抿着嘴笑了，她说："你苕不苕啊？你忘了她和何老师有过，那种事？"

　　杨柳愣了愣，明白过来，脸也红了。他和刘雪梅之间虽然确定了恋爱关系，但他还没拉过刘雪梅的手——与林红缨和已婚男人何茂新的直截了当不同，那个年代，男女间拉手是需要勇气的。拉手是一关，拥抱又是一关，而亲吻就是更重要的一关，最后一关才是身体的深入与融合。每过一关都需要时间。就像游戏的闯关，一关比一关艰难，一关比一关重要。一对男女通常是恋爱了两三年，到了结婚的那一天，才突破最后一关。那是一场恋爱的马拉松：含蓄，漫长，意味无穷。一切漫长的努力都是为了冲关的那一刻。就像一部好的戏剧，漫长的铺垫，曲折的演绎，不厌其烦，反反复复，漫长的前戏都只为那最后的高潮。

　　大胆如张敬之，也不过是闯过了恋人间的前两关。那第二关也只是浅尝辄止，还需要漫长的时间去巩固。

　　杨柳虽然有过自渎，却像那个时代大多数男孩一样按部就班地谈着恋爱。而刘雪梅则和她同时代的女孩子不同，作为一名医生，她心理上几乎无须脱敏，不用过渡：一切的情感问题，最终都只是医学问题。

　　这晚，刘雪梅主动和杨柳提起了"性"。

　　她说："其实怀孕是可以避免的。当初林红缨如果懂得测算安全期，她就不会生下那个私生子了，也就不会发生那么多悲剧了。唉！"她惋惜地叹道。

　　杨柳克制住自己的惊讶，有些羞臊地说："这种事，不采取措施也行吗？"

　　"行的。可以采取措施，也可以不采取措施。"刘雪梅说，"只要避开危险期，两个人即使发生性关系，也是可以不怀孕的。"

杨柳震惊地看着刘雪梅，他无法相信这是一个十九岁的女孩子说出来的话。可是，刘雪梅的脸上却没有半点不洁的表情，她是如此坦荡、自然。杨柳忽然轻松了，那个困扰了他多年，让他自卑了多年的心结，好像突然打开了，他脱口而出道："你觉得男孩子的自慰是一个罪恶的行为吗？"

刘雪梅颇有意味地看着他，说："根据医学统计，大多数的男孩子青春期都有过自渎行为。医学上称作手淫。这没有什么，每个人对自己的身体都有好奇心，只要正常看待，就不会有罪恶感。克服这种行为最好的办法就是转移自己的注意力，多做一些积极有意义的运动。"她把从书上看来的理论，在他面前搬了一遍。

他的内心陡然变得敞亮起来。所有那些内心的黑暗，在这一刻都远遁了，他情不自禁地拉起刘雪梅的手，并下意识地把她拥进怀中。神性与人性合而为一，杨柳脑海里出现的是，徐晓雯裹在军大衣里的裸体。

这一刻，刘雪梅只觉得大脑一片空白，什么情感问题和医学问题都不存在了。她只觉得血流加快，呼吸急促，天旋地转，她像一团泥一样软在杨柳的怀里。没有第一关，也没有第二关，她闭上眼睛，迎接属于她的，也属于杨柳的初吻。

＊＊＊

林红缨真的把自己搞成了一只破鞋。

她和卫生站的李医生是什么时候搞上的，谁都不清楚。包括刘雪梅，事情就发生在她的眼皮底下，她竟全然不知。

那天晚上，林红缨来给刘雪梅还书，刘雪梅不在，值班的是李医生。他坐在办公桌前对处方。

林红缨把那本《妇女健康手册》交给李医生，请他代交给刘雪梅。李医生接过手册翻了翻，眼神有些意味深长地看着林红缨。

林红缨被李医生看得有些脸红了，说："前天来找雪梅看病，看到这个手册，就借回去看了看。"

李医生说："看看好，看了有好处。"又随口问道："什么病？好些了吗？还要不要开药？"

林红缨迟疑了一下，突然说："没什么，就是肚子有点疼。"

李医生说："哦，怕是吃了不干净的东西，拉肚子吗？"

林红缨脸红了，说："不是那种疼。"

李医生抬起头，似乎有些明白了，看着林红缨的眼神也有些暧昧起来。他想起了她和何茂新的事，这个被人搞大过肚子的女知青，到底是个怎样的女孩？

李医生故意问："哪种疼？要不要我给你看看？"

林红缨立即读懂了对方的眼神，她故意问："你，行吗？"她觉得自己的心跳加快了，有种想放纵自己的冲动。

"怎么不行？我是医生。"李医生抓起林红缨的一只手，"先号一下脉。"

林红缨不动，任李医生把手指按在她的手腕处。

李医生说："脉搏偏快。"说完手指试探性地滑向她的手心，轻轻地抚摸了几下，林红缨仍然不动。

李医生胆子变大了，他说："我给你听听心音吧。"边说边从抽屉里拿出听诊器，当李医生把听诊器按在她的胸前，一根手指却探向她的乳头时，林红缨不觉涌起一阵晕眩，她对这样的晕眩已经渴望得太久了，她全身战栗，忘情地陶醉在那根手指的抚弄中。

听诊器滑落了，那手却没有。五根经验丰富的手指，五根充满黏性的手指，它们在林红缨的胸口游走，令林红缨如此沉迷，那种久违的感觉又回来了，林红缨希望这一刻永远不要停顿，永远持续下去。

两双欲望的眼睛对视着，不需要解释，不需要诉说，彼此都已是轻车熟路。

李医生指指办公室里那张给病人输液的床："你躺上去，我给你好好摸摸，看你哪里疼。"

林红缨听话地躺下了。李医生弯着腰，穿着他的白大褂，保持着医生给病人看病的姿势，一只手在林红缨的腹部轻轻按压，抚摸，嘴里说："这里疼？还是这里疼？"

林红缨像病人一样哼唧着，点着头。李医生忽然把嘴凑向林红缨耳边："你现在回去，就说身体不舒服，去隔壁请人来卫生站喊我去你家出诊。"

林红缨点点头，快速离开了卫生站。她直奔隔壁周嫂子家，表情痛苦地请她帮忙去叫医生。十几分钟后，周嫂子派儿子来卫生站喊走了李医生。李医生背着他那个有红十字的药箱，迫不及待地去给林红缨诊病。

这晚，林红缨好几次发出了病人一样痛苦的呻吟。

连续三天，李医生背着他的药箱，上门来给林红缨诊病。林红缨的厨房里发出阵阵中药的香味，那是红花、当归和红参片的香味。都是为女人调养血气的补药，林红缨被李医生调养得白里透红，春情勃发。林红缨再也不怕怀上别人的私生子了，她学会了测算安全期。而李医生是一名医生，更知道该在哪些合适的日子上门为林红缨"诊病"。

起初，谁也没有怀疑林红缨的病，队里的邻居无不对这个独居在五保户陈瞎子家的女知青充满同情。

但是，林红缨病的次数太多了，这个越病越好看的女伢子终于引起了社员们的怀疑。有一天，当李医生又背上他的红十字药箱出门时，他的女人在身后跟上了他。这个泼辣的女人一声不响，把赤身裸体的李医生活捉在林红缨的床上。随后这个女人才亮开了嗓门，她边喊边骂："偷人啦，林红缨这个不要脸的骚×偷人啦！"

邻居们应声而来，李医生的女人让男人"夹着尾巴"逃走了，却不肯放过披头散发的林红缨，她扯住林红缨的头发往门外拖，林红缨一手拉门框，一手护下体，终于顾不上她那对可怜的乳房。人们看到，林红缨一双雪白的乳房上留下了李医生那个泼皮女人道道狰狞的凤爪印。

林红缨于是成为一只众人唾骂的破鞋：

"果然是只夹不住的骚×，前一个还在牢里，这一个又不知道要被她害成么子样！"

平原上的老百姓就是这样，他们可以容忍未婚的林红缨生下已婚男人的私生子，却不能接受她和不同的男人睡觉。前者是烈女，后者是破鞋。一女不事二夫，何况林红缨所事的还都是别人的夫。这不是大逆不道是什么？

知青们也对林红缨从同情、敬佩到鄙视。林红缨和何茂新老师那场轰轰烈烈的爱情，现在看来，不过是一场闹剧。

自从人们发现林红缨是一只夹不住的骚×，大队有些不知天高地厚的男社员也打起了林红缨的主意，其中的一两个，也果然从林红缨那里讨到了便宜。当队里的小孩子们都开口骂她破鞋时，林红缨已然是破罐子破摔。林红缨毕竟是一名武汉知青，是女知青中最漂亮的那一个，一朵漂亮的花就是开败了，也要败得有分寸，败得有样子——林红缨无论怎么夹不住，也不是对谁都开放的。

"什么狗都想来我这里偷食，滚！"有几次，人们在半夜里清楚地听见林红缨的怒骂。

人们发现林红缨的"择偶"标准是很高的，要长得英俊，要身强体壮，还要有一点文化。这样的一两个幸运者，也常常不是两腿泥的土农民。

几乎全大队的社员都开始愤恨林红缨。男社员的恨，是假恨，他们的恨只在嘴上。女社员的恨，是真恨，她们的恨是在心里。她们恨不得她死，恨不得她消失，永远从他们的平原上消失。他们的平原上，从来没有出过林红缨那样伤风败俗的事，从来没有一个女孩子没有结婚就生下别人的私生子，从来没有一个女孩子能把别人害得妻离子散，牢底坐穿，也从来没有一个女孩子年纪轻轻就偷汉子，偷了张三偷李四，偷了李四偷王五……

这样的浊物，这样的异类，从来就不属于平原，不属于他们这里。他们要赶走她，他们必须赶走她。于是，林红缨成为

第一个回城的幸运者。

　　林红缨回城竟然是推荐上大学。当A县把唯一的一个推荐上大学的指标拨到清水河公社时，巫书记和几名大队干部连夜赶到了公社罗主任处。大家经过商量，反复权衡，一致认为把这个指标给林红缨最合适：他们要让这个祸水赶紧离开清水河这个模范公社，离开星光这个模范大队。

第九章
他们走了

让张敬之想不到的是，最先走掉的不是郑义，而是林红缨。

林红缨的返城，竟是被推荐上大学。为此，知青们深表义愤，凭什么被推荐的是她？利益面前，对林红缨的同情很快就转化成了义愤。

知青们又一次纠集起来，赶往清水河公社闹事，他们声言如果公社不公平处理这个问题，他们就去县里告状。县里不处理，他们就上省里告。

无疑，在整个清水河公社插队的六十多名知青中，无论哪方面，林红缨的表现都是属于最差的。为什么被推荐的偏偏是她？然而，在公社闹腾了一场，大家却失望返回了。

公社罗主任向他们出具了林红缨被推荐上大学的密证：盖着半枚公章的某份证明的存根——

林红缨得到的指标与公社毫无关系。她的确是去武汉读大学了，但不是由公社推荐去的。

"她的指标是直接从省城划拨下来的，公社只是为她出具了相关的证明。我要是骗你们，不是娘养的！我要是讲了假话，你们随时都可以上门打我一顿！"公社罗主任赌咒发誓地说。

不仅如此，罗主任还向大家出具了一封从县里转来的公函。在这份公函上，明确指定由清水河公社向W大学出具林红缨的插队表现证明。

看到这份公函，大家都泄气了。

"个婊子养的，哪来这通天的本事？"有人操开武汉腔骂起来。

大家悻悻地离开了公社，垂头丧气地回到各自所在的生产队。

一路上，张敬之的心情很复杂。他发现今天这群闹事的人里，郑义是表现得最踊跃的一个。起初，张敬之还感到奇怪，郑义向来胆小怕事，今天变得这样勇敢，果真是关涉到自己的利益时，连螳螂也敢伸出臂膀来挡车吗？况且，郑义喜欢林红缨是谁都知道的，林红缨和何茂新的事发生后，郑义显然也是同情她的。他没有像其他人那样蔑视她，反而对她多了一些关爱。林红缨和李医生搞上后，郑义受到的打击最大，但似乎也接受了她"天生就是个破鞋"的现实。他唯一能做到的就是在别人都骂林红缨是只破鞋的时候，他只保持沉默。

郑义的行为是反常的。张敬之想起那晚在路上遇到林红缨，她跟他说过的那三条信息，认为这其中是郑义起了作用——他一定是通过他爸想了办法，帮林红缨弄到了推荐上大学的指标。郑义的虚张声势，只是为了掩盖内心的慌乱。

既如此，他们还有什么可以说的呢？

其实，公社罗主任和大队巫书记早就防到了这一手，他们预料到知青们会到公社闹事。徐晓雯被抓进派出所，他们闹过。林红缨当上广播员，他们闹过。帮知青走后门招工，他们也闹过。他们已经闹过好多次了。他们不得不防着点。

那些证明都是罗主任和巫书记商量过后找人"弄"的。

"这些知青伢不好对付，肯定要来公社闹。"巫书记说。

"我找人弄个假证明，就说林红缨的指标是省里拨下来的。他们闹也没用。"罗主任说，"又不是欺骗上面，只是为了糊弄一下知青，防止他们闹事。"

罗主任果然不是省油的灯，知青们看到那封"公函"就乖乖地回去了。

林红缨是悄无声息走的。送她的人，只有郑义。说起来，回武汉几乎是他们每个人的梦想，可此刻的离开，她并没有感到怎样的欢欣鼓舞。与当初来时的情景相比，林红缨不觉为自己的离去感到一点孤单和凄凉。

回顾茫茫无际的平原，这个她生活了将近三年的地方，她在这里度过了她一生中最宝贵的一段青春，它给她留下了什么呢？痛苦多还是欢乐多？苦难多还是幸福多？回忆多还是留恋多？热爱多还是怨恨多？

她说不清。反正她来时像一张干干净净的白纸，离开时却已是污迹遍布。从一个无瑕的少女成了一个乡下人都看不起的破鞋。玷污她的人，没有一个是她爱过的人，好像也没有一个是她恨过的人。玷污她的人，她并不恨，一点儿也不恨。她觉得她不是被哪个具体的人玷污了，而是被这个平原玷污了，被她的理想玷污了。可是，平原本身并不是污浊的，此刻的平原是如此美，以至让她有一点点眷恋——到了这一刻，她才发现她也是眷念这个地方的，这个留下了她的伤痛的地方，这个把她变成残花败柳的地方。

马车在平原的土路上疾驰。映入眼帘的，是无垠的原野。蚕豆早就收割完了，取而代之的，是一片片葳蕤的棉花青苗。棉花已长至小腿高，有的枝头上已结出细小的花苞。花苞隐藏在翠绿的叶片里，那竖起的三片锯齿形的苞衣，让她想起母亲的子宫。珠胎暗结。当那红的、黄的花朵绽放，青绿的棉桃就会像青果一样长出来。那青果在烈日下充满阳刚之气地壮硕着，终于爆裂绽开，雪花一样吐满枝头。那一度丰润的棉桃，无私地奉献了它饱满的青色汁液后，终于变作锐利的壳，死死地守护着胸中那一团柔软与纯洁。

想起那雪一般洁白、柔软的棉花，这一刻，林红缨禁不住泪流满面。

马车在疾驰。如镜的湖泊，织锦一般在平原上展延，深的浅的水面上，一律擎着挺拔的绿荷，星星点点的荷花，点缀其间。绿荷们伸展着绿色的裙袂，少女一般，在夏风中逶迤，摇曳，招展，把一阵阵醉人的荷香送进她的鼻孔中。这曾经熟悉的一切，都在眼里往后退去。林红缨侧坐在马车的把手边，眼里涌满了泪，泪水滴落进土路上的泥尘里，消隐在腾起的马蹄声里。

原来，除了厌恶，她对这平原也是有着某种依恋的。这依恋，也许不单是来自这片单纯的土地，还有她一度抛洒在这里的热血与青春。

几时，她还能再触摸这样一片富含温情与苦难的热土？

"林红缨，你一定要在武汉等我！我很快就会回来，很快的，我爸已经在办了——"在公社汽车站分别的那一刻，林红缨看见单薄瘦小的郑义冲她举起一只胳膊，使劲儿地挥着，她的嘴角竟不住露出一丝凄凉的笑意。

汽车在通往武汉的柏油路上奔驰，林红缨打开自己的日记本，翻到其中的几页：

有时，我觉得我的人生特别失败。我所得到的，都不是我想要的，我想得到的，偏偏不属于我。从这点看，我甚至还不如徐晓雯。虽然看起来我要比她幸运得多：出身比她好，长相比她漂亮，家庭比她幸福，干活比她轻松。但是，我并不觉得自己比她更幸福。

从一开始，爱她的男生就比爱我的多。我们班至少有一半男生暗恋过她。不要说同来的男知青，就是当地的青年农民，喜欢她的也不在少数。连巫队长也给她写过情书。他的情书从部队里寄来，盖着部队特有的红色三角形图章，一封接一封，像子弹一样射向她。虽然她没有回应，可是子弹照样一粒一粒向她射来，显然，每一粒子弹上都包裹着一颗火红色的爱心，就像丘比特的红箭。对一个女孩来说，被这样的子弹射中无疑是幸福的，不管那是不是自己想要的爱情。

爱她的人也都比爱我的人出色。张敬之和杨柳算是我们这拨知青中最出色的了，我也喜欢过张敬之，只不过我现在不会像过去那样傻傻地喜欢一个人了——那种幼稚的、天真的少女情怀，我已经不会再有了。

我本来以为在我身上出了那样的丑事，他们一定会看不起我了，我也早在内心里做好了接受鄙视的心理准备。被一个已婚男人搞大肚子，又生下一个没人认领的私生子（可怜那孩子还没睁眼好好看看这个世界就死了，每次想起我就心碎），这还不够可耻吗？但实际上，他们没有看不起我，反而比过去对我还要友善。尤其是以前从不正眼瞧我的张敬之，竟然在背地里警告知青们：

"别人可以看不起她，但咱们知青不能！记着，谁要是把这事儿往家传——只要在武汉有一个人知道，我就对他不客气。"为了他这几句话，我曾感动得流泪。我宁愿相信他这是出于对弱者的同情，或者是男子汉的侠义气概。可徐晓雯说："他是欣赏你，不是同情你。"

这是让我最感欣慰的。遗憾的是，我没有得到过张敬之的爱，她得到了。换在以前，我会疯狂地嫉妒她，但现在不了。我甚至毫不隐瞒地告诉徐晓雯我和何茂新发生关系的过程，我把我们的关系归结于性，而不是爱。在她面前，我毫不掩饰自己对男性身体的欲求。这看起来是一种信任，事实上却带有一点恶意的引诱：表面上，我劝她不要轻易向男人交出自己的身体，内心却不这样想。

为什么失身的就该是我一个人？谁又是那条诱惑我偷吃禁果的蛇？是那部《一江春水向东流》的电影么？不，这蛇根本就不是别人，它就在我们身体的内部。只要时机成熟，只要有人去唤醒它，它就会教唆我们偷吃禁果。

吃过和没有吃过是不一样的。吃之前迷恋的是它的色泽与香气，吃之后想念的则是它的味道。这就是禁果的魔力。

以前，我对张敬之的迷恋是纯真的，现在也许不那么纯真了——有几次，我发现他一脸沮丧地从七队回来，就知道他在徐晓雯那里受了气。她这半年一直在教那个哑巴重生写字。这种等待铁树开花的事，也只有她会去做。现在很少见到他们单独在一起了，张敬之每次从她那里回来，脸上都写着失落。放着张敬之这样的人不去好好爱，徐晓雯也许真是疯了。

人就是这么贱。有一天我约张敬之一起出去走走，他竟然奇怪地看着我，说："和你？"

他的表情伤害了我。我有些恼怒道：

"是啊，和我！不行吗？和我走一起，你觉得丢人是吧？"

他咧开那张大嘴，笑起来。

"不是这个意思。我是怕万一徐晓雯知道了，还以为我移情别恋了。"他用那种嬉皮笑脸的臭德行来掩盖对我的轻视。

"张敬之，你觉得我们之间还有可能谈一场恋爱么？"我笑问，语气中满含着讥讽。

"当然不可能。"他再次咧开嘴笑，"谁不知道你爱的人是何老师呀。"

"徐晓雯没跟你说过吗？我没有你们想象的那么爱他。"我冷冷地道。

"哦？她说什么了么？"他有些莫名其妙。看来徐晓雯什么都没跟他说过，换了我一定会告诉他。这让我多少有些失落。

我说:"算了,我改作业去了。"我冲他挥挥手,转身就走了。

其实,郑义一会儿要来看我,也幸亏还有郑义,这个苕货,他好像不知道我和别人生过一个私生子,不知道发生在我身上的那些丑事。不管别人怎么看,他每天都会来学校看我一次,给我送些菜园里的菜,他知道我没有种菜。

我刚回家,郑义突然从三队跑来,递给我一封信,欣喜地说他爸来信了。

"我们回城有希望了。"他说他爸正准备想办法把我们都弄回武汉。

"厂里打算招一批下放知青回去。从子弟里招。"

"是吗?"我几乎有些不相信,要他把信拿给我看。

信上真是这样写的。看完信,我心里别提有多高兴!看来郑义之前说的都是真的了。他爸说,三种情形中,不管采用哪一种,他都会想办法把郑义先弄回城。他爸叮嘱他先忍一忍,会尽快把他弄回去——先弄他,再弄我们。就怕老家伙言而无信,弄走自己儿子就不管我们了。

我把信还给郑义,说:"只要你爸同意把我弄回去,我就跟你……在一起。"我主动拉起他的手,暗示性地把它们放在我的腰上。

"你同意和我好了?"他没听懂我的意思,有些激动地说。唉!这个傻瓜,他什么也不懂。

我说:"谁说要跟你好了?"

他说的要跟我好,和我说的不是一个意思。我不可能跟他好,跟他好就意味着以后要嫁给他。这是不可能的。我在这里出了这么大的丑事，这些丑事迟早都会传回去，他爸爸又怎么会同意他娶我这样一个有辱门楣的女人呢？

我推开他，说："你个苕货，你爸哪会同意你娶我啊！"

郑义说："他要是不同意，我们就去殉情！"

我笑了，笑出了眼泪。我说："你说殉情就殉情啊？谁跟你殉情啊！"

郑义委屈地说："林红缨，你可以那样对何老师，为么事就不能那样对我呢？你明知我这些年一直喜欢你，可你为么事对我这么残酷？"他竟哭起来。

我觉得他真的很可怜。一厢情愿的人确实好可怜。我不知道张敬之当初是不是也这么看过我。为什么每个人都要去喜欢一个不喜欢自己的人呢？这个世界上，呼唤者与被呼唤者总是很少能相互答应。当然也有少数的例外者，张敬之和徐晓雯算是彼此呼唤对方的人吧？我和何茂新不知道算哪一类。也许我们只是两块磁极不同的磁铁，只是凭着一种本能在相互吸引，一旦彼此离开，就不再有任何感应……

她写这篇日记时还没有和李医生"搞上"，还不是人们眼里的一只名副其实的破鞋。那时，知青们也还尊重她，没有看不起她。更没有像今天这样恨她，简直是愤恨——他们就像不认识她一样，对她采取了集体无视。

她早就是众叛亲离的人了。她不在乎。但他们的无视还是让她难过——他们是一起来的，她却是独自离去的。除了郑义，没有一个人去送她，没有一个人给她祝福。连郑义也只敢背着人悄悄地送她一程。

她不知道被推荐上大学的指标是怎么来的。她以为是郑义找了他的父亲，可郑义说不是。她想想也是，如果真是郑义的父亲帮的忙，要走的就不是她，应该是郑义。

管它怎么来的。反正她要走了，她管不了那么多了。她把日记撕下来，扯碎，扔出车窗外。看着那些碎纸片在风中飘散，落进平原的泥土里、河沟里，她在心里对自己说：让过去的一切都随风而逝吧！

❖

林红缨走后不久，郑义也走了。

张敬之彻底绝望了。他们这些留下来的知青仍然过着日出而作、日落而息的生活。一切都没有变化，他们并没有像当初林红缨跟他说的：郑义的爸爸准备把他们这批插队子女都弄回去。

暑假学校放假后，张敬之主动申请到七队参加双抢，为的是可以和徐晓雯一起出工。双抢期间，他也住在哑巴重生家。晚上，他和哑巴同睡一个屋，白天，和徐晓雯一起出工。割稻、插秧、脱粒，这些活他早已不陌生。每天，徐晓雯捆谷，他就挑谷；徐晓雯插秧，他就挑秧和递秧；徐晓雯插左边的田，他就插右边的田。他脱粒时，徐晓雯帮他把脱完粒的稻草码成草垛；他在徐晓雯身后用九齿钉耙耙田，徐晓雯就在他身前插秧。

每天一起早出晚归，他们的关系又像过去一样亲密起来。

这一段时间，徐晓雯停止了对重生的识字辅导，整天和张敬之守在一起。虽然累得直不起腰，可张敬之内心是充实的，安宁的。既然改变不了，那就认命吧，他甚至想就这样和徐晓雯在农村里待一辈子也好，就这样男耕女织，夫唱妇随，然后生一堆儿女，一起老死在这个平原上。

哑巴重生的脸上是什么时候开始有了忧伤，他全然不知。他的眼里只有徐晓雯。而这一段时间，徐晓雯的眼里也似乎只有他。

回城的渴望，被两人相守的幸福冲淡了，那段时间，整天跳跃在张敬之的脑子里的，不再是回城的念头。有时，徐晓雯调侃他，说："你不想回去了？"他说："不想了，就和你守在一起，和这个该死的平原一起老死。"徐晓雯就笑，说："这平原哪会死啊，只有人才会死。"

"人死了，变成灰了，这平原还会在，除非地球不在了。"

"所以说，我们战胜不过它——我们一来就被它困住了。就像一张庞大的蜘蛛网，粘住了我们的翅膀。"张敬之向周围看了看，然后凑近徐晓雯，小声道："这叫自投罗网。"说完冲徐晓雯做个鬼脸，故意大声道："伟大领袖毛主席教导我们：知识青年到农村去接受贫下中农的再教育，很有必要。"

徐晓雯捂着嘴笑了，也故意大声回应："翠竹根连根，学友心连心，你我齐携手，扎根新农村！"

听徐晓雯念完，张敬之忍不住仰起头来哈哈大笑。

徐晓雯收住笑，认真地说："说真的，我喜欢江汉平原，喜欢这里。我打算一辈子就留在这里。"

张敬之无语了。这样的话，徐晓雯说过不止一遍。他知道她说到就会做到，她是这样想的，也一定会这样做。

❦

刘雪梅和杨柳谈恋爱后，得到消息的刘雪梅父亲专门从县里赶了回来。与刘雪梅的父亲一起赶回来的还有她在县城工作的姐姐和姐夫。

消息是巫书记托人传过去的。巫书记和老刘医生是多年的把兄弟，出于对刘雪梅的负责，他觉得有必要把这件事告诉刘雪梅的父亲。

两人一见面，巫书记就说："那知青伢人是不错，就是出身不太好。伢们的事我不太好多说，也给亲家母（指刘雪梅的母亲，孩子的干爹干妈把对方父母也叫亲家）提过醒，她说合适不合适还是要你做主。所以我就多事，托人给你带了口信。"

刘雪梅父亲说："应该的。我的伢就跟你自己的伢一样。你不带口信给我，我倒要怪你了。"又问："那伢的家庭都有些么子问题？"

巫书记说："说父亲是什么反动学术权威，在江北农场劳改，劳改前是武汉的一个大学教授。母亲也是在工厂的学校教书的。照说都是有文化的人家，但这年头有文化的人都成了臭老九，孩子的父亲又在劳改。不过，听他讲武汉也没什么亲人了，他妈带着他妹妹去农场下放了，有一个姐姐，也去外地当知青了。这伢下放后就没回过家，头一年还是来我家里吃的团年饭。要是能招进家里当个上门女婿，倒也不错。"

巫书记说的上门女婿是指刘雪梅的爸妈只有两个女儿，没有儿子。没有儿子的人家，要延续香火，多半会招个女婿上门，女婿要改姓女家的姓，生的孩子也随母亲姓。刘雪梅的妈生刘雪梅时遇上难产，幸亏男人是医生，有幸捡回了一条命，却因大出血被切掉了子宫，后来就没有生育了。要是别的女人，多半会请乡里的接生婆接生，恐怕连命都没了。那时期农村生孩子死的女人不少见。

如今，刘雪梅的姐姐刘雪兰已经在县城里成家，刘雪兰是停课闹革命前读的卫校，是正经的卫校毕业生，毕业后就分在县人民医院当了护士。男人也是县医院的医生。一家三口都在县医院工作。

刘雪梅的爸爸说："雪梅将来肯定是要招女婿的，这个是必需条件。"又说："我的一个徒弟，吃公家饭的，医术也不错。我这徒弟家里有五兄弟，招女婿是不成问题。唯一的缺点就是他小时候患过小儿麻痹症，左腿有些残疾。我想把他说给雪梅。"

巫书记一听，不乐意了。杨柳虽然出身不好，总比一个腿有残疾的强。雪梅这样有模有样，聪明乖巧的女伢子，怎么能嫁个残疾呢？雪梅毕竟是他干女儿，他是看着她长大的，自认为是她的半个爹。于是改了口风：

"要是腿有残疾，雪梅恐怕不会答应。这女伢子我了解，眼界高，个性强，我们两家定的娃娃亲也没用。现在讲究自由恋爱，伢们的婚姻大事，我看还是听他们自己的意思。"

"亲家觉得那个知青伢么样呢？"

"杨柳住在我家里，一言一行我都看着，是个不错的伢。

过一会儿他就要回来，回来你看过就晓得了。长相嘛，当然没说的，刚来时生得白白净净的，很文气。来了这几年，人晒黑了些，也壮实了许多。雪梅喜欢的伢，人样子肯定是不会差的，我主要是担心这伢的家庭情况不好，才想叫你回来做个主。"

两个人正说着，刘雪梅姐妹俩一起进来了，后面跟着雪兰的丈夫和杨柳。原来刘雪兰心里着急，早就和丈夫一起去卫生站找刘雪梅了。卫生站里刚刚送来一个吞了农药的女人，刘雪梅正忙着给病人洗肠，一个年轻英俊的小伙子在给她打下手。刘雪梅一边忙碌一边指挥，小伙子操一口武汉腔，刘雪兰不认识，一猜就是那个知青伢。

刘雪梅抬头看见姐姐、姐夫，眼睛一亮，口里喊道："你们来得正好，快来帮忙。"

两个人一个是医生，一个是护士，二话不说就加入抢救。

忙了半个小时，吞农药的女人总算转危为安。给病人洗完肠，输上液，刘雪梅这才想起向姐姐、姐夫介绍杨柳。介绍完又奇怪，不年不节的，姐姐和姐夫怎么双双回家了？

"你们怎么有时间回来？"

刘雪兰不理她，转头对着杨柳，问："你叫杨柳？是杨树的杨，柳树的柳吗？"

杨柳不自然地点点头。

刘雪兰目光犀利地看着他，说："我们是回来'看人'的，一会儿见到我爸爸，你可要小心一点，别让他挑出你的毛病。"她说"看人"，指的是看杨柳。在江汉平原，男女双方定亲前，一方的家人到另一方相人，叫看人。

刘雪梅说："爸也回来了？"

刘雪兰点头。刘雪梅对杨柳说："你去喊李医生来值班，就说我爸他们回来了。"

杨柳奉命去叫李医生后，三个人放心地聊起来。刘雪兰夫妇问清了杨柳的一些情况，又目睹了刚才杨柳的表现，于是一致决定支持刘雪梅。刘雪兰说起父亲的徒弟和父亲的打算，刘雪梅顿时气得大叫："想叫我听他的，他做梦！"

刘雪梅的姐夫说："我看杨柳这人不错，比那个跛脚强。"

刘雪梅说："别说是个跛脚，是个好人我也看不上。我认识他是哪个？我只和杨柳好，哪个都别想把我和他拆开。"

刘雪兰说："在这件事上，我和你姐夫决定支持你。"

刘雪梅这才气消了许多。

四个人一起出现在刘雪梅父亲面前，把刘雪梅的父亲惊了一跳。刘雪梅的父亲认真打量了几眼杨柳，也觉得这个知青伢不错。

接下来要解决的问题是杨柳必须同意上门招女婿。

刘雪梅的父亲和杨柳进行了一场单独的谈话，当说到招女婿要改姓时，杨柳拒绝了。他不能理解这荒唐的习俗。

他说："将来有了孩子，孩子可以随雪梅姓。但我不能改姓。"他想起他那饱读诗书的父亲，他可从来没跟他说过这样的习俗。他父亲无论身份怎么不堪，他并没有怨恨过他。他深知，人可以选择后天的种种，但不能选择自己的出生。当然，他现在也可以选择改姓，但他不会这样做。

为了一段婚姻就改姓，这算不算数典忘祖？

“可我们这里的规矩就是这样。” 刘雪梅的父亲说。

是规矩就必须遵守吗？可这样的规矩太怪异。杨柳不能接受，他也无法遵守平原上这些陈规陋习。

与其说这是一场谈话，还不如说是谈判。谈话或者谈判没有进行下去，这是刘雪梅没有想到的。她以为杨柳是爱她的，他会答应她的一切条件。

“你爱我吗？”

“爱。”

“是真爱吗？”

“是的。”

“你会为我留下来吗？一直留在这里，永远不离开我？”

“会。”

这样的对话，他们之间有过很多次。刘雪梅唯独没有问过“你会为了我改姓吗”这样的问题，这个约定俗成的问题，她以为是不用问的。

此事因为刘雪梅父亲坚决反对，他们不得不暂时分手了一段时间。但刘雪梅不想失去杨柳。杨柳不在她身边的日子，她比死还难过。

她决定反抗。她是在平原上长大的，她深知这里的文化与习俗。她又是学医的，更知道比这习俗更强大的力量是什么。她必须铤而走险，将事情变为不可更改。是的，下乡女知青林红缨能，她为什么不能？

但是，她的大胆计划还没来得及实施，悲剧就发生了：杨柳失去了一条腿。

这一年秋收前，杨柳当上了队里的拖拉机手。这台拖拉机是队里新买的，正宗的东方红。让杨柳当拖拉机手的决定是经队委会认真研究后做出的。作为大队的支部书记，又是七队的社员，巫书记参加了会议。

"开拖拉机得选个有文化点的，学得快。最重要的是，会开还要会修。"巫书记提议由杨柳来开拖拉机。

这个提议全队都同意。就算巫书记不提，社员们第一个想到的也是杨柳。

因为只有杨柳懂得拖拉机的保养和维修。拖拉机上的那些零配件，全队只有杨柳最熟悉。谁也搞不清这个城里来的知青伢，是什么时候学会了修理拖拉机。只有巫书记知道，杨柳学会这些本事，全凭儿子巫志恒留在家里的那两本书。那是两本关于拖拉机的构造与维护方面的书，是巫志恒当兵前在地区书店里买的。他当兵走后，这两本书就留在了家中，成了杨柳每天晚上睡觉前钻研的读物。

知青点解散后，杨柳住进了巫志恒以前住过的房间里。他把巫志恒留在家中的几本有限的书都看完后，才在无聊中抓起了那两本《拖拉机的养护与维修》。看着看着，杨柳发现了乐趣。到后来，就再也放不下了。

每天晚上一吃完饭，他就钻到房间里，点上一根蜡烛开始琢磨——他不敢点煤油灯，煤油贵，巫家的煤油指标也有限，他不好意思占用。蜡烛是他自己花钱从大队代销店里买的，有时一晚上能耗掉两三根。就这样，他把拖拉机身上的每一个零件的位置和功用都摸了个透。以前，队里有一台旧拖拉机，每次拖拉机坏了，都是巫队长亲自修。巫队长参军走后，拖拉机遇上问题，就得去公社农机站请师傅来修。有一天，社员们发现队里坏掉的拖拉机，竟然被沉默寡言的杨柳修好了。大家这才发现这个知青伢儿是个人物。从此，队里的拖拉机再遇上问题，就交给杨柳了。

杨柳每次都能让它重新工作起来。

有了理论和实践的有机结合，杨柳成了一名无师自通的拖拉机高手。

当新买的拖拉机被开回队里时，每个人都觉得再没有谁比杨柳更适合驾驶它。秋收将至，正是需要拖拉机发挥效用的时候。由巫书记提议，社员们推举，经队委会简单讨论，杨柳就正式当上了这台新东方红的驾驶员。

坐在拖拉机上的杨柳，一下显出了他的英俊和风采。每当这台拖拉机从刘雪梅的家门口经过，或者从她上班的卫生站前面经过，她都觉得心如刀割。她几次冲动得想追出去对杨柳喊："杨柳，我们和好吧，不改姓就不改姓！"

是啊，只要他们能在一起，她嫁给他和他嫁给她又有什么区别呢？改不改姓又有什么关系呢？可她最终还是没有勇气追出去。

刘雪梅瘦了，憔悴了。对此最高兴的是巫志恒的两个妹妹巫大玲和巫小玲。巫大玲已经长成一个十五岁的少女。在她看来，刘雪梅本来是和自己的哥哥定了娃娃亲的，却见异思迁地喜欢上了"别人"。这个"别人"还不是别的什么人，正是她心中最看重的那个知青哥哥杨柳。

杨柳住进巫家，巫大玲已不知不觉中在他的眼皮下长大，长成了一个青春期的少女。巫大玲喜欢他，但从来不敢让任何人看出来——十五岁的女孩子最懂得掩藏这种秘密。她们可以把它尘封在心里，永远不对他人开启，就像它从来都没有存在过。

刘雪梅的介入，早就叫巫大玲内心厌恨。无奈，她不能阻止这种"介入"。谁让她才十五岁呢？十五岁的她，是没有资格去公开喜欢一个异性的。

而十二岁的巫小玲，对刘雪梅的厌恶则出于一种不平：明明和自己的哥哥定了娃娃亲，却不守信用，又和别人好上了。

分手后，刘雪梅再也不好意思上巫家去找杨柳了。那天晚上，刘雪梅实在忍无可忍，鼓起勇气来到杨柳的窗前。她伸出手指，想像过去那样敲几下杨柳的窗子，却又没有勇气。刘雪梅抬起头望向天空，月色是如此明亮。月亮又大又圆，宛如一面发光的铜镜，静静地照着她忧郁的脸。几颗稀疏的星星默默地向着她，偶尔眨一下眼睛，就像在嘲笑她的懦弱和无能。

她一个人在离巫家不远的一道田埂上坐下来，内心里充满了说不出的惆怅与孤单。面朝着杨柳房间的窗子，她一个人在田埂上坐了很久。那间窗子紧紧地关闭着，就像杨柳向她关闭的内心。秋风习习，寒意瑟瑟，她终于感到心灰意冷。

突然，杨柳房间的窗子亮了。刘雪梅的心跳加快起来。她从田埂上迅速站起，伸长脖子，久久地凝视着那扇亮起来的窗子。刘雪梅的心陡然就变得敞亮起来，她告诉自己：去找他！

她迈开脚步，向杨柳的窗前走去。轻咳一声后，她伸出手指，开始像过去一样敲击他的窗子。里面静了一会儿，窗子打开了，露出杨柳那张俊朗的脸。

"有事？"杨柳问。

她小声恳求："我们能不能聊聊？今晚的月光很好，我们一起去走走好吗？"

杨柳显出为难的表情："太晚了，明天要割秋晚（晚稻）。"

刘雪梅的眼泪掉下来，她哽咽道："杨柳，我不想和你分手。这些天，我的心比针扎还难受。"

杨柳心软了。他说："可是我们不合适。"

刘雪梅说："你出来好吗？我有话要跟你说。求求你！"

杨柳点头，出了门。

两个人迎着月光在夜色下走。明亮的月光下，能看得清不远处的篱笆，篱笆上的插柳（一种野生的扶桑，又叫木槿花）已开始发黄，枝头上仍结着零零星星的几朵花苞，在清冷的月光下，泛着可怜的暗紫色。月光洒在泥地上，宛如凝结着一层白霜。刘雪梅就站在这层白霜上，静静地看着他，她的眼眸如星，雪白的肌肤闪闪发亮，一双美丽的长辫子在月光下散发出漆黑的光芒。

杨柳有些茫然，弄不清自己该不该像过去一样抱住她。他们隔着不到一米的距离互相打量着。然后，刘雪梅走向了他。两个人面对着面，沉默着，谁也没有开口。突然刘雪梅伸手抱住了他。

他握住她的两只手，在她的额头上吻了一下。她的手指冰冷，带着田野上秋露的寒凉。他怜惜地握着它，把暖意像电流一样传到她的指尖。

这一幕都落在窗子后面一双悲伤的眼睛里。这一夜，巫大玲用枕巾蒙住脸哭了很久。

杨柳是第二天出的事。当时已近收工时分。前一夜的失眠，加上一整天的辛劳，收工时杨柳只觉得头晕眼花。回家前，他将拖拉机熄了火，停在路边上。他坐在一棵桑树下，想抽颗烟醒醒神——和刘雪梅分手后，他学会了像当地的老农一样，抽起了这种自卷的叶子烟。他从口袋里摸出一片纸，再掏出一点烟丝，卷好，用舌头舔湿，粘好后吸起来。这种叶子烟虽然辛辣，但抽到嘴里，有一股植物的甜味。队里许多抽烟的人家，都喜欢在门前屋后种上几颗。那烟叶长在地里，叶片又大又厚，绿绿的，油油的，把它晒干了，切碎，就是这种抽起来很香的烟丝。

　　杨柳抽着烟，回想着昨夜和刘雪梅的谈话。

　　几个放学的孩子是什么时候经过他身边的，他一点也不知道。等他反应过来时，只见一个孩子正吊着双腿，双手死死地揪着他的拖拉机尾箱，嘴里发出惊恐的尖叫。一群孩子在后面推着，拖拉机正在加速前进，迅速往路坡下的水塘里滑去。那孩子终于坚持不住，松开了手，一屁股滚进路边的草丛里。

　　几个闯祸的孩子吓傻了，大张着嘴，愣在斜坡上一句话也说不出。

　　杨柳狂奔着向拖拉机追去，就在拖拉机将要冲进水塘的那一刻，他突然看到一个小女孩正蹲在水塘边洗脚。显然，她也看到了飞速冲下来的拖拉机。也许是被吓傻了，她竟然一动不动，不知道躲开。眼见着就要撞到那女孩，杨柳飞速跃起，跳进了水塘——跳进水塘的那一刻，他一把推开了那孩子。

　　拖拉机一头栽进水塘里。在感到一阵钻心的疼痛前，杨柳已经明白自己的左腿被拖拉机的机头砸断了。水塘里的水很浅，水里零星地生着几株水芋头，几根发黄的芦苇，几枝正在干枯的荷梗。为了不让身子沉进水里，杨柳死死地抓着拖拉机头，机头像一个红色的大头怪物，牢牢地把他的左腿压在水底下。血很快从水面上漾开。

那孩子从水里爬起，终于发出了歇斯底里的喊叫："救命啊！快救救杨柳哥哥啊！"

坡上闯祸的几个孩子也一起喊叫起来。

正准备收工的人们飞快赶过来，将杨柳从水里抬起来——他的左腿已经成了一条血腿，像一根血棍子一样拖在他的身子下。另一辆拖拉机赶来，人们把杨柳抬进拖斗内，迅速送往清水河公社。在公社医院进行简单的包扎后，杨柳又被一辆大解放连夜送到了A县人民医院。

一个月后，当杨柳从A县人民医院走出来时，他已经失去了一条腿。代替他的左腿行走的，是一条一米多高的梨木拐杖。杨柳的腿因为伤势过重，整个膝盖骨都已粉碎，腿部的肌肉已被拖拉机头砸得面目全非，他的左腿从膝盖以上被截去了。

当了不到一个月拖拉机手的杨柳，就这样远离了他心爱的拖拉机，成了一个依靠拐杖行走的残疾人。

杨柳受伤后，受到打击最大的是刘雪梅。杨柳的手术是刘雪梅的父亲亲自做的，这个县级水平的外科医生在女儿的哭求下，尽了自己最大的能力，还是没能保住杨柳的左腿。

杨柳住院的一个多月里，刘雪兰代替妹妹守护在杨柳的病床前。她对妹妹既同情，又爱莫能助。刘雪梅已经悲伤得失去了理智。她哭红了眼，哭肿了眼，硬是把一只眼睛哭伤了——

这只眼睛在一个月里视力从一点五降到了零点七。

⧫

出院后，杨柳和刘雪梅彻底分手了。

无论刘雪梅怎么恳求，杨柳都不再回应。实际上，刘雪梅的反抗是无力的，只能是出于良心的安宁做出的姿态。此前，她曾以跛脚为由，拒绝父亲的徒弟，现在，她找不到任何理由来让父亲接受失去了一整条腿的杨柳。她不仅说服不了她的父亲，连自己她都说服不了。

回去的时候，刘雪梅一身缟素，脸色苍白，脸上透着一股寒冷的孀妇气息。

杨柳出院那天，知青们一起到县医院来接他。杨柳一眼就看到徐晓雯站在接他的人群里。她和来接他的十几名知青，还有几名大队干部一起站在病房的一侧。这是他受伤后第一次看见她。徐晓雯的眼神落在他那条空了的裤管上，那眼神令他心悸。

看得出来，她看他的眼神不是可怜，也不是同情。那是痛。是的，他看出来了，她为他感到伤痛。除了痛，她的脸色是忧伤的。她如此忧伤是为他感到难过吗？杨柳这一刻不愿意多想。一条腿没了，人生还要继续。这是他的命。他受不了的是他的母亲——他的受伤，给他母亲的打击太大了。当他母亲得到消息从江北农场赶到他的病房中，掀开他盖住的被子时，巨大的悲痛和震惊使她当场颓坐在地上。他试图去拉她，可他被他的病腿困住了，他突然出现了一种幻觉，感觉到他的左腿还在，并感觉到小腿的胫骨处发出一阵剧痛，这痛连着他的脚趾，那脚趾也在猛烈抽痛——他痛昏过去了。他醒来时，母亲正坐在他的床边漠然地看着他。是的，那目光是漠然的，就像不认识他，就像他不是她的儿子。

他喊她妈。她没有回应，只是淡然地注视着他，然后，他看见眼泪从他母亲的眼里滴落下来，只是滴落，像雨水一样滴落，而母亲的脸上并没有沾上泪迹。

杨柳再次喊她。她仍然没有回应，但这一次她把头抬起来，向着屋顶的天花板，说："我的儿子没了，我那个好好的儿子没了，我那个健康的儿子没了。"然后她把目光投到他那空了的地方，说："你真的是我的儿子吗？你真的是杨柳吗？"

杨柳闭上眼睛，发出了痛苦的抽泣。他呜咽着说："妈，对不起，我把你的儿子弄没了。"

"是的，他没了。"母亲说完这句话就再没有出声。但他从母亲的眼里看到了她内心的绝望，那巨大的绝望，那属于一个母亲的无以复加的疼痛——比她自己失去一条腿还要疼痛的痛。

他父亲被送去劳改时，他也没有从母亲眼里看到这种绝望。

他喃喃地说："没了就没了吧，答应我，就当你没这个儿子，好吗？"

他母亲点点头，再没有掉一滴眼泪。

母亲的头发就是这一夜间突然白掉的，她的脸也垮塌了。也是从这一天开始，杨柳落下了一个病：幻肢痛。

日后无论什么时候只要一想起他的母亲，他的脑子里就会出现幻肢：那条失去的左腿还在，他的左脚也在，只是疼，无以复加的疼。他下意识地去迈动它，但它没有听从他的意志。那里是空的，只有一条空荡荡的裤管。

母亲回去后，给他办好了病退回城的手续。可他不准备回去了，不能把一个好好的儿子，一个完整的儿子，一个健康的儿子带回去交给他的母亲，他回去干什么呢？他已经把一条腿留在了这里，留给了这个平原，他要把他整个儿地留在这里，留给这个平原。

就让母亲失去他整个的儿子吧。

他母亲走的那天。他没有去送。不是他不能走，借着那条拐杖，他已经能走了。他只是不想看见他的母亲回头。不想看见一个满头白发的母亲回头时的绝望。

那天，徐晓雯对他说："你不能这么伤害你的母亲，你应该跟她回去。"

他凄凉地笑笑，对她说："没了腿，还回去干什么呢？你觉得把一个残缺的儿子还给他的母亲是公平的么？"

她震惊地看着他，沉默了。

他母亲临走前，特意把他托付给了大队的巫书记。

"杨柳，就交给你们了。"

巫书记说："您放心。杨柳这次是舍己救人，县知青办已通报表扬。我会照顾好您儿子，不会让他受苦的！"

母亲走了，没有回头。她的白发在深秋的风里颤抖，她没有让她的儿子看到她的哭泣。她把哭泣留给了风，留给了离她越来越远的平原。就像秋桐把落叶还给了大地。

出院后，杨柳离开生产队，到大队小学当了一名老师。

他又住进了他以前住过的知青点，一切都还是原来的样子。不同的是，他少了一条腿。

但是，多了一条拐杖。

———❦———

这一年冬天，张敬之也走了。他如愿以偿地离开了江汉平原，成了西南边陲的一名空军士兵。

走前，张敬之恋恋不舍地与徐晓雯在星光大队的小河边坐了一整夜。

小河的旁边，是一大片麦田。毛茸茸的嫩绿的麦苗，刚刚从地里冒出来，那青翠的颜色给人的感觉就像是春天。只是初冬的寒露裹着夜的湿凉，落在人的皮肤上，分明是冬季的凛冽。

露水悄悄地落在麦苗的叶尖上，夜晚的空气中散发着一阵阵潮湿而苦涩的清香。寒露已过，霜降在即，立冬后就是小雪了。等到大雪落下，这些青青的麦苗就会被积雪埋住，及至来年立春时，这些麦苗就会从积雪里重新露出来，经历了一季严寒的麦苗，会有着更强健的生命力。它们在春日里拔节，就像野韭菜一样苗壮生长，迎风荡漾，很快就会抽穗，开花，结出青色的麦粒，麦芒迎着阳光闪闪发亮，当它们由青变黄，新麦就熟了。

这些植物的秘密，他们如今已了如指掌。

这是知青点解散后徐晓雯头一次在野外与张敬之单独相处，而且是相守了一整夜。这一夜，徐晓雯隐隐有种预感，她会失去张敬之。以何种方式失去，她不得而知，但她肯定会失去他。

张敬之这一走，也许将是他们的永别。

张敬之对她是缠绵的，不舍的。两个刚刚进入热恋，一个刚下了决心要和另一个在平原上厮守一生的人，决心很快就被一纸入伍通知消解了。对此，徐晓雯并无怨艾。她从来就没有指望张敬之真的能像他承诺的一样，和她一起守在平原上过一生——她太了解他，他就像一只最终要飞走的鸟，他的天空不在这里。

张敬之信誓旦旦地向她发下了毒誓："夏雨雪，天地合，乃敢与君绝。我若离开你，老天就让我死在战场上。"

徐晓雯捂住了他的嘴，说："我们国家现在是和平年代，哪里有战场？你不要乱说。"

"那可不一定。说不定哪天就爆发战争了。当初，珍宝岛战争也是突然发生的。我们国家现在抗美援越，搞不好哪天我就开着战斗机，飞到了越南上空与美国鬼子打起来了。要是我背叛你，就让老美一枪把我打下来。"

张敬之是一名空军兵。当他得知自己成为一名空军时，他激动和兴奋得已经顾不上他的爱情。电影里的那些情形太让他向往了，他太期待开战斗机了！

"不是每个空军兵都可以开上战斗机的。"徐晓雯说。

"我将来肯定是要开战斗机的。你想，当一名空军，不开战斗机还有什么意思？"张敬之仰起头看着夜空，无限向往地说。

此刻，徐晓雯没有兴趣和他争辩。她的内心沉浸在离别的伤感里，张敬之这一走，真的还能回到她身边吗？他们之间真的还有未来吗？执子之手，与子偕老，只能是他们之间一种美好的愿望罢了。她想起林红缨和何老师的爱情，可以经历生死，却不能经历两性间的诱惑。林红缨把她和何老师的关系定义为"性"，她是不相信的。没有爱哪有性？两个年龄和身份都悬殊的男女，为什么会在一夜之间产生那么热烈的性？为什么她和张敬之相爱这么久，他们之间都没有产生性？是他们之间的爱还不够深，深到产生性的程度？

徐晓雯在心里默默地问着自己。

夜越来越深，寒意越来越重。徐晓雯想起他们初来的那个夜晚，也是这样满天灿烂的星斗，但那晚的夜是黏稠的，溽热的。而此刻是稀薄的，寒凉的。清冷的星光从夜空倾泻下来，烛照着他们的眼睛。

徐晓雯说："你想不想听林红缨和何茂新的故事？"

张敬之奇怪地问："他们的故事不是人人都知道的那些吗？"

徐晓雯说："人人都知道的就不是故事本身。你想不想听？"

张敬之说："你讲吧，我听着。"

她把林红缨讲给她的那些事复述了一遍，那些鲜为人知的过程，包括那些令她感到羞涩的细节。

她说："你知道一部叫《一江春水向东流》的电影吗？解放前拍的，是部禁片，据说也是电影中的经典。"

张敬之说："小时候听大人说过，后来被禁了，是毒草？"

"我也没有看过。我羡慕林红缨看过这样的好电影。"在徐晓雯的想象里，这一定是一部关于爱情的电影，一部让人感动得心碎的电影。她确信是有了这样一部电影，才会有林红缨和何老师的爱情，尽管林红缨把它定义为"性"。

她想起林红缨对她的嘱咐："晓雯你记住，不到迫不得已的时候，千万不能走到这一步。不管你有多么爱他，你都不能把自己的身体交给他，除非那个人是你的丈夫。你记住了吗？"

她问自己：现在算不算迫不得已的时候呢？

张敬之被她的讲述震惊着，感动着，也被某种未知的情愫激荡着。

坐在小河边的麦地里，在彼此深情的对望中，张敬之的手开始颤抖。经过内心剧烈的搏斗，他第一次把手放在徐晓雯的胸口。

徐晓雯的身体在颤抖。她的心也在颤抖。

她心里充斥着离别的忧伤和对未来的迷茫，在张敬之的抚摸下，她的眼睛湿了。仰望着稠密的星光，徐晓雯用清晰的口吻问："张敬之，如果今夜我把自己的身子交给你，你敢不敢要？"

张敬之愣住了。这一刻，他感觉到自己的心跳停住了，血液凝固了。他看着徐晓雯，她也一脸庄严地看着他。隔着朦胧的夜色，他依然看出她脸上的肃穆。

面对如此郑重的提问，他一时不知该怎么办。是的，从明天起，他就要离开她，成为一名军人了，军人将有怎样的使命和约束，他心中十分清楚。这无疑是对他的一次残酷考验：对爱情的考验，也是对前途的考验。

然而，这对她不是一个更严酷的考验吗？他的前途难道比她的贞洁更重要？张敬之伸出手，在灿烂的星光下解开了徐晓雯的衣扣。随后，他脱下了自己的衣服，把它们仔细地铺在田野上，铺在青青的麦苗上。

麦苗松软。徐晓雯轻轻地躺下。张敬之俯身凝视着她，她的脸色是那样凝重，神情是那么庄严，躯体是那样圣洁。

暗流涌来，终于惊涛拍岸。他颤抖着把手探向她的海底，终于把自己整个地沉进去，沉入海的深处。

爱的极处是心痛。

张敬之怀着无比的心痛，接受了他心爱的女孩。

这一年，他们都刚满二十岁。徐晓雯比他大一个月，张敬之清楚地记得，这一天是1973年11月15日，是他入伍的前一天。

他们下乡插队刚好三年半。

他们不知道，重生是唯一的知情者。有一天，这个叫重生的无声者，将替他们把这一切都写下来，写进一部叫《平原纪事》的书中。

第十章
在深圳之二

尽管她的辫子垂下来和盘上去都很漂亮，但我更喜欢她把辫子垂在身后的样子——不属于这个时代的审美，反而显出某种另类，既时髦，又古典，而且这个样子也更像她的母亲。

孩子跟她爸爸说时，他坚决不同意这门亲事。我听见他在电话里强烈要求小米离开深圳，马上回家。

"不要在他的公司里打工！你听见没有？"隔着话筒，我能听见杨柳对孩子的吼声。音量很大，但杨柳声音的变化并不大，比过去略显得嘶哑，那是岁月的痕迹。

小米的脸上挂着泪，眼睛里却透着一股子倔强。这样子真的像她！

"我不回去！偏不回去！"她对着话筒嚷着，啪地将父亲的电话挂了。

妻子显然有些不安，她一会儿看看儿子，一会儿看看小米，一会儿又看看我。

"你不是认识小米她爸吗？老张你和他说说，孩子们的事，我们做父母的最好不要干涉……"

我看着妻子，不知该怎么跟她解释。这个跟着我受了半辈子委屈的女人，为了我们的儿子小强，她一直没有生育。她不是不想，而是不想让儿子跟着我们受一点委屈。

"这事儿我会和杨柳说的。"我拍拍她的手，安慰她。

印象中，杨柳并不是个容易激动的人，想不到对孩子们恋爱的事却如此专制。也许是他在乡下待得太久了，这个世界变化是如此快，我无法想象他和徐晓雯是怎样在那个平原上熬过了这几十年。

我不会和他计较的。这个世界变化得太快，快得让我对一切慢的人和事都没法不宽容。何况杨柳失去了一条腿。他失去的又何止是一条腿呢？他失去的是他整个的一生。当然，他拥有了徐晓雯，这对他来说，也许是值得的。换了我是他，也会这么选择，也会觉得那是上天的恩赐，毕竟他缺了一条腿。

真不敢想象，他就这样在那个平原上当了一辈子民办教师——民办教师，不就是农民教师吗？说白了，他是把自己变成了一个农民，一个终身的农民。事实上，好多农民兄弟也早就不是农民了，这些年，农村正在变得越来越空心化——人们逃离他们的家园，涌向不同的城市。而杨柳没有。

幸亏他们的女儿没有留在那里。他总算把自己的女儿送出了那片土地。生活就是这么滑稽，这么巧合，谁能想到呢？他的女儿和我的儿子居然又走到了一起。两个原本已经被生活永远隔开完全不相干的人，竟然因为孩子们的事又牵扯到了一起。

人的命运，原来并不掌握在自己手上。当你的一生中遭遇这么多的偶然之后，你不得不相信命运，相信比命运更高的一切，或者那就是上帝吧！《圣经》里不是说了么，在耶和华的山上，一切自有安排。

既然如此，我还有什么可以说的呢？我、杨柳和徐晓雯，我们三个人的命运也许就该这么安排。我和徐晓雯爱过，可我们最终失去了彼此。他们有没有爱过我不知道。也许吧，毕竟两个人在一起过了一生。有自己的孩子，有自己的家。又也许徐晓雯根本就不懂什么是爱情，否则她后来不会那样对待我，不会一封信都不给我回。我怀疑她嫁给杨柳也只是出于同情，假如她只是因为同情而选择和杨柳在一起，那她的人生真的只是一出悲剧。但愿这只是我的猜度，而非真相。有什么办法呢？她天生有一种自我牺牲的悲剧精神，这让我总是无法认同。

可是杨柳他真的知道我们的过去吗？知道我们之间的所有吗？我们谈过恋爱，他是知道的。或许他只是出于嫉妒，转而把这种嫉妒发泄在孩子们身上。又或者他缺了一条腿，当了一辈子民办教师，对这个世界的不平怀着太多的怨愤。如果是这样，他就真的错了。孩子们不应该为我们这一代人的错误埋单。

这一点，我得让他明白。我会让他明白的。哦上帝啊，假如他还在记恨我，他一定还在记恨我，那段恋情，他真的全都知道吗，她是那么坦诚，她会不会欺骗自己的丈夫，会不会欺骗他，关于那夜的星光和原野，那个时刻已经像墓碑一样刻进我的记忆里哦小河的旁边是一大片麦田嫩绿的麦苗刚从地里冒出晚秋的寒露裹着夜的湿凉悄悄地落在麦苗的叶尖上在夜晚的空气中散发着阵阵潮湿而苦涩的清香寒露已过霜降在即立冬后就是小雪了等到大雪落下这些青青的麦苗就会被积雪埋住及至来年立春时这些麦苗就会从积雪里重新露出来经历了严冬的麦苗会有着更强健的生命力它们在春日里拔节像野韭菜一样苗壮生长迎风荡漾很快就会抽穗开花结出青色的麦粒麦芒迎着阳光闪闪发亮当它们由青变黄新麦就熟了这些植物的秘密我们如今已经了如指掌张敬之如果我在今夜把自己的身子交给你你敢不敢要即使隔着朦胧的夜色我依然看得出她脸上的肃穆我在灿烂的星光下解开她的衣扣脱下了自己的衣服把它们仔细地铺在田野上铺在青青的麦苗上麦苗松软她轻轻地躺下我俯身凝视着她她的脸色是那样凝重神情是那么庄严躯体是那样圣洁暗流涌来终于惊涛拍岸我颤抖着把手探向她的海底终于把自己整个地沉进去沉入海的深处……

哦，上帝！我们的眼泪流在一起舌尖重合在一起我怀着无比的心痛接受了她送给我的神圣礼物……我永远记得，这一天是1973年11月15日，是我入伍的前一天。

我们下乡插队刚好三年半。

看来，我必须带上孩子们去一趟了。我得与杨柳亲自面谈一次，不能因为我们的恩怨而影响了孩子们的幸福。这个年代，孩子们没有政治的阻隔，没有命运的残酷分离，他们应该好好相爱，应该得到自由与幸福。

这些日子，我开始分神。最近我总是分神。小米的到来，彻底打乱了多年来藏在我身体中的那个闹钟。有好几次醒来，我发现时针与分针不在同一直线上了，它们常常分列左右。有时，我整夜地失眠，甚至坐在办公室里也会出现幻觉。我被这样的幻觉折磨着，记忆总是回到二十多年前。我总是不能明白，是什么使她如此坚定，让她把心留在了那个平原上。她过去总是说，是那些孩子。她许诺要和他们做伴的。她指的是那两个死去的孩子，也许是三个。她说是她害了他们。她一直为几个孩子的死负疚。可这跟她有什么关系呢？她有什么罪？那个平原，我们曾为它奉献过自己的青春，我们没有对不起它！

如今她真的和那些孩子在一起了，那些来人世短短地走了一遭的化神子，她终于隔着几十年的光阴和他们相聚了。她果然说到做到，永远把自己留给了那个平原。

不管怎样，我得和杨柳好好谈谈。我得去一趟，去一趟那个叫清水河的公社，不，是清水河镇，去一趟星光大队，不，是星光村，去看一看，看看她，看看她化成的那抔土。

第十一章

愿不愿意和我结婚

张敬之走后两个月，徐晓雯从重生家里搬出来，和杨柳一起住进了知青点。

他们向大队申请打了一张结婚证明。两张黑白照片贴在一起，盖过公章后，就算领了结婚证。

杨柳记得徐晓雯是除夕前不久来找的他。

那天一见面，她就面色凝重地坐在他的面前。她说："杨柳，我以后，过来和你一起住，好吗？"

杨柳不解地看着她。

"我是说，如果我想来陪伴你，你愿不愿意？"

杨柳说："我有拐杖，能行走，我能照顾好自己。"

徐晓雯的脸色陡然变得煞白了。她无助地

说："杨柳，你真的听不懂我的意思吗？我想要你娶我。"

杨柳怔住了。他不敢相信，连想都不敢想，所以他不敢面对。

他说："你是在可怜我吗？"

徐晓雯摇头。

"不是可怜你。是我在求你可怜我。"眼泪从徐晓雯脸上滚落下来，她说："杨柳，我怀孕了。"

"是他的？"他问。

她点点头。

"他知道吗？"

她摇摇头。

"你为什么不等他回来？"

"我不想等。因为他不会回来。"

"你为什么不告诉他呢？是怕影响他在部队的前途？"

她摇摇头："不想告诉。从一开始就不准备告诉。"她抬起头来看着他："杨柳，你愿意和我结婚吗？"

她脸上的表情是如此无助、寂寞和忧伤。他的心一阵抽痛。

"你不想和他结婚？"

"不想。因为我们根本就不可能结婚。从他走的那一天起，我就知道我们不会再在一起了。所以我才要来求你，让我生下这个孩子！"

杨柳说："我懂了。"他有些伤感地看着她："你和我结婚就是为了这个孩子？"

她点点头，说："我不想孩子生下来就没有父亲。你，愿意做他的父亲吗？”

"你就不怕我把真相说出来？"他问。

"你不会。"她说。

"如果我愿意和你结婚呢？"

他看着她。她也看着他。她说："谢谢你，杨柳。"

他说："不用谢。其实，要谢的应该是我。"他想起那个夜晚，她裸身站在他面前的情景，设若没有这一幕，他或许已经在羞耻中离开这个世界。

她突然掀开他的裤腿，看他那截过肢的断面。问他："还疼吗？"

"不疼了。"他说。

其实，有时会疼。当他想起他的母亲时，这种疼就会突然跑出来，就像他的腿和脚都还长在那里，还好好的，只是疼得要命。有时在梦里，他会在疼痛中醒来，以为他的两只脚都在那里，直到他伸手摸到空空的裤管，或者他的断肢，他才确信它已经不在了。那时，疼痛就会突然消失。

她微笑着伸出手，指向他的断肢："我可以摸一下你吗？"

他点点头，带一点嘲讽地看着她，说："你不怕？"

她说："不怕。我见过它健步如飞的时候，为什么要怕？"她用手触了一下他的断肢，希望自己可以坦然地面对它，只要它愿意，她准备面对它一辈子。

他微笑地看着她，问："什么时候结婚？"

她叹了一口气，再次触了下他的断肢，说："杨柳，你真傻啊！"她想，也许她不该来找他，这对他太不公平。可是除了他，她能找谁呢？只有他会对她心怀仁慈。

他不明白她说他傻是指和她结婚，还是指他的腿受伤的事。不管怎样，为了她，他愿意当一个傻瓜。

两天后，他们就结婚了。此时，他们都刚好达到婚龄。她实岁二十，他虚岁二十二。实际上他只比她大一岁零几天。考虑到他刚受了伤，伤腿需要有人照顾，大队抢在年关到来之前给他们开了结婚证明。

结婚那天，是除夕前夜。他们都没有通知自己的亲人。只是在巫书记的主持下，两个人请来了一块下放的几位知青，给每人发了一包喜糖。大家像过去一样，围在知青点上吃了顿带荤菜的大锅饭。

尽管他们的婚结得有些仓促，结得大家有些不理解，但还是觉得他们是般配的一对。大家都清楚，张敬之这一走，已经不可能回头。徐晓雯选择杨柳，虽是退而求其次，倒也不失为一种理性的选择。

婚后，徐晓雯搬出重生家，和杨柳一起住进了星光小学。为了让他们有家的感觉，巫书记特意让人把原来用作代销店的一间仓库腾出来，给他们做了新房。

这以后，徐晓雯和杨柳一起成了星光小学的代课老师。

结婚那天，杨柳搬了一床被子住进了给学生上课的教室里。这天晚上，他坐在教室的讲台上，在一盏昏暗的煤油灯下翻阅自己的日记，日记是半年前写的，那时，徐晓雯还不是他的妻子。

他怎么就成了他的妻子了呢？

他读着下面这些文字，感到困惑——

原本应该她去小学当老师的，去的却是林红缨。住进巫书记家的人，也原本该是她，不是我。可生活中总是发生这种阴差阳错。

看得出来，巫书记更希望把她选进学校去当老师，而不是林红缨。我们这批知青中，巫书记最偏爱的就是她，虽然她和我一样，家庭出身并不好。论出身，也许只有我和她最般配：我们两个都是黑五类。但巫书记仗着自己参加过朝鲜战争，又是二十多年的老党员，出身和经历都过得硬，不在乎什么政治觉悟。在他眼里，人只有好坏，没有阶级。

其实，徐晓雯比我们任何一个人都更适合做一名老师。她能在半年之内，让一个不能开口的哑巴识写八百多个汉字，这本来已是一个奇迹，一个教育的奇迹。

试想，这样的奇迹，我们谁能创造呢？谁都不可能有她那样的耐心，更不可能有她那样的爱心。我们没有谁能像她那样，持之以恒地去教一个跟自己毫无关系的哑巴孩子。这是与生俱来的对弱小者的同情，这同情只有她才有。从见到那个叫小军的孩子的第一眼起，我就看出来了藏在她心中的这种同情，遗憾的是，她同情的那个孩子死了，同情成了那个孩子死亡的诱因，这给她的伤害和打击该有多大！

我知道，那个阴影一直留在她的心中。那个春节，我陪她去看望小军的妈妈，路上，她对我说起了她的弟弟，说起她弟弟走失的原因。她说她还从没有对任何人说起过这些，可她却把这些坦诚地告诉了我，一如那晚她向我袒露她的身体。我深知，她那样做不是出于信任，而是为了获得信任，好让我彻底释放内心的羞耻感与罪恶感。

正因为我洞悉这一切，她身上所显示出的那种神性，就更烛照出我灵魂的卑微。假如我曾经爱恋过这个女孩子，现在我已经不配有这种念头。

记得那天在路上，她有些悲切地问我："杨柳，你觉不觉得人对人的爱，人对人的恨，最终都是对自己的？"

我不知该如何回答。

"我们人不是同类么？既是同类，为什么要互残呢？"她困惑地问。

"同类相残，不也是生物的共同属性么？"我只能这样回答她。

"可是，我们是人。人类之间应该相爱，不是相残。每当我爱别人时，我就告诉自己：我这是在爱我的同类，爱我的同类，就是在爱我自己。"

"问题是，人类也是弱肉强食的。正因为如此，人类才会爆发战争，才会有扩张和侵略。"

"是啊，纵观人类社会的发展史，几乎就是一部殖民史。你认为马克思所说的共产主义能实现吗？"

我警惕起来，这样的问题，我连想也没想过，怎么能随便回答？我不敢回答，有些紧张地沉默着。

她却轻松地笑了，有些嘲讽地看着我，说："杨柳，其实你和我是一样的，我们所在的阶层都低人一等。我想，人人绝对平等的社会，恐怕是没法实现的。至少，人与人之间，首先要没有阶级的差异吧！"

她抬头望望天，似乎在天上寻找着理想。

我保持着沉默。我想，正因为她认为对他人的爱与恨，最终都是对自己的，她才不忍心去伤害任何一个人吧。我记得一位叫爱尔维修的哲学家说过这样的话：一切爱别人的行为，最终都是为了爱自己。他这样说，是为了证明人的爱是自私的，爱人是为了满足自己的爱欲。我原来并不这样以为，以为出此言者，是在故意歪曲人的爱。现在，我相信了。不是相信它的主观动机，而是相信它的客观结果。她不是说了么？"人对人的爱，人对人的恨，最终都是对自己的！"

这肯定是她内心深处的想法。可她为什么要和我聊这些？是因为我们的处境一样？是因为她确认我不会伤害她？

我当然不会伤害她。永远也不会。我相信，即使有人把刀搁在我的脖子上，我也不会吐出半句伤及她的言辞。现在，与其说她是我心中的最爱，毋宁说她是一个散发着圣洁光芒的女神，只在倏忽间，便可以照亮我黑暗的内心。

可是，她身上背负着太多的罪与罚。小军之死不是她的错，她却为此负罪。也许她身上承担了太多的神性，这神性是为了让接近她的人感到自身的卑污，并使之望而却步。

是的，她让我望而却步。

那个可怕的夜晚，她为我所付出的，我这一生将无以回报。因为，任何一种回报，在这样的行为面前，都只能显出它的苍白和贫弱。

他在下面的空白处继续写道：

是的，苍白与贫弱。可是，我仍然愿意爱她，发自内心地去爱。只要她愿意，我愿意为这爱，竭尽我的一生。我的心，我的灵魂，我的肉体，我整个的一切，都可以为她做出牺牲。就像植物把春天献给大地，种子把生命献给泥土。我愿意把一切献给她，献给我心中唯一的爱人和女神。

　　这些，她是不会知道的。他也不会让她知道。他从内心希望她能获得她想要的幸福。他妒忌过张敬之，但他更祝福他。祝福他能得到她的爱，也祈祷张敬之能像他一样爱她，甚至比他更爱她。三年来，他几乎每天都生活在这种妒忌与祝福中。这感觉既是痛苦的，又是幸福的。因为无私的痛苦而感到纯粹的幸福。

　　但是，张敬之却没有像他祈祷的那样守护好她。他走了，把她独自留在这个平原上，把她和他们的孩子一起留给了他。他和徐晓雯不是因为相爱而结婚，而是因为现实的需要走在一起。但这有什么关系呢？只要她需要，他愿意为她支起自己的断肢。

　　对一个念头终其一生，与其说是一种信念，还不如说是一种信仰。从某种程度上而言，他已经把她看成他的一种信仰，他灵魂的皈依。即使她从他的女神变成了他的妻子，是的，他们打了结婚证，他们是名义上的夫妻了，但她仍是他的女神，他的信仰，他灵魂的皈依。

第十二章
物是人非

　　1974年底，在张敬之参军走后一年，星光大队的巫排长巫志恒回家探亲了。三年来，这是巫志恒参军后第一次回家探亲。三年中，巫志恒已从巫士兵到巫班长到巫排长，一年一次，完成了在今天来说不可能的军旅生涯中的三级跳。

　　巫志恒搭乘的汽车一驶进江汉平原，他的心情就激荡起来。当他的脚落在清水河公社的大街上时，他的眼睛红了。等到他的脚再兴冲冲地踩上星光大队实沉的土地上时，他的眼睛就不只是红而是冒着热乎乎的湿气了。

　　眼泪从巫志恒的眼里滚滚落下，滴在阔别了三年的故土上。这日思夜想的土地，这土地上让他日思夜想的人，让他一时情绪失控，他在部队里磨砺出的坚强意志顷刻间就瓦解殆尽。

　　三年的服役期满，巫志恒已光荣地转为一名

志愿兵，并且破格提了干。他如今已是一位优秀的机枪手，不仅新提了排长的职务，还得到了部队领导的赏识和重用。

此时的巫志恒早已今非昔比，他已是一名踌躇满志的小军官。他昂首阔步，走在家乡的田野上，平原上的每一棵植物都让他感到异常亲切。他用目光抚摸着原野上的庄稼、小草、翠竹、大树，内心里漫溢着格外温柔的情愫。尽管此时已是深冬，原野上一片凋敝之色，土地苍茫，枯荷片片。落叶散尽，枝条萧索。但家乡的一切，仍然让他的内心感到柔软和温暖。原野上的风很冷，可他的心却是热的。

他站在熟悉的田畴上，热泪盈眶地看了一会儿家乡的原野，然后就微笑着踏上了通往自家的那条泥巴路。孩子们最先发现穿着军装、戴着军帽的巫志恒。此时，他们正走在放学的路上，看到巫志恒，他们立即跟上去，在他后头兴奋地叫：

"解放军叔叔回来了！"

"解放军叔叔巫队长回来了！"

"解放军叔叔巫队长巫志恒回来了！"

他们喊叫着，不断纠正着和补充着别人语话里的不完善之处。随后，有孩子自发出来指挥：

"我喊一二三，预备齐，你们就喊：解放军叔叔回来了！"

孩子们齐声响应。

于是，一个孩子喊道：

"一、二、三，预备——起！"

孩子们齐声喊：

"解放军叔叔回来了——"

喊声惊动了家里的大人。大家兴奋地拥到路口，一起观摩迈着军人步伐，仪容威武，满面含笑的巫志恒从不远处的大路走来。巫志恒的脸上带着谦逊的微笑，亲切地看着自己的乡亲，他叔侄伯爷、大哥大姐一个个地唤着，招呼着，并从随身的包里掏出了一把把糖果，向叫喊着的孩子们撒去。孩子们比过年还要兴奋，他们叫喊着，头碰着头，扑向地上的糖果。很快，又一把糖果从天而降，又是一阵兴奋的叫喊，连大人也禁不住弯下腰去抢。

糖果的雨不断地从天空上落下来。

孩子们越聚越多，有的干脆扯住了解放军叔叔的军大衣。

糖果雨又一次从天而降。孩子们放开他，再次奔向糖果。他们兴奋地品尝到了只有新屋上梁和新郎娶亲时才有的糖果大餐。而从解放军叔叔手中散发出来的糖果，还让他们体验到了从未体验过的那种"高级"！

那些糖果，无一例外都是牛奶味的，不是水果味的。那种从未品尝过的香甜味道，让孩子们情不自禁地发出幸福的大叫。糖果的外面一律包着花色漂亮、精美绝伦的塑料纸，纸里还有纸，剥开一层，还有一层。里面的纸，不是金纸就是银纸。有的还是无色透明的糯米纸，放在嘴里就化了！

这绝不是他们平常见过、吃过的普通水果糖。这糖粘在他们的牙齿上，慢慢地化成雪白浓稠的奶汁，一点一点渗入他们的舌根，滑入他们的喉咙，那种香甜那种美味，简直让他们快乐得想要死去。有孩子想起几年前死去的小军，情不自禁地感叹道："小军死前吃的一定是这种糖！"

"对，我亲眼看见，知青姐姐给的就是这种糖！"

"吃了这种糖，死了也划得来！"

"是啊，小军吃的就是这种糖，死了也划得来！"

徐晓雯在孩子们的议论声中，目睹了巫志恒的撒糖壮举。她一路看着英姿飒爽、满面笑容的巫志恒不停地往空中撒糖。天上不时下起奶糖的雨，她的心却感到了一种难言的抽痛，为生长在这片土地上那些可怜的孩子，为那个死去的孩子小军。不过是几颗牛奶糖。他们的愿望是多么地微薄，他们的幸福又是多么简单！她走在孩子们的队伍后——此时的队伍早已不是队伍，护送自己的学生们回家。

终于，在右手扬起的某一瞬，巫志恒看见了那张曾经思念过的面孔——它是沉静的，凝重的，冷漠的。一双美丽的眼睛，正安静地打量着他。这一刻，巫志恒巫排长的心里陡地涌起一阵自卑与羞愧。

糖果的雨点停下了。孩子们不由抬起头来，他们这才发现，解放军叔叔脸上的笑容已经凝固了，目光正紧紧地盯着他们的徐老师，只见她站在学生们的外围，怀抱里正搂着一个幼小的婴儿——那是她刚出生几个月的孩子。

巫志恒的激情在瞬间冷却下来。他最后向孩子们撒下了一把糖果，然后步履匆匆地向徐老师走去。他有点悲哀地看着她，怀疑地问：

"这是你的孩子？"

她点点头。

"男孩还是女孩？"

"女孩。"

"叫什么？"

"小米。大米的米。"

他笑了，她也笑了。

"张小米？名字挺好听的。"他想当然地认为她是张敬之的孩子。

"不，杨小米。她的爸爸是杨柳。"

巫志恒愣住了，他有些尴尬地看着她。

"多大了？"

"三个月。"

"哦，才三个月！不过真快，我已经走了三年。"他尴尬地笑着。

她也笑得有些不自然，问："回家探亲？"

他点点头："嗯，回家探亲。"然后不觉一声长叹："物是人非啊！"

星空·原野·燕子花

244

她知道他的意思。他去参军后，曾给她写给过几封信，不过她只做过简短客气的回复。他不傻，当然明白她的意思。后来，她就再没有接到过他的信了。那时，她心里只有张敬之。眼下，张敬之参军也走了一年了。她看看怀里的婴儿，心里涌起一阵莫名的惆怅。

他们各自朝对方点点头，再摇摇头，匆匆告别。徐晓雯抱着孩子走了，巫志恒目送她们母女离去，有些怅然若失。此刻，他无比悲伤地想起自己在部队里寄出的几十封信，它们像一只只有去无回的鸟，从遥远的北方起程，扇动着梦想的翅膀，满怀着深情，鸣叫着，歌唱着，一路向南，飞向他美丽的故乡。最终却没有一只鸟儿能把他的爱情与思念衔来，飞向他那日益苍凉的怀抱。

三年中，他究竟给徐晓雯写了多少封信，他自己也不记得了。最初，他把这些信折成飞鸟状，放进信封，像鸟儿一样放飞出来。后来，他就让它们永远沉睡进他那紧锁的抽屉中了。他把它们变成了另外一只只鸟，一只只被折叠起来的死鸟，带着绝望与伤心，夹在他的日记本中。

他知道，无论他在部队里怎么努力，在她眼里，他都只能是一只折翅的鸟。而她在他眼里，却永远是一只高贵美丽的天鹅，令他可望而不可即。

物是人非，他早已是一名成熟的军人，不再做那些不切实际的梦。一种迫切感涌上来，他遥望着不远处的家，父母早已笑盈盈地在门前迎候他。他迈开双脚，大步流星地奔向自己的亲人。

杨柳和徐晓雯结婚后，赤脚医生刘雪梅的爱情梦就彻底破灭了。

刘雪梅的父亲再一次向女儿提起自己的徒弟。

刘雪梅恼怒道："想叫我嫁一个跛脚，你死了这条心！我嫁他还不如嫁杨柳，反正都是跛！"

刘雪梅的爸爸再也不敢提这个话题。有一段时间，刘雪梅心里的苦，无处诉说。她想起了自己的干哥哥巫志恒，于是开始给他写信。最初，她只是想向他诉说自己的苦恼，她失恋后的难过。他呢？给她回信安慰她，最初也只是为了安慰。到来，他也向她诉说自己的郁闷，他的失落，也和她分享他在部队的成绩和快乐。最后，他们发现他们才是一类人，都心高气傲，向往不属于他们的那个阶层，但却是一样的落魄者。

她向他坦白她和杨柳的恋情，解释他们分手的原因。

"我并不是嫌弃他断了一条腿。你了解我的父亲，你知道他是怎样的人。"她在信中向他解释，表明她并不是那种背信弃义的人。

他写信告诉她说："我理解这件事对你的打击。"

他也向她坦白自己一度喜欢过徐晓雯，强调他们之间没有缘分。

"虽然我给她写过信，但我知道我们之间是不可能的。我们不是同一个阶级。"他用了"阶级"两个字。看起来是说徐晓雯的家庭出身不好，其实他是为自己生长在农村感到自卑。

她回信说："过去的事就让它过去吧。"

他也写信劝她："你要有勇气面对自己的新生活，争取开始一段新的爱情。"

她回复："我也想开始新的爱情，可是新的爱情在哪里呢？志恒哥，你能帮我指点一二么？"

他其实也感到困惑，也希望她能指点他一二。某一天他突然意识到，也许他们才是对方真正需要的那个人。他们都出生在同一个地方，在同一个地方长大，两家知根知底，而且他们还定过娃娃亲——不是有一种说法，媒妁之言才是最恰当稳定的婚姻么？他们才是真正的门当户对……

巫志恒开始在家信里向自己的父亲暗示。巫书记当然明白儿子的意思，这件事就像一层窗户纸，只要有人肯去捅破它。为了儿子的幸福，那就让他来当这个捅破窗户纸的人吧。他特意赶到县人民医院，找来自己的老朋友刘医生，开诚布公地说："我看两个孩子的娃娃亲还真得要续下去了。"

刘雪梅的父亲何其聪明，一听就知道老朋友的用意。

他说："两个孩子是不是有意思了？"

"反正两个人间信是写了不少。听邮政所来送信的人说，两三天一封。"

刘雪梅的父亲喜上眉梢，说："是自己的女婿伢，跑到天边还是自己的。你要没意见，我当然是求之不得。"巫志恒如今是芝麻开花节节高，将来在部队里提干，转业出来就是国家的人。这比说娃娃亲那阵又不知强了多少倍！刘雪梅的父亲怎能不欢喜？

巫书记也高兴，说："我们两个干亲家这就变真亲家了？"

刘雪梅的父亲咧开嘴，说："反正我要巫志恒给我当儿子。二十年前就说好的事，这个你要说话算数。"

巫书记说："我说话算数！当初敢跟你结娃娃亲，就不怕你抢走儿子。你要走一个我还有两个，我将来老了，就和两个大的过。"巫书记说的两个大的，是指巫志恒的两个哥哥，他们几年前已成家分出去。结婚了就分家，这是平原上的习俗。现在，巫书记身边只剩下巫志恒和两个女儿巫大玲和巫小玲。等巫志恒和刘雪梅结婚，巫书记就没有负担了。在平原上，养儿子是负担，养女儿不是负担。现在，巫志恒也不是他的负担了，他将把这个负担转给刘雪梅的父亲。

巫志恒此次回家，一是探亲，二是结婚。在双方家庭的默契配合下，巫志恒与刘雪梅结婚了。

他们的婚礼，显然要比一年前杨柳和徐晓雯的婚礼热闹得多。结婚前夜，按江汉平原的习俗，除了几个从小与刘雪梅相好的未婚姑娘，凡是未婚尚未返城的女知青都参加了婚前"陪十姊妹"的仪式。男知青们则参加了巫志恒婚前"陪十兄弟"的仪式。大家载歌载舞，各显本事，在刘、巫两家中欢闹了大半夜。

结婚当日，巫书记家热闹非凡，连公社的干部们，县武装部也来了人，其中一个是他朝鲜战场上的战友。杨柳和徐晓雯也带着孩子来了，他挂着拐杖乐呵呵地在人群中穿梭，显得比新郎官还要开心。新郎巫志恒注意到他那只空了的裤管，目光中流露出些许可怜和同情。看到他身边怀抱婴儿的徐晓雯，那种悲怜的感觉就更加强烈。

这样的婚礼，是大家期待的。

见到杨柳，新娘刘雪梅的脸上，并没有出现不自然的表情。她的脸色平静，淡漠，就像他们之间一切都没有发生过——事实上，他们爱过，亲过，抱过，抚摸过。就在她下决心要把自己彻底交给他时，他失却了一条腿。

她也失去了她的初恋。

那一生中最初的爱情，是最激荡人心的爱情。怀念，但已不属于她。她曾经在杨柳的怀里软成泥，化成水，而此刻，即将成为她丈夫的那个人，却还没有碰过她的身体。他们连手都还没有拉过，但今天晚上他们却要睡在一张床上。她的初夜，将在这张床上度过。她那用了多少理智、多少毅力、多少艰辛才终于保留下来的初夜。是的，她将在今天把它献给自己的丈夫。

一切都在意料之中，又仿佛一切都与自己无关。偶尔，刘雪梅也会瞟一眼杨柳那只空空的裤管，面容沉静如水。徐晓雯怀里的婴儿不时会哭上两声。显然，这孩子比人们意料中的要更早出生。刘雪梅是学医的，她认真地推算过这个婴儿孕育的时间——她感到困惑的是，这个孩子是在他们婚前孕育的。

刘雪梅不平的是，杨柳和徐晓雯竟然在他们婚前就有了性行为。她和杨柳谈了那么久的恋爱却没有。是她不够魅力吗？在她面前，杨柳可以战胜自己的欲望。在徐晓雯那里，他为什么就不能？

只有一个结论：杨柳更爱徐晓雯。是的，他骨子里爱的就是她，一直是她，不是自己。她想起在他受伤后，她是那样的悲痛，她全心全意地在他的病床前守护，她不守护时她的姐姐也在帮她守护。可是他呢？还没出院就提出要和她分手。

这些才是让她觉得心痛的。

如今，这一切都已经过去了，没有什么伤痛是不可治愈的，一条腿轧断了，也可以痊愈。何况一段感情？所有的不幸都可以交给时间。

现在，她还是成了巫志恒的女人。哪里来的还到哪里去，这就是命。

不管内心有多少翻江倒海，但新人们的脸上却是平静和幸福的，他们微笑着给客人们敬酒，敬烟，敬茶。在人们的欢笑声里同出同进，举案齐眉。

一切水到渠成，瓜熟蒂落。

婚后第六天，巫排长就离家归队了。临走，他新婚的妻子刘雪梅去送他，在经过那排熟悉的红瓦屋时，他被看到的一幕震住了！

　　杨柳正身着背心和短裤，在令人瑟瑟发抖的寒风中昂首站立。他单腿像金鸡一样立在操场上，腋下没有拐杖，平口短裤下露出一截紫红断面的伤腿，令人触目惊心。他正有力地吹着口哨，带领星光小学的同学们出早操。他的身后，是一根竹制的旗杆，旗杆的上方，是一面褪色的红旗。红旗在北风中猎猎作响，杨柳单立在旗杆的前方，一动一动。哨声有节奏地响着，孩子们随着口哨的节奏整齐地伸展着四肢。踢腿。弯腰。跳跃。他们全神贯注，庄严肃穆……

　　巫志恒震撼了。从杨柳身上，他看到一种力量。他觉得，此时的杨柳，就是一根不倒的旗杆。巫志恒的眼睛有些湿润。刘雪梅看了一眼丈夫，转过头，把目光投向了远处的苍穹。

　　他们默默地离开。杨柳吹出的口哨声还在他们的身后响着，巫志恒羞愧地脱下身上的军大衣，默默地把它放在妻子的手中。

　　"他每天都这样吗？"他问。

　　"是的。"她说，"除了下雨天，因为怕孩子们淋雨。"

　　"你应该爱他。"他说。

　　她看着自己的丈夫，笑道："其实，你也应该爱她。"

　　"谁？"他不解。

　　"他的妻子。徐晓雯。"

　　他也笑了。

　　"可惜，我们是两个不可爱的人。"她说。

　　"那就让两个不可爱的人互相爱着吧。"他握住她的手，把她搂进怀里："我爱你。以后，就让我们彼此相爱。"

她把头靠进他的怀里，哭了。她哽咽着说："我会等你的。"

他拥住她，在她的头发上吻了一下，说："我们现在是夫妻了。"

她点点头，哭得更加伤心了。

"等我下次回来，你也给我生个小宝宝。"他指着知青点的方向说。

她点点头，抱紧了他。她的心终于暖起来了。她想，他们就该做夫妻，这是她的命，也是他的命。寒风吹来，他们紧紧地相拥着，感受着彼此的温暖，也感受着离别的悲伤。

❦

巫志恒回家探亲的这个冬天，张敬之也回家探亲了。

不过张敬之回的是武汉。他没有到以前插队的地方来。

他是从林红缨的信里得知徐晓雯结婚的消息。入伍后，他给徐晓雯写过很多信。刚开始他也能收到她的回信，两个月后，她的信突然断了。他非常着急，一连写了几封信都没有回音。他只好给星光大队的其他知青写信。

他们告诉他，徐晓雯结婚了，嫁给了断了一条腿的杨柳。这把他气疯了。

因为心情不好，他为一点小事和战友发生口角，打了一架，受了一次警告处分。这使他的心情更坏——幸亏情节轻，部队没有通报，属口头警告，不记入档案。但这件事多多少少也将会影响他在部队的进步。

张敬之简直绝望了。他想不到他离开才几个月，情况就发生了如此大的变化。他不认为徐晓雯是对他变了心，她嫁给他只能是出于同情！她把爱情当什么了？天哪，同情能够等同爱情吗？想到她随时滥用的同情心，他真想赶回江汉平原，冲到徐晓雯面前指着她的鼻子痛骂一顿：你糊涂！你傻！你自轻自贱……

他也想把杨柳狠狠地捧一顿，把他的另外一条腿也打断！他也想指着杨柳的鼻子骂：你自私！你无耻！你也不撒泡尿照照自己，你有什么资格娶她？！你这个该死的瘸子，你怎么不死？你活该断掉一条腿……

他在心里恶毒地诅咒着。可是诅咒有用么？张敬之蒙着被子哭了。

最后，他克制住自己的感情，不无讽刺地给徐晓雯写了一封短信：

尊敬的徐晓雯同志：

你好！听说你和杨柳结了婚，我在此祝你们白头偕老，永远幸福！

您的确是一位道德高尚、灵魂高洁、人格正直的伟大女性，我配不上您。只有杨柳那样舍己救人的英雄才配得上您！

再见！此致

军礼！

张敬之

1974年3月1日

有意思的是，这一次他收到了徐晓雯的回信：

张敬之同志：

你好！我和杨柳结婚后很幸福，感谢你的祝福，也感谢你的赞美！

不过，我不伟大，杨柳也不是英雄。但我们是属于江汉平原的，你不是。

愿你在部队努力向上，不辜负大家对你的期望。

最后，祝你前途广阔，为国争光！

你的同学、战友：徐晓雯
1974年3月22日

这是他们写给对方的最后一封信。

张敬之说服自己忘掉过去，努力让情绪在时间中慢慢冷却下来。他开始要求进步，把注意力全部转移到学习和训练上。他的变化引起了领导和战友们的注意，先是班长表扬，然后是连里表扬，在一次全团举办的训练比赛中，张敬之获得了第一名。营长也点名表扬了他。年底，他在部队入了党，并被批准回家探亲。

这次探亲，母亲和他说起厂里的一些人和事，也说起他们一块下放的那批同学，母亲说："你知道吗？林红缨和郑义结婚了，国庆节结的。"

张敬之惊讶地说："她嫁给了郑义？"

他母亲说："是啊，人家现在好歹也是一名大学生了。虽然在乡下出了那些丑事，配郑义那小子也配得上吧。就郑义那个鬼样子，长得尖嘴猴腮的，个子又矮，要不是他爸是厂里的一把手，林红缨那丫头还未必肯嫁给他呢。"

张敬之说："林红缨在乡下的事，你们都知道了？"

他妈说："谁还不知道啊？早传回来了，你们一起下去的那一拨，也回来了好几个。出了这样的事，纸哪包得住火。"

张敬之说："那，郑家没反对？"

他妈说："怎么不反对！郑厂长都扬言要和他儿子断绝关系。可郑义不干，跟他爹要死要活的，再说，林红缨嘛，这姑娘我们都是看着她长大的，坏也坏不到哪里去。在乡下出了那些丑事，要嫁个好男伢也不容易了。嫁给郑义，也算是善终，好歹他爸是厂长。"

张敬之说："厂里人对这事都怎么议论？"

"怎么议论？周瑜打黄盖，一个愿打，一个愿挨。别人能说什么？最多郑厂长觉得没面子。再说，他以前也不是什么了不起的人，一个工人，靠造反才有今天。"他妈不屑地说。

张敬之没吭声。

"不过呢，林红缨这姑娘你最好还是躲着点，她跟我来要过几次你的地址，我没给她。你们是同学，又一起下过乡，知道你回来，她肯定要来找你。你现在在部队要求进步，少和她接触，毕竟她名声不好。"他妈叮嘱道。

张敬之不高兴地说："她都结婚了，我和她能有什么接触？妈，你以后不要在背后说人家坏话。"

他妈也不高兴了，说："我什么时候背后说人家坏话了？也就是和你说说，你不是我儿子吗？我这点还拎不清？再说，她以前喜欢过你，我是怕她和你交往，引来是非。"

张敬之不想让母亲不高兴，就转移话题说起其他的事。说了一会儿，他母亲突然问他："听说你在乡下时和那个北京姑娘徐晓雯恋爱过？"

"怎么了？"张敬之有些紧张道。

"没什么。我前阵子看到她了，怀里抱了个孩子，和杨柳一起回她舅舅家来出窝（孩子满月后回娘家叫出窝）。杨柳那伢可怜，断了一条腿。家也没了，厂里把他们家的房子也收了。"

张敬之愣了愣，问："你和他们说话了么？"

"杨柳和我打了招呼，问了几句你在部队的情况，那姑娘没和我说话。"

张敬之问："这是多久的事？他们还在武汉吗？"

"国庆节的时候，住了几天就走了。回乡下了。林红缨和郑义结婚，他们还去喝了喜酒。很多人都看到了。"

张敬之"哦"了一声，回房间了。张敬之在房间待了一会儿，想看书，看不进去。正烦着，听见有人敲门，他母亲过去开门。是郑义和林红缨。林红缨手里提了两斤苹果，笑微微地递给张敬之母亲。听到他们的声音，张敬之从房间里迎出来。分别了一年多，大家见面自然很高兴。

三个人聊了很多。林红缨的变化很大，气质和面貌都变了。上了大学的林红缨已是一副知识分子模样，皮肤变白了，还戴了一副黑框眼镜，为人热情开朗，落落大方。谈吐也显得意气风发。昔日生活的阴影，在她身上已经荡然无存。显然，大学改变了她。郑义变化不大，但脸上洋溢着新婚的幸福光彩。

他们说起过去的同学和一起插队的战友，林红缨兴奋地说："要不，我们把回城的几个都叫上，一起搞个聚会！聚会的地点我来安排。"又说："郑义要上班，我正好放寒假，有时间。我来组织吧！"

从这次谈话中，张敬之知道，林红缨已经是他们学校的学生会副主席兼诗社副社长。一年半的大学生活，已经把她改造得面目全非。

这次见面，再一次颠覆了林红缨在张敬之眼里的印象。

事后，林红缨果然联络开了。聚会的时间定在两天后，林红缨在她所在的大学找了一个活动室。"找我们团支部书记借的。"林红缨说，脸上显得很自豪。

因为探亲休假，张敬之也有时间。那两天，他和林红缨一人骑着一辆自行车，为将要到来的聚会跑了一整天。林红缨还请了她大学的几个同学来参加他们的聚会，其中的两位也是他们诗社的成员——准备来一场诗朗诵。那天，他和林红缨一起走在他们的大学校园里，心里十分感慨。

那所大学依山傍水，到处都是参天大树。虽然正是冬天，但校园里仍然生长着各种奇花异草。山上是翠鸟鸣叫，水上有白鹭翻飞。正值黄昏时分，张敬之情不自禁地感叹："真是山映斜阳天接水啊，这所大学太美了。"

听到这样的赞美，林红缨也很陶醉。他们推着自行车，在W大学的梅园里且行且停，边走边谈。恍惚之中，张敬之觉得自己也成了一名大学生。他在这里忘情地流连着，看着校园里偶尔走过的学子，心里羡慕极了。这是张敬之从小就向往的地方。遗憾的是，他只能与之擦肩而过——难道他还能有像林红缨这样被推荐上大学的幸运？

林红缨说："我真不知道自己怎么被推荐的。开始我还以为是我舅舅打的招呼，可回来后问他，他说他根本就不知道我被推荐的事。说实话，我现在都不知道。"张敬之知道林红缨的舅舅就是那个救过何茂新一命的法官。他很想问她如今怎么看待她当初的那段爱情，又觉得这样问是一种冒犯，便忍住了。

他们在校园里散了一会儿步，林红缨说："跑了一天，肚子也饿了，我们先回我姑妈家吃点东西吧。"

他们一起去了林红缨的姑妈家。她姑妈家在武昌，离她们学校近，她平常不回家时，就住在姑妈家。

张敬之想不到，林红缨的姑妈家没人。不知为什么，张敬之隐隐地感觉到一丝危险和诱惑。他想快点离去，却又迈不开脚步——一年多以前和徐晓雯在一起的那一幕在脑海里重现，他的心莫名地紧张起来。

他从座位上站起来，又坐下去。坐下去，又站起来。口里嗫嚅着说："你姑妈他们……"

林红缨看出了他的心思。她嘴角带着一丝不易觉察的嘲笑，说："快要过年了，我姑父带他们回老家去了。"然后用略带挑衅意味的眼神看着他，问："怎么了？你怕我吃了你？"说完冲他咯咯直笑。

他也嘿嘿笑起来，假装释然。

只见林红缨动作飞快地下了两碗面。他们消灭的速度也同样迅速。

吃饱肚子后，他们便在林红缨的小房间里聊天。气氛一度轻松而又愉快，这氛围让张敬之渐渐有些不舍，他从林红缨的眼睛里也读出了同样的味道。

都不是第一次，只要一个眼神，一个手势。

在这件事上，林红缨显然比张敬之更从容。张敬之是冲动的，紧张的，也是不安的，毕竟他是一位现役军人，而林红缨已经是别人的妻子。一个尚嫌稚嫩，一个久经沙场。但这并不妨碍他们放纵欲望。那一刻，谁顾得了呢？他们疯狂地吻着，抚摸着，林红缨以她过来人的老练，很快就让张敬之昏头涨脑，失去了理智和方向。那一刻，张敬之的意识里，已经没有初次的那种庄严与神秘。他的眼里只有属于异性的那一切：嘴唇，舌头，胴体，呻吟……这一切的一切，令他销魂，令他噬骨。

事后，林红缨问他："张敬之，你是不是也像别人一样，认为我是个荡妇？"

他想反问她：你不是吗？要知道她刚和郑义结婚，且不说平原上的那些故事……可他还是坚定地摇了摇头。如果她是荡妇，他呢？是他先出的手：她的扣子是他解开的，衣服是他褪下来的，是他先抱的她，先吻的她，他甚至在她的舌尖上轻轻地咬了一口……

晕厥，死去，沉迷。所有这一切，其实是他的主动出击。她唯一的主动，就是不拒绝。她给他提供了出击的场地和机会，一具承载欲望的身体。就像部队把训练场和靶子提供给它的士兵，他的任务就是命中靶心。

那就彼此放纵一回吧，既然他们都愿意。那一刻，张敬之管不了那么多了，道德感，荣誉感，罪恶感，这些都不是他此刻要想的事。

这一夜，张敬之把自己一年多来的郁闷，在林红缨这里释放得干干净净。

聚会结束后的第三天，张敬之和林红缨又去过一次她姑妈家。

大白天。两个人一起躲在小房子里厮守了一整天，缠绵了一整天，疯狂了一整天。在20世纪70年代中叶，这真是一种既疯狂又离谱的行径：一个未婚的现役军人，竟敢不分白天黑夜，与别人的妻子放肆偷情。这样的张狂与大胆，令它的当事人也感到瞠目结舌，心有余悸。事后，尤其是当张敬之坐在军营的蚊帐里想起这些时，他心里都充满了后怕，一个军人，他犯下的这是怎样的滔天大罪？

⬧

张敬之提前结束了他的探亲假回部队了。

走前，他去跟林红缨告别。林红缨坐在她姑妈家的床上等他。这一次，张敬之不为所动，他决定拒绝诱惑。

张敬之脸上透着淡淡的惆怅。他说："我今天来看你，是来和你道别的。我打算提前回部队。"

林红缨眼睛红了。她略带怨艾地说："张敬之，你就不能过完探亲假后再走吗？"

他无可奈何地笑笑："早点走好。"

他知道再多待几天意味着什么。玩火者必自焚。趁火势还可控，赶紧灭了它。把火种带走，不给它复燃的机会。本来他可以不告而别，又觉得那样对不起林红缨，最重要的是他怕激怒林红缨。激怒她的后果是什么，他不敢想。假如她认为他逃避责任，想当逃兵，他就完了。

但是林红缨没有强行挽留他。她只是有些幽怨地说："张敬之，以前我爱过你，从来没有想过有一天会得到你。现在，我得到你了，却不是因为爱情。不管怎样，我没有什么遗憾了。"

张敬之点点头，有些歉疚地看着她："我不想破坏你的家庭。我们，以后就不要联系了。"

林红缨点点头。她眼巴巴地看着他，问："你能再要我一次么？"

张敬之摇摇头，内疚地拥住她，说："算了，我怕越陷越深。"

林红缨点点头，有些伤感地说："那我就不去送你了。愿你一切都好！"

他点点头，再次抱了抱她，离开了。

张敬之做梦也没想到，他在林红缨的肚子里又种下了一颗他的种子。

1975年秋天，张敬之的第二个孩子诞生了，他叫郑小强。

这一年秋天诞生的还有另外一位小朋友，他的名字叫作刘保尔。他们都是这个国家的男性公民，各自幸福地生活在他们的亲人身边。

显然，郑义只是郑小强名义上的父亲。不过，除了他的母亲林红缨外，生活在他身边的人，谁也不知道他是郑家的赝品。他的名字是郑家最权威的人物，他的爷爷郑厂长给起的。此时，他的赝品父亲郑义已经是武汉某重型机械厂冲压车间的一名工段长。一年后，他的母亲林红缨也读完三年大学，拿到了一张工农兵大学生的文凭。

大学的最后一年，因为怀孕和生育，林红缨退出诗社，辞去了学生会副主席的职务。她差点留级延迟毕业。但林红缨用她的上进心克服了学习的困难，顺利拿到了她的大学毕业证。

其间，林红缨怕影响学习，动过打胎的念头。但一个顾虑让她打消了这个念头——她怀疑这个孩子是张敬之的。从刘雪梅那里借的那本《妇女健康手册》，她曾认真钻研过。根据那上面的推算，她和张敬之在一起的那几天，正是她的排卵期。她当时没有顾虑，是因为她已经结婚。有婚姻做她的保护衣，加上她当时处于激情中，根本就没想那么多。那几天她以忙和累为借口，根本就没和郑义同房。那么，这个孩子极有可能是张敬之的。

她决定把这个孩子生下来。无论怎样，根据遗传的优势，她宁愿生一个张敬之的孩子，而不是郑义的孩子。只要她不说，谁知道呢？万一哪天这事穿帮了，那就等穿帮了再说吧。船到桥头自然直。她相信一切的一切，命运自有安排。

郑小强小朋友出生了，他生活在一个暂时幸福的家庭里。作为郑家的长孙，他享受到了无微不至的照顾和疼爱。在郑家的关爱与呵护中，林红缨很坦然。

母以子贵。生完孩子，郑义的父亲逐渐接受了这个儿媳妇。林红缨已经大学毕业，论知识有知识，论气质有气质，论长相有长相，论身材——生完孩子的林红缨高挑性感，白里透红，饱满得就像一颗熟透的水蜜桃，是个男人都得多看两眼。凭良心，配他那个尖嘴猴腮的儿子，已经是祖上修来的福分。若不是在乡下出了那些丑事，她歇错脚，也不会歇到他家的篱笆上。就像一只美丽的红蜻蜓，飞经他家院子时刚好折了翅。

所以，林红缨只管厚颜无耻地享有郑家功臣这一荣耀。

所幸儿子长得像母亲，这很好地掩饰了生活中的漏洞。郑小强越长越漂亮，像他母亲刻出的一个模子。虽然他的脸上找不到一丝郑义的蛛丝马迹，但谁也不会怀疑他的来历。对郑家人而言，他们宁可这小子长得像他妈，也不愿他像爹，一副瘦小缺钙的样子。林红缨的加盟，算是改变了郑家的人种。所以，郑家人对这个郑家的小野种竟是越看越疼，越看越爱。

只有林红缨窥悉了郑小强的秘密。这小子的小屁股上长着和张敬之屁股上一模一样的一块红印。红印的形状像一弯月亮，又像一片嘴唇。这枚月亮或嘴唇，曾经让林红缨对张敬之的屁股着迷。林红缨嘲笑他这是前生被女人吻下的唇印，转世托生时忘了洗去。她说，光看你屁股上的这片嘴唇，就知道你是个爱招女人的种，谁摊上你谁倒霉。现在，她儿子的屁股上也出现了一枚小嘴唇，这真的让她啼笑皆非。她不得不对遗传的微妙感到惊奇。

她在心里暗暗好笑，这个小情种，将来长大了，跟他亲爹一样，不知又要迷倒多少女人！

儿子屁股上的这枚小红唇，将成为林红缨日后胁迫张敬之的最有力证据。

郑小强的掌纹也和张敬之的如出一辙，左手为花掌，右手为断掌，十个手指头有九个锣。这些细节，在林红缨与张敬之日夜缠绵时，她就已弄得清清楚楚。她心里反复地拿爷儿俩个做比较，更加庆幸老天的恩顾——这些相似的痕迹，没有出现在明处，而是躲在暗中，既让她心知肚明，又让别人逮不住把柄。

她把这些小秘密写信告诉了张敬之，张敬之在部队吓得差点晕过去。他心惊肉跳地烧掉了林红缨的信，几天几夜没睡好觉。唯恐林红缨再有什么可怕的信寄来，他不得不绞尽脑汁，在信中向对方做出暗示。这些暗示包括：他将来会对她的一切负责，包括他们的孩子；他会报答她，爱她；为了他们的将来，她应为他的前途考虑；为了将来的团聚，眼下千万不能节外生枝……

信寄走后，他的身体就仿佛虚脱了一般。他特意把信寄到了她的姑妈家。他知道她每天都会去姑妈家一趟，她肯定能收到他的信。

此后半个月，他一直忐忑不安地等着她的回信。果然，她的信来了，她让他放一万个心："亲爱的，你就安心地当你的兵吧！等你复员了，工作了，我们再团聚。"

她用的字眼是"团聚"，她想干什么？她想和郑义离婚和他结婚吗？带着他们的儿子，像真正的一家三口那样生活在一起？

他气得要命，却又无可奈何。他不知道，她此时并不想与他团聚。她只想与他偷情，和他做爱。她打心底里喜欢他的英俊，但她不想失去眼下安逸的生活，她的丈夫虽然无能，她却有一个可以庇护她的公公。还有，她的儿子（那是他的儿子！）也不能失去这种安逸和保护。但他的信仍然让她感到开心。她略带刻薄地想，她终于打败他了。他过去不把她放在眼里，现在却不得不求着她。假如他最初不是选择和徐晓雯而是和她恋爱，她的人生中就不会发生那么多不幸，就不会出现何茂新，李医生，郑义……她不会把这些人放在眼里，不会给他们任何机会得逞。

现在想来，这一切其实是他造成的。

结果怎样呢？他也不是柳下惠。她不仅在几年后得到了他的身体，还得到了他的一个儿子。嘿嘿。只要有这个儿子在，他将来就逃不出她的掌心。曾经，不止一个男人碰过她的身体，而她最想要的那个人还是他。现在，她不仅要过他了，还不止一次。只要她愿意，将来她还可以要他，想要他多少次就能有多少次！

而他爱过的徐晓雯呢？如今却不得不在乡下服侍一个断了一条腿的男人！

她心满意足地回味着和他在一起的日子，然后，怀着万般甜蜜的心情给他写了回信。她让他放心，在他退伍前，她都不会再打搅他。

她果然再没给他写过一封信。

他如释重负。某种不安却又如影随形。林红缨和那个孩子的存在，就像一把达摩克利斯之剑悬在他的头顶。

这年底，张敬之本来可以再回家探亲的，但他放弃了自己的探亲假，留在了部队。他不敢面对林红缨。他不知道，一旦见面，这个胆大妄为的女人又会干出什么可怕的事。她让他感到害怕，在他复员分配工作前，他再也不想见到她。至于那个孩子，他始终半信半疑，怀疑她在耍花招。眼见为实。在他见到那个小杂种之前，他绝对不会轻易认下一个儿子。

张敬之不知道，在这个世界上，他不仅已经有一个儿子，还有一个女儿。儿子和女儿都姓着别人的姓，一个姓郑，一个姓杨。儿子叫郑小强，女儿叫杨小米。他不知道为数不多的几次性经历，已经让他硕果累累。更是做梦也不会想到，有一天这两个孩子将会在他的眼皮底下结下一段让他痛不欲生的孽缘。

❀

在江汉平原的A县，那个叫清水河的地方，有一个叫刘保尔的小男孩与郑小强同一天出生。他出生在星光大队的卫生站里，给他接生的是星光小学的女老师徐晓雯。

刘雪梅发作的时候，正值半夜时分，外面下着大雨。她的喊叫声惊醒了睡在卫生站隔壁的杨柳和徐晓雯。杨小米出生后，杨柳请人在院子里知青们原来烧饭的地方搭了两间小屋，他们一家人就住在那里。他们住的地方与刘雪梅在卫生站的值班室隔着一棵树和一堵墙。

徐晓雯晚上要带孩子，睡得比较沉。杨柳先听到刘雪梅的叫声，那叫声一阵接一阵，显得很无助。更要命的是，外面下着大雨。

杨柳推醒了身边的徐晓雯。

"是刘雪梅在叫，你要不要过去看看是怎么回事？"

徐晓雯睁开眼睛，在黑暗中发了一会儿蒙，反应过来："是雪梅的声音，她恐怕是要生了。"

"她今天怎么没回家住？"杨柳疑惑地问。

刘雪梅肚子大起来后就很少留下来值班了，差不多天天都回家睡。她在卫生站里有一张床，平常值班时就在上面休息。这天下班前，外面下起了雨，泥巴路上一片湿滑，刘雪梅挺着大肚子，她怕路上摔跤，就留在诊所里休息。到傍晚，雨还没有停的意思，刘雪梅觉得有些累，就躺在值班室里睡了。

刘雪梅和巫志恒结婚后，按招女婿的规矩住在娘家。结婚后，巫志恒仍在部队当兵，暂时不能改姓，但同意转业回家乡后再改姓，孩子则先随刘雪梅姓。巫志恒在信中已给孩子起好名，生男孩叫刘保尔，生女孩就叫刘冬妮。刘雪梅知道这是根据他最喜欢的那本书（《钢铁是怎样炼成的》）中的男女主人公的名字来起的。

刘巫两家离得近，刘雪梅的母亲见女儿没有回家，不放心，就请巫书记的两个女儿冒雨到卫生站去接她。怕她饿着，她母亲还特意给她煎了两个鸡蛋，盛了一碗热饭托巫大玲带来。

刘雪梅吃了饭，见雨还没有停的意思，就让姐妹两个先回去了。

没想到她们两个刚走不久，她的肚子就开始疼起来。她知道自己是要生了。她给人接过生，却不知道该怎么给自己接生。平常谁家有人生孩子，多是请接生婆上门接生，她是反对请接生婆的，卫生条件不好，生出的小孩子很容易得破伤风。破伤风的死亡率很高，这几年请接生婆接生的婴儿，得了破伤风抱到她这里来打针的不下十个。得了破伤风的婴儿口张不开，一口奶也咽不下，只是一下接一下地抽筋，抽得凶时可以从床上弹起一米高。等到发病送医时就晚了，打了针也救不活。刘雪梅眼睁睁地看着这些婴儿在抽搐中夭折，既痛心又无奈。夭折了再怀，再生。下次生，还请接生婆。农村人不会去找原因，只是自认倒霉，认为孩子生下来了，是死是活都是命。接生婆接生一个孩子，可以吃一碗鸡蛋，得一包红糖，三五块钱。出手大方的人家还会另加两尺花布。家里实在拿不出来的，多少也会给点，接生婆也不计较。

但接生婆只能对付顺产，难产就只有蛮干。蛮干死了人，也没谁怪罪——胎位不正能怪谁？自古就是这样，接生婆只接得了顺产，接不了难产。刘雪梅的妈生她就是难产。幸亏她爹是县医院的医生，她妈生她是在医院。要是在乡下，请的是接生婆，不是保大就是保小，有时干脆大小都不保。她和她妈谁生谁死，或者两个都死，只能听天由命。

所以刘雪梅是反对让接生婆接生的。她当了赤脚医生后，也学着按产科医生的那套严格程序给人接生，但大家宁愿请接生婆。在他们眼里，她一个年轻的女伢子，看点别的病还行，接生的事还是交给更有经验的接生婆。但是徐晓雯生孩子时却不肯叫接生婆，她叫杨柳去请刘雪梅。刘雪梅说："把她送过来吧，到卫生站来生，这里的器材都消过毒。"

像过去一样，刘雪梅接诊，杨柳打下手。两个人配合默契，顺利地为徐晓雯接了生。徐晓雯生孩子时，刘雪梅还没有和巫志恒结婚。徐晓雯之所以让刘雪梅接生，因为她相信的是医生，而不是接生婆。

此刻，刘雪梅的呻吟已经变成了叫喊，徐晓雯顾不上穿雨衣，就冲进了隔壁的卫生站。徐晓雯边跑边喊："雪梅，你要生了吗？你先坚持一会儿，我去给你请接生婆。"

"不要请接生婆——你快过来！"刘雪梅冲她叫道。

徐晓雯冲进去时，刘雪梅正满头大汗地躺在床上用力。

她说："晓雯，你来帮我。"

徐晓雯慌了，说："怎么帮？可是我不会接生。"

"不用会！按我说的做！"刘雪梅却异常冷静。她一边呻吟，一边吩咐徐晓雯，告诉她剪刀和纱布在哪里，酒精在哪里，手套在哪里，助产钳在哪里。徐晓雯越慌，越搞不清地方。

刘雪梅突然说："快，叫杨柳过来，他熟悉医务室！"

没等徐晓雯叫，杨柳已经单腿跳进来了。隔着窗子，刘雪梅对徐晓雯的吩咐他都听见了。杨柳嘱咐徐晓雯洗干净手，带上医用手套，又把刘雪梅要的那些医疗器材悉数装进消过毒的托盘里，把它递给徐晓雯。

随着刘雪梅的一声尖叫，一个头带血丝的婴儿落到了徐晓雯的手掌上。一声响亮的啼哭传来，杨柳撑在刘雪梅办公桌上的那只手臂一软，差点落下泪来。

孩子顺利地娩出，刘雪梅指点徐晓雯帮她剪断脐带，做好消毒和包扎，然后才疲惫地睡去。徐晓雯和杨柳在卫生站里忙了大半夜，天亮时，雨停了，杨柳拄着他的拐杖去巫书记家报喜。

这是徐晓雯第一次给人接生，也是她一生中唯一的一次接生。

刘保尔出生时，巫志恒在部队当兵，他没有见证儿子出生的这一幕。刘雪梅也不得不暂时当起一名"单身母亲"。刘雪梅的母亲用鲫鱼汤给她催乳，刘雪梅只吃了几条湖鲫，喝了几碗鱼汤，就把两个好看的乳房胀成了两只小皮球。丈夫不在身边，这就让刘雪梅比别的产妇更加多愁善感，浮想联翩。吃湖鲫时，她情不自禁地想起她和杨柳的第一次相识，想起她用筷子把鱼肉剥下，喂进他的嘴里。眼下，她生的却不是他的孩子。她孤零零地躺在产床上，她的丈夫却不在身边，谁来给她喂鱼肉?

她不知道,如果杨柳不失去那条腿,张敬之不去当兵,徐晓雯会不会和杨柳结婚?她会不会成为杨柳的妻子?唉,想这些还有什么用?她早已心甘情愿地嫁给巫志恒,不,应该是娶了巫志恒。一日夫妻百日恩,她好歹也和他生下了一个儿子。儿子的眉眼和额头像父亲,鼻子和嘴巴则像她。看着两个人的特征这么有机结合在另一个人的脸上,她还是感到了做母亲的幸福和伟大。这个叫刘保尔的小人儿,可是她和另一个男人共同制造出来的。作为一名赤脚医生,一条生命的孕育,她早就了然于心。儿子在肚子里的每一步生长,她也能用心跳和常识感受得到。

儿子满月后,刘雪梅就开始正常上班了。医疗室里到处都是药品和针头,这让她对刘保尔的安全总是提心吊胆。为了方便喂奶,她把摇篮寄放在隔壁徐晓雯家里。刘保尔的到来,受到了杨柳一家的欢迎,最高兴的就是杨小米。杨小米一岁多了,已经开始摇摇晃晃地在地上走路,咿咿呀呀地说话。这个酷似徐晓雯的小女伢子,整天被学校的小学生们逗得咯咯直笑,是个活泼可爱的小人儿。当刘保尔也会发出咯咯的笑声时,杨小米就会笑得更加响亮。她整天围着刘保尔转个不停,兴奋地叫嚷,刘保尔成了她最可心的"玩具"。

当刘保尔开始爬来爬去时,杨小米已经学会了说话和走路。刘保尔学习说话和走路时,杨小米已经开始满地乱跑了。两个孩子整天玩在一起。有时,一个叫姐姐,一个叫弟弟;有时,一个叫小华(刘雪梅给刘保尔取的乳名),一个叫小米。

杨柳没课时,两个孩子就在他的身上爬来爬去,他们咯咯地笑闹着，抓住他那只空荡荡的裤管，跑前跑后，追来追去，开心地疯个不停。杨小米刚学会喊爸爸，杨柳的内心很复杂，看着这个张敬之送给他的女儿在他的膝前跑来跑去，亲热地叫他爸爸，他又心酸又幸福。他不知道有一天这个孩子会不会知悉她身世的秘密，从而离开她的冒牌父亲。

有意思的是，当杨小米喊爸爸时，刘保尔也会傻乎乎地跟着喊"爸爸"。杨柳便笑着骂："个小苕货，老子不是你爸爸，巫志恒才是你爸爸！"一边笑骂着，一边抱起刘保尔，在他的小脸上重重地亲上一口。

有时候，徐晓雯和刘雪梅在一旁看着杨柳和两个孩子逗乐，两个女人对视一下，各自的内心里都充满了感激。她们看看自己的孩子，又看看对方的孩子，心想，杨柳才像他们真正的父亲！

在很长时间里，在见到自己的爸爸之前，年幼无知的刘保尔的眼里，只有一条腿的杨柳，就是他的爸爸——他人生最初的父爱是从杨柳这里感受到的。

❦

小米不是杨柳的女儿，这事儿只有重生知道。重生是怎么知道的，徐晓雯却一点儿也不知道。

这几年，重生一直"叫"徐晓雯姐。重生已经长成了一个男人。徐晓雯和杨柳结婚后，家里的重活，都是重生包揽了。他每天准时来给他们担水，劈柴，干所有需要蹲下来干的活儿。徐晓雯那时怀着孩子，杨柳又缺了一条腿，这些重活都多亏了重生。

其实，重生对徐晓雯犯过一次浑，这是他一生中对她犯的唯一的一次浑——假如可以这样认为的话。那是徐晓雯怀上小米不久，打算搬去和杨柳同住的时候。那天她正在收拾东西，准备从重生的家里搬出去。

临走前，她对重生说："重生，我要搬走了，去杨柳那里住。我和杨柳就要结婚了。"

重生对她"说"："你为什么不去找他？"

他拿出一张纸，在纸上发火。

"找谁？"徐晓雯警惕地问。

"张敬之。他才是孩子的爸爸！"

徐晓雯抓过那张纸，一把扯碎，有些凶恶地看着他，威胁道："你要是'告诉'别人，我就对你不客气！"

她不知道重生是怎么知道的。

她说："早知道这样，我就不教你写字了。"

重生的眼睛红了。他重新拿出一张纸"说"："你不要走，好么？要是你怕孩子没有爸爸，我愿意……给他当爸爸。""说"完，他可怜巴巴地看着她。

她震惊了，继而是恼怒，恨不能抽他的耳光。她恶狠狠地看着他，吼道："你胡说些什么？"

"可杨柳的一条腿没了，他照顾不了你和孩子。我可以。我不想你离开！"他继续"说"。

徐晓雯这才意识到，重生已经不是小孩子了，他就快满十六岁了。她一直把他看作她那走失的弟弟，认为上天只是换了一种方式，把她丢失的弟弟还给了她。

她突然开始感到害怕。她认真地看着重生，说："重生，你听好了，你是我弟弟，弟弟，你知道吗？你永远只能是我弟弟。"她哭起来："我的弟弟没了，我以为老天把他还给我了。重生，我是你的姐姐，你想羞辱你的亲姐姐吗？"

重生吓坏了。他像鱼一样张开嘴哭起来，他痛哭，却没有声音。徐晓雯悲怜地看着他，可怜的重生，他多么像一条哭泣无声的鱼。

"我知道了。姐，你永远是我的亲姐。你走吧！我会每天去看你们的。"重生哭过后认真地"说"。

从此，他们成了真正的亲姐弟。重生每天来帮她和杨柳把缸里的水担满。

现在，重生已经十八岁了，他长得越来越健壮，个子比杨柳几乎高出了一个头。他们像亲兄弟一样相处，杨柳有空就教重生学知识，重生呢，在杨柳面前永远任劳任怨。

关于张敬之，重生后来又跟徐晓雯提过一次。那天，他帮他们把水缸担满后，忽然对她"说"："姐，你应该去找他。他是小米的爸爸，应该对小米负责。"

她紧张地看着他，小声问："重生，你不喜欢杨柳吗？"

重生摇摇头。看看她，在纸上写道："喜欢。他是世上最好的人。"

"你不喜欢小米吗？"她又问。

重生再摇头，写道："喜欢。"

"那你愿意他们父女两个受到伤害吗？"她再问。

重生使劲摇头。

"这就对了。你想要他们两个不受到伤害，那你就再不要提这件事。记住了，永远不要提。你明白吗？"她严肃地看着他的眼睛，小声叮嘱道。

重生点点头。

她说："把你手上的纸片给我！"

他把纸片递过来，她迅速把它撕了。她不想让杨柳看到纸片上的内容。为了和他们"说话"，重生总是随身带着一支笔和一叠小纸片。她没想到他今天会再提起这件事。徐晓雯心里有些难过。有些事她永远都不想再提了，她已经习惯这种平静的生活。她，杨柳，他们的女儿小米，每天在这个平原上，安宁地生活着。他们已经成为这个平原的一部分。

有时，徐晓雯把头探出门外，看到杨柳一跳一跳地"走"来。最近，他老喜欢一只脚这么跳来跳去地走路。她跟他说了很多次，劝他把拐杖拄上，免得摔跤。可杨柳不听，嫌拐杖麻烦。他笑着说："我就不信没有拐杖我就走不了路。何况我只是在这院子里走，没事儿的。"

"要是摔着了，你就不会这么说了！"她佯装生气。

"摔着了就爬起来呗。"他无所谓地笑着，他现在喜欢跟她开玩笑了。

她有些心疼他，就说："你这样子会累倒的。杨柳，你又不是陀螺。"有时，看他在操场上跳来跳去的，她就替他感到累，老担心他会不小心摔倒。人哪能一条腿整天这么跳来跳去呢？

但他不把她的担心当回事，继续跳着走路，出操，甚至在黑板上板书，他也不愿借助他的拐杖。

他们越来越像一对恩爱夫妻了。有时，杨柳被她念叨不过，勉强地拿起他的拐杖，跟她开玩笑说："等小米长大了，她就是我的拐杖了。"他摸摸小米："对不对，小米？"

小米便尖着嗓门大声应道："对，我长大了给爸爸当拐杖！"

"我长大了也给、爸爸当、拐杖！"刘雪梅的儿子也在一旁结结巴巴地学舌。

遇到这种时候，他们就开心地笑。

杨柳摸摸刘雪梅儿子的小脑袋，说："刘保尔，你再叫我爸爸，你爸爸要吃醋了。"

徐晓雯也笑，说："杨柳，这孩子喜欢你，以后让他叫你干爸得了！"

杨柳说："他本来就是我的干儿子啊。对不对，小华？"

刘保尔大声道："对！干儿子！"

杨柳笑骂："个板妈的，你说谁是干儿子？"

刘保尔说："你。还有我。"

杨柳哭笑不得。

幸好刘雪梅不在，要不然，她该掌她儿子的嘴了。不过，这孩子是真可爱，徐晓雯也很喜欢他。

这样的场景是幸福的，欢乐的。有时重生也会加入进来，只要看见杨柳拖着一条裤管从教室那边跳过来，他就会赶紧放下手里的活去迎接他，帮他接过手里的讲义夹，还有腋下的一沓作业本。杨柳便扶住重生的肩膀，说："重生，瞧你长得都比哥高了。"

重生便笑。他哭和笑时都喜欢像鱼一样张开嘴。

重生喜欢听杨柳夸他长高，好像这样，他就可以反过来保护他了。这两年，重生的确长高了不少，肩比杨柳的还宽，背也厚实了不少，下巴周围也变黑了。杨柳把他的胡须刀送给了他，教他怎样抹上肥皂沫刮胡子。

现在，重生和他们"说话"已经完全没有障碍了。他已经认识好几千字了，这些字都是他跟字典学的。他不会发音，却会查字典，真是怪事。查字典是杨柳教他的。杨柳对徐晓雯说，重生只要认识其中的一个字，借助字典，相同读音的其他字，他就会认了。

这真是件神奇的事。重生现在会写的字，比徐晓雯和杨柳还要多，好多生僻字他都会写，有的字他们写时还会多一画少一笔，重生却不会。他几乎从不写错字。徐晓雯不知道杨柳是什么时候喜欢上重生的。总之，看到他们像亲兄弟一样相处，她感到欣慰和满足。他们的家越来越像家了，重生、刘保尔，都可以算是他们的家庭成员。有时，他们的一些学生也会来家里，他们叽叽喳喳，把两个孩子逗得一派欢乐。

小米也喜欢重生。她总是问他："重生叔叔，你为什么不说话？你不会说话吗？"

起初，重生习惯性地掏出笔和小纸片，正要写"我是鱼"，突然想起小米是不会认字的。于是只好摇摇头，无可奈何地笑笑。现在小米也会认一些简单的字了，重生很高兴，好像她马上就能听懂他"说话"似的。

重生"叫"徐晓雯姐，"叫"杨柳哥。

有一次，小米叫重生叔叔，重生竟掏出笔来，在纸上写了三个字，"说"："叫舅舅！"

小米就喊："妈妈，重生叔叔写的什么字？快告诉我！"

徐晓雯看到那三个字，就笑着对小米说："你以后不要叫重生叔叔，要叫舅舅。知道吗？叫舅舅！"

小米笑了，她问："妈妈，舅舅是什么？"

"舅舅就是妈妈的弟弟或哥哥。叔叔呢，就是爸爸的弟弟。这是指亲人之间，一般人不算。"徐晓雯告诉女儿。

小米便大叫："我知道，重生是妈妈的弟弟，不是爸爸的弟弟。"

重生开心地亲一口小米，把她高举过头顶，放到自己的肩膀上。他多么像她的亲人！他真的是她的亲人。徐晓雯想。

她对这样的生活场景感到满足。她无法想象没有重生，她和杨柳该怎么度过婚后的那一年，她怀着孩子，杨柳缺了一条腿，其他的事，他们都可以自己做，担水和劈柴，他们却谁也做不了。但是上帝把重生赐给了她。

从某种程度上说，和杨柳结婚，她是自私的。当她知道自己怀孕后，她不想遭遇林红缨那样的命运，她只能去求杨柳。张敬之是负不了那个责任的。他好不容易才成为一名军人，她不想毁掉他的前程。

打胎是需要证明的。她去哪里开证明呢？况且，她也不想打掉他们的孩子，她舍不得——从她一出现在她的肚子里，她就爱上了她。也许林红缨说得对，一个女人真爱一个男人，她是不会打掉他的孩子的。

她确信杨柳不会拒绝她。因为确信，她才去求他。这算是利用他么？不管当初是不是，但现在她是爱他的。她真的在爱杨柳了，这种爱是那么具体，它融入了亲情、疼爱、体贴与感恩，原来，这样的爱才是更真实的爱。

他们刚结婚的那一年，她和杨柳每天在一个屋子里进出，可他们之间，只有夫妻之名，并没有夫妻之实。在外人眼里，他们是夫妻，在他们自己眼里，他们只是同病相怜的朋友。那时，大队分给他们的屋子很小，里面只有一张床。每天晚上，杨柳就抱着被子，拄着拐杖去教室里睡。怕别人发现，他总是天不亮就回屋了。学校的老师中只有徐晓雯和他两人是知青。他在教室里打铺盖的事没有人知道。但有一次却被刘雪梅看见了，她有些疑惑，背着杨柳问徐晓雯："你们是怎么回事？结婚了怎不住在一起？"

徐晓雯只好掩饰地说："跟他吵架了。"

她不能总拿吵架当借口。他再去教室里住，徐晓雯就劝他别去了。

她说："就睡一起吧，既然结婚了……"

杨柳苦笑地看着她，说："你觉得我们结了婚就能睡一起么？等你把孩子生下来，我们就可以离婚了。"

她问他："为什么要离婚？我们这样不是很好吗？"

他反问："你觉得很好吗？"

她愣住了，说："杨柳，你不恨我吧？"

他笑道："恨你干吗？我永远都不会恨你。你知道的。"

"一辈子都不恨吗？"

"当然。"他含义复杂地看着她，想起那夜她裸身穿着一件军大衣去踢他的门。他怎么会恨她呢？他对她只有感恩。

她说："杨柳，我对不起你。"

他说："别这样说。如果你觉得这样能够帮到你，我是愿意的。"

他还是抱着铺盖去教室里睡了。只不过这以后他特别小心，尽量不让人发现。

他们这样坚持了差不多一年。

临产前那几天，杨柳不再固执地去教室里睡了，他从教室里搬来两条长板凳，拼在一起搭了个简易的"床铺"，睡在她的床前。这让她的内心很不好受。她担心他的伤腿，受了寒一定会很疼！她希望能快点生下孩子，好让他和孩子一起躺到床上来，让她来打地铺。

所幸的是，孩子终于平安地降生了。孩子的到来，让她体会到了做母亲的幸福和安慰。这个张敬之制造的孩子，终于躺在她的怀抱里了。她以为杨柳会不喜欢她，可他看着她的眼神是那么温和与慈爱，那是属于父亲特有的眼神。他每天像一个真正的丈夫和父亲一样照顾着她们母女，这让她内疚和感动。

孩子的名儿是他起的。孩子出生前，她坚决让他起名。

她说："除非你不想做他（她）的父亲。"

他拗不过，说："好吧。这里是鱼米之乡。如果是男孩，就叫小鱼；是女孩，就叫小米。"

他真懂她的心。她现在才知道，他是多么懂她，比张敬之懂她，为什么她以前就没有发现呢？

孩子出生后，她看着他，红着眼睛说："她是女孩，就叫小米吧。杨小米。"

他吃惊地问："不让她跟你姓？"

"为什么要跟我姓？你不是她的父亲吗？"

他愣怔着，眼里隐藏着淡淡的伤痛。

她说："杨柳，我爱你！我现在才发现我其实是爱你的。

给她当父亲吧，她和我都需要你。"她握住他的手，哽咽地说。她现在终于发现，他那双像湖水一样深不可测的眼睛，根本就不是阴郁，而是默爱，是良善与悲悯，是打不还手、骂不还口的隐忍与伤痛。

他看着她，忧伤地笑着，没有说话。她看着他的眼神是悲切的，祈求的。

"杨柳，你爱我吗？你想一直拒绝我么？我知道你是爱我的，从一开始就知道。你都见过我的身体了，在这个世界上，你是唯一见过我的身体的男人！"

他怀疑地看着她，什么也没有回答。

她说："杨柳，我说的是真话。张敬之他没有见过我的身体，至少没有在灯光下见过。那一次……是在晚上，在他参军临走前。我只是想在他走前把自己交付给他。我以为我是爱他的。你相信我吗？"

他点点头。

"那你相信我也是爱你的吧？至少从现在起，我开始爱你了。你相信吗？"

她目不转睛地看着他，他终于垂下了眼睛。他说："我相信。"

"你答应我，从今天晚上起，你不要去教室里睡了。让我们像真正的夫妻一样睡在一起，好不好？"她恳切地看着他的眼睛。

他点点头，又摇摇头。他想起了他的断肢，那丑陋的断肢，那骇人的断肢。他说："不，你会吓着的，会被我的断腿吓着的。"

"我不怕。"她掀开他的裤管，小心地抚摸着他的断肢，那断肢处的疤痕、皱褶，这些她早都见过了。她向他求婚的那天，就见过，抚摸过。当他穿着背心短裤，像金鸡一样屹立在操场上，屹立在学生们眼前，屹立在瑟瑟的寒风中时，她也远远地凝视过。

她把手指放在他的断肢处，轻轻地触抚着，按摩着，眼睛里含着泪。

杨柳又开始感到幻肢痛。那种感觉又出现了：他感到他的左腿还长在那里，他的左脚也还在，只是那种刀割一样的疼痛让他难以忍受。

她看着那断处的伤痕，从他的脸上感觉到了那痛彻心扉的疼痛。

"忘掉它。让我们都忘掉它。"她小声对他说。

他身体的疼痛果然消失了。

她把头埋在他的腿上，在他的断肢处蹭着，吻着。这就是岁月给他们的馈赠吗？馈赠给他们这样残酷的青春？他们紧紧地相拥，互相抚摸，抚摸那留在他们肢体上与心灵上的伤口。他们终于在彼此的眼泪中，在彼此的伤口里融合。

从此，他们将合二为一，像根一样扎进彼此的生命中。他们的灵，都将在彼此的灵中了。他们的肉，也将在彼此的肉中了。而他们的灵肉，将与这片土地相依相融。在这片历经苦难与沧桑的土地上，在那宽阔广大的平原上，他们已经洗去青春的铅华，在对彼此的给予中相爱着，悲悯着，宽容着。

两年的时光过去。他们相携着走过，一起走过他们的1976。

他们共同的1976。

❖

1976年底，张敬之从部队复员回到武汉，他被安排进母亲所在的厂保卫科当了一名保卫干事。到此时，他才算是彻底地回到了城市。

此时厂里的厂长兼革委会主任便是郑义的父亲。此时，党中央刚刚打倒"四人帮"，作为该厂的革委会主任，郑义的父亲已提前闻到了某种血雨腥风的味道。这位靠造反起家的厂领导一改过去专横跋扈的工作作风，以非常谦逊和热情的态度迎接了张敬之这位复员军人的到来。与张敬之同来的还有另一名复员军人，他也是一名当过知青的职工子弟，两个人一同被安排进了厂保卫科。他们的工作是由有关部门直接指定分配的，属定向分配。作为厂领导，郑义的父亲仍有提前审阅档案的权力。

当厂人事科的科长把他们两人一起带到郑厂长的办公室去谒见他时，郑厂长一边打量着张敬之，一边在心里暗暗叫苦。这个英姿飒爽的小伙子，儿子曾经的竞争对手，儿媳格外关注的人物，无疑将是他身边的一颗定时炸弹。作为一个政治嗅觉极其灵敏的投机者，他已经感受到了这个复员军人，这个在部队入了党立过功、摸过真枪实弹、据说还修过战斗机的年轻人的力量。

虽有种种担心，可郑厂长还是笑容满面地握住了张敬之的手，大声道："欢迎欢迎！小张啊，当兵光荣啊！你和郑义是同班同学，可你比他经受的锻炼多，比他强啊！你们现在又成了同事，今后在工作中要互相帮助哟！"

郑厂长的热情令张敬之一时有点受宠若惊。他情不自禁地并拢双脚，举起右手，向郑厂长行了一个庄严的军礼，回道："是！感谢领导关照。"

这一幕都被离厂办不远的技术科的林红缨看到，她不禁捂起嘴来偷笑，张敬之被部队教育了三年，居然变得如此乖顺起来。她在心里想，你总算回来了，咱们的账还没算呢，看你给我一个什么交代！

想到这一点，林红缨心里禁不住涌起一股兴奋，一种重温旧梦的冲动在她心里悄悄地滋生出来。好家伙，回来居然也不吱一声，就这么来厂里报到了！这是想给她一个惊喜吗？她还没给他惊喜呢，想起自己一岁多的儿子，郑小强和他屁股上的那瓣红月亮。哈哈，同样的两瓣红月亮，同样的两枚小红唇。他该会有怎样的惊喜？

天啦，遗传的力量简直太神奇了！林红缨无比激动地回味着她姑妈家那间小屋，回味着与张敬之那几天中的癫狂。

张敬之拜见过郑厂长后，就很快离开了他的办公室。在林红缨看来，他还是那么魁梧，步伐却比过去更矫健了，走路一板一眼，风度翩翩，一双小眼睛虽然不大，眼神却坚定而有力。他目不斜视，昂首挺胸，迎着她的视线走来，又逆着她的视线走去。她真恨不能冲出办公室，扑进他的怀里，立马和他来一次激情燃烧。但她忍住了。他们的日子还长着。感情的细水可以慢慢地流，流得越慢越长久。没有必要那么迫切，他人都已到了她的眼皮底下了，想在一起还不容易么？

她不知道，张敬之根本就不想见她，更谈不上与她重温旧梦，重建旧情。他从部队回来等待分配的那段时间，一直把自己悄悄地关在家里。他叮嘱家里人，怕节外生枝，千万不要让别人知道他回来了（确切地说是林红缨）。打听工作的分配情况，他也尽量让母亲出面。

他母亲却不知道他内心的想法，反而问他："要不要跟林红缨说一下你回来了？她好几次跟我问起你，打听你的情况。她公公是厂里的一把手，你的工作分配，说不定她能帮点忙。"

张敬之大为光火，说："她能帮什么忙？不帮倒忙就谢天谢地了。你千万不要对她说起我回来的事，省得她瞎搅和。"

他母亲莫名其妙，说："你们闹翻了？你上次回家探亲，不是还一起参加过聚会吗？你们……"

张敬之打断母亲，怒吼道："你莫提她了行不行？我的分配听从组织安排，你也莫瞎操心了！"

他母亲嘟哝了几句，没再深究。

眼下，张敬之对林红缨实施的是缓兵之计。他既不想得罪她，又害怕被她纠缠。本来，探亲刚回部队那阵子，他还挺想她，想她的身体，想她的开放，想她的美和白，想她的嗲和妖。有时想着想着，就变成了对另一个人的思念。从林红缨联想到徐晓雯，简单的欲念变成细致的回忆——徐晓雯的一举一动，一颦一笑，逐渐浮现在他眼前，越来越深刻，终于变成一种刻骨的怀念。他怀念她的善良，她的娴静，她的与世无争。这怀念既是想念，又是失落。它是纯粹的，干净的，不着一丝欲念的。有时，他也奇怪，他明明也是和徐晓雯有过身体接触的，他人生中的第一次是给了她的，虽然有些懵懂，不知所措，但当时也是万分激动的。可事后他回想起来，印象中却只有她那张肃穆的脸，她那庄重的仪容。他想不起她的身体是怎样的，只模模糊糊地记得那个静卧在星光下的躯体，呈现着柔美的华光，宛如雕塑。

那夜的星光，那夜的小河，那夜的田野，那田地里新长出来的麦苗，那夜的寒露裹着湿凉悄悄地落在麦苗的叶尖上……这一切的一切，他都能清晰地记起，唯有她的身体，却在他的记忆里越来越模模糊糊。"张敬之，如果我在今夜把自己的身子交给你，你敢不敢要？"隔着朦胧的夜色他依然看得出她脸上的肃穆。他闭上眼睛，无数次回想这一幕：他在灿烂的星光下解开她的衣扣脱下了自己的衣服把它们仔细地铺在田野上铺在青青的麦苗上麦苗松软她轻轻地躺下他俯身凝视着她她的脸色是那样凝重神情是那么庄严躯体是那样圣洁暗流涌来终于惊涛拍岸他颤抖着把手探向她的海底终于把自己整个地沉进去沉入到海的深处……他在记忆里使劲地搜寻，直到内心泛起深深的伤痛。

可对林红缨却不同。他的印象里，林红缨的面容是模糊的，她的身体却是清晰的。她身体上的某一些部位都历历在目，她的叫声也言犹在耳。他想来想去的，都只有这些。他想，和她相处的那几天里，他恐怕就只注意到了她的这些特征。随着分别日久，这些印象逐渐蜕变成了一些记忆的碎片。只是一些碎片，不完整，却清晰。

及至他收到那封可怕的信后，他对林红缨简直就只剩下了诅咒和恨！他想，她从一开始就像个疯子，一个结了婚的女人，一个正在念大学的女人，居然背着自己的丈夫和他的同学在一起厮混。他现在怀疑她组织那个聚会根本就是一个阴谋。她就是为了以组织这个聚会的名义把他约出去。她把他带到她的校园里去散步，看湖光山色，闻鸟语花香，都是铺垫，她最终的目的都是为了把他带到她的姑妈家去。她久经沙场，阅人数荏，她不知道在那样的环境下，他们会干什么吗？他怀疑她天生就是骚货，那个何茂新柱为她坐十五年牢，而她早已把他忘得干干净净。她不仅和不同的已婚男人睡，和早两荏下乡的知青睡，和她的丈夫郑义睡，和他睡……也许，还不知道和别的什么人睡。这些事她都可以干得出来，还有什么事她干不出来？她非要说她生下的儿子就是他的，他有什么办法？

他一点办法都没有。那段时期他确实和她在一起。不要说这个儿子极有可能是他的，就算不是他的，她要真拿这个当把柄，不需要借助任何力量，就可以置他于死地。

为了不让她置他于死地，两年中他不知度过了多少担惊受怕的日子，他一边写信稳住她，假装诉说他对她的思念，一边时时警惕着上面可能针对自己的任何风吹草动。他就是在这样的担惊受怕中，收起了自己的锋芒和一直大大咧咧的本性。他开始变得吃苦耐劳，在部队努力地表现自己，对上司的一切旨意言听计从，无私地帮助战友，严格地要求自己，刻苦地钻研业务。他几次攻克了训练中别的战友攻克不了的困难。他就是在这种情况下入了党，立了功，当了班长。他得到了部队的表彰和嘉奖。在退役的前一年，他甚至如愿以偿地开上了战斗机。

对他而言，这真是因祸得福。可一日祸根不除，就是悬在他头上的达摩克利斯之剑。他只有坚持到最后，坚持到最后才是胜利。他必须顺利地回到他的城市，顺利地走上工作岗位。只有到那时，他才算暂时摆脱林红缨带给他的噩梦，才能将一颗悬着的心放回肚子里。本来，他在部队正是当红时候，只要他肯留在部队好好发展，谁都看得出来，他将会前途无限。但是，留在部队的风险太高了——他不敢保证林红缨这个骚女人哪一天不会突发神经，一下置他于死地。他一天也不想过那种担惊受怕的日子了，所以服役期一满，他就迫不及待地复员了。

张敬之终于就岗了。他的人事关系调动与工作分配一切顺利。经过曲线救国，他如愿以偿地成了一名大型国企的保卫干事，并且在没有上一天班的前提下，就先拥有了几年工龄。而那些与他一同到农村插队的同学，还有一大半困守在农村，像徐晓雯和杨柳，他们已经在农村结婚，生子，他们已注定要在广阔的天地待上一辈子。他们实质上已变成真正的农民。这样一想，他的心里便十分安慰。

虽然和林红缨的一场风流，让他在部队里夹着尾巴过了两年的苦日子，可苦日子到底熬到头了。从此，他不用害怕被部队开除，不用怕回不了城，分配不了工作。两年的代价，让他获得了工龄、党龄，提了干，让他的档案中增添了那么多光彩的事迹和内容，这多好！

林红缨现在能把他怎样呢？拿孩子来说事？她要敢说儿子是个野种，现在，人们只会反过来指戳她的脊梁骨。弄不好郑家会把她赶出家门，人家只会骂她风骚，骂她活该！说他和她睡了觉，她没有证人，谁信？信又怎样？骂她的只会比骂他的人多。况且，她早就是个名声败坏的女人，一个人尽可夫的女人，上过大学又怎样（他现在怀疑她上大学的指标也是和人睡觉睡来的）？文化水平高又怎样？在大家眼里，她照样是个骚货！而他呢？在部队里得过嘉奖，立过功，入党提干，这些档案里都有记载。

他现在用不着怕她了。他已经工作了，她不能把他怎么样。

他们再见面是在他的办公室里。他们心照不宣，却各怀动机。她想的是，什么时候能再和他上床。他想的是，别以为你还能把我怎么样，想和我上床？没门！

所以，当她那天走进他的办公室里，笑盈盈地约他晚上出去"聚一聚"时，他冷冷地拒绝了她。

他拉长脸说："以后，你不要和我聚什么了。我们之间，已没什么好聚的！"

她气得顿时变了脸，咬牙切齿地说："张敬之，别以为你是什么了不起的东西。"她本来还想破口大骂，揭开他的"画皮"，可想到这是在他的办公室，想到他们已是一个厂里的同事，她忍住了。她恶狠狠地瞪了他一眼，忍气吞声地离开了他的办公室。

回到家里，心情恶劣的林红缨冲郑义发了一顿脾气。看到天真无邪，一脸稚气的郑小强，想到张敬之对她的冷漠，她不觉万箭穿心，痛哭流涕。她拖过儿子郑小强，把他倒放在自己的腿上，照着他的屁股就是狠狠的一掌。手掌落下去，儿子的屁股上立即留下五个红指印，五个指印不偏不倚，正好落在那枚小红唇上。她不觉一愣，想起了另一枚小红唇，另一瓣红月亮。她的心"咚"跳了一下，脑子顿时清醒了。

她在心里冷笑一声，哼，张敬之，跟我玩躲猫猫，看我怎么整死你！

此时，郑小强发出了撕心裂肺的哭声。郑义冲过来，心疼地抱走儿子，一边大骂林红缨："个婊子养的臭婆娘，你疯了！敢打老子的儿子！"

林红缨在鼻子里哼了一声，冷笑道："老娘就疯了，疯给你们看哈子！"这句经典的武汉泼妇骂，此时并没有引起郑义的注意。他想，这个臭娘儿们，肯定是和同事怄了气，要不，么样发这大的神经？

——❦——

林红缨的素质其实并没有张敬之以为的那么低。

她也不是他想象中那么不堪的一枚骚货。她对自己的过去有过思考。她觉得所有发生在她身上的一切，都有它的必然性。她和何茂新在一起，既是一种偶然，也是一种必然。那时她懂什么呢？她只是被那些美好的诗句吸引，被他的才华吸引，她并没有去勾引他。他是成年人，引诱她的是他。她的错误是不该去他那里看电影。但那的确是一部经典的好电影，她到现在也没有看过这么好的电影。即使她在大学里也看过一些好电影，但这些电影都不能和它比。看一部好电影有错吗？被它感动有错吗？

一部好电影，把它的人物带给了观众，也把观众带进了它的人物：她哭倒在他的怀里，一切都那么自然而然地发生了。

事后，她并没有觉得羞耻和罪恶。不仅如此，那感觉还是好的，让她喜欢的，爱恋的。一个人偷吃了一枚不该吃的禁果，爱上了禁果的味道，是人的错，还是禁果的错？林红缨多次思考过这样的问题。

她像所有多情的女孩子一样，有过自己的偶像，幻想，也曾弄不清楚爱情与情欲的差别。和何茂新之间的缠绵，她一度也以为那就是爱情。所以她怀孕后，不计一切后果想要生下他的孩子。她的肚子泄密后，她被一轮一轮地盘问，那些近于审讯的盘问，她始终没有出卖他。那种时候，她觉得自己是坚贞的，不屈的。她在孩子死后受到刺激成为一个疯女人后，她对一切都是无觉的，她的世界是混沌的。目睹何茂新的死刑宣判时，她的意识又回来了，她的世界重新清晰起来：她要救他！她必须救他。那时，她什么也没有想，就是想要救他，不是出于爱情，而是为了公正。她知道他不是故意杀死他们的孩子的。他的恶劣在于：为了销毁证据，他把死去的孩子沉入了湖里！她受不了这个场景的刺激，疯了。她的疯刺痛了他的良心，他于是投案自首，自愿接受惩罚。

对他的宣判是死刑。但他罪不至死。所以她要救他。当她为了救他连夜奔赴武汉，不惜以死相逼，向她的舅舅下跪求情："不是为了爱，是为了公正！公正！"她声泪俱下，"你是社会主义的法官，追求的不就是社会主义的正义与公正吗？"那一刻，她觉得自己是高尚的，正义的。舅舅终于答应了她的请求。当她亲睹舅舅赶赴A县，出现在行刑现场时，她觉得已经完成了使命——对何茂新，她无须再背负任何精神上的责任。看着何茂新像一条死狗，被刑警拖上那辆大卡车，她不再对他有任何好感与留恋。她知道，他们间的一切，从此结束了，永远画上了句号。

所有关于他们爱情的传说，不过是一种误解。一次死亡的救援，夸大了这种传说的力量，把她导向了更大的被误解中。关于这种误解，她和徐晓雯陈述过，解释过，但她不能理解——除了她自己，没有人会理解。

她也不再希求得到更多的理解。但她只尊重自己内心的需求，还有，身体的需求。是的，何茂新发掘了她的性意识，让她明白，除了精神的需求，人的身体也是有需求的，那是欲望。欲望的力量是如此强大，人有时不得不臣服于它，服膺于它，成为它的奴隶。人其实就是他自身的奴隶。古人所谓食色，性也。无论食与色，都是为了满足一具躯壳的需要。没有了躯体，一切高尚的追求都不复存在。没有人可以逃脱这一点。

她没有和自己的躯体抵抗，她再一次堕落。她倒向李医生的怀里，和他成为共谋，这与爱情无关，只与情欲有关。他们也一样，他们打她的主意，从她这里寻找欲望的突破口——他们认为她自身就是一个突破口。但她是有尊严的，有选择的，不是任一条饿狗都可以从她这里取食。所以她也招来了他们的记恨，他们辱骂她，因为得不到。

她不在乎。让他们嚼她的舌根子。她不想做贞节烈女，那是古代压迫和禁锢女性的。他们把一座贞节牌坊像一顶高帽子一样戴在女性的头上，其目的就是为了压制妇女的性权利。他们让女性裹小脚，让她们无法自由地行走，参加社交和劳动，把她们残忍地局限在锅台边，成为他们专享的性奴。他们三妻四妾，却不允许女人在丧偶后改嫁。如果这些仅仅是从男性的视野出发倒也罢了，可骂她和恨她的那些女人呢？她们才是可悲的。她们被奴役还不自知，还心甘情愿地被对方利用，充当他们的毒箭，把它射向她们自己。

她原以为她上了大学，就可以摆脱那些恶毒的舌根子了。但是不，它们像长了脚，长了翅膀，它们比她走得更快，飞得更快。它们赶在她之前到达她的家乡，到达她的学校。她上大学后才知道，她的大学同学们早就知道她的过去。她更不在乎别人怎么看她了。她不把那些流言放在眼里，她写诗，参加诗社，参加各种讲座与讲演，参加学生会和团委的活动，她要用她的能力，她的乐观，她的自信击溃他们。

她成功了，她当选为学生会副主席和诗社副社长。

但是有什么用呢？她还是找不到她的爱情。她头上戴着不洁的帽子，就像海丝特·白兰胸前绣着耻辱的红A字。她看上的人看不上她，他们怕她胸前的红字。只有郑义不会。他深知她的过去、现在、将来，他仍然爱她。何况他有一个好父亲，一个好家庭，她为什么不嫁给他呢？

但是，她和张敬之不同。他们是同学，是一起长大一起下乡的朋友。是的，她让他上了她的床，但她没有伤害过他，怨恨过他，甚至为了让他安心，在他复员工作前她都没再联系过他。可她的儿子也是他的儿子，他不管不负责任也就算了，但他不能当他不存在。当儿子不存在还不是最恶劣的，他竟然躲她，蔑视她，他是在侮辱她吗？这让她感到愤怒，全天下的男人都可以侮辱她，但他不能。他是她儿子的父亲！

此后，林红缨又找过张敬之两次。张敬之再次拒绝了她。

并且一次比一次拒绝得更干脆，更坚决，态度也更冷淡，更恶劣。在连续几次遭到张敬之的拒绝之后，林红缨彻底地对他死了心。

对张敬之的想望变成了对他的仇恨，林红缨没有想到张敬之会这样无情。

他的无情，深深地伤害了她，也激怒了她。是的，他们之间的一切都可以是谎言，但他们的儿子不是谎言。谎言可以编造，儿子不能编造。儿子除了姓郑以外（不让他姓郑难道让他姓张？），一切都没什么可怀疑的。可最后一次去找他时，他居然说她是在撒谎，在编造！好像她是企图用这个理由来重新占有他。

这真是让她气疯了！

林红缨原本没有想要把张敬之怎样。他被分到厂里来上班，她是高兴的。她去找他，也没有别的目的，就是想和他聊聊，说说他们的儿子，重温一下旧情而已。她迷恋他身上的男性气息，喜欢他身上荷尔蒙的味道，但他们没有夫妻缘分。对她而言，能够和他上上床，偶尔亲近一下，她也就满足了。

她对他也没有过多的奢求，并不奢望成为他的妻子，她也没有勇气跨出这一步。她只是想让他明白，他们有过亲密关系，还有一个共同的儿子，她去找他，只是想和他巩固这种亲密关系，巩固这种亲情。她并未想过要他对儿子的成长负责。在郑家人的眼里，儿子就是郑家的人，是郑家的人，就该郑家去养他。她并不想把这种责任和麻烦转嫁给他。

可他居然对她这样的态度！那天，她趁没人注意时，在他下班回家的路口上堵到了他。本来，她是打算去他的家里堵他的，但她不想把事情闹大。她在路上堵住他，问："张敬之，你真的不想见到你的儿子？"

张敬之说："我都没有结婚，哪来的儿子？"

"你真的这么绝情？"

"我们之间本来就没有情，何谈绝情？"

"我们在一起的那段日子，你就真的全盘否定，一笔勾销了？"

"林红缨，那些日子只是逢场作戏，对你是，对我也是。你就不能把它忘了吗？你有丈夫有儿子，你就不能不再纠缠我了吗？"张敬之生气地说。

"我没有逢场作戏。张敬之，我告诉你，我是有丈夫有儿子，可儿子是你的！你想赖账，是不是？"林红缨气得全身都发抖了。

"那你要我怎样？要我帮你养儿子？你有什么证据说儿子是我的？"张敬之也火了。

"你没有看见他，你怎么知道不是你的？"她想起了儿子屁股上的那片小红唇。

"看见他又能说明什么？林红缨，你想干嘛就干嘛吧，你说到哪里去都不会有人相信！"张敬之拨开她，气哼哼地转身走了。

林红缨愣在路边，她的心里像此时的天色一样暗下来。她想，张敬之，看来我们之间真的有一场仗要打了。你不让我好过，我也不会让你好过。她想，除非你能离开这个厂，除非你不找女人，不结婚，否则，我一定会让你吃不了兜着走。

遗憾的是，林红缨的报复计划还没有来得及实施，她的公公郑厂长就被人掀下了厂里的第一把交椅。郑厂长被宣布停职反省时，就是厂保卫科把他送进总公司的纪检科的。押送他的正是张敬之等人。

此时，已是1977年的春天。粉碎"四人帮"后，全国一片新气象。很多趁"文革"期间通过卑鄙的政治手段，钻营投机谋取了地位和权力的人，都处在岌岌可危的政治边缘。此时，离大规模的拨乱反正还有一年多。但党中央已发出指示，一系列的纠错工作正在悄悄进行，很多此前被批斗和打压的"黑帮"分子都已陆续回到原来的工作岗位，有的还被摘了帽，平了反，恢复了职务。此前被郑厂长取而代之的老厂长在群众的强烈呼吁下，又出来主持厂里的工作了。郑厂长被"送"走前，灰溜溜地交出了霸占多年的权力。

郑家的幸福生活摇摇欲坠。靠公公的关系，读了三年大学的工农兵大学生林红缨开始感到工作的压力。公公的对手出来任职了，老厂长虽然没有明确对她动手，但她已感受到了自上而下的群体的冷落。作为技术科的科长，她却很少钻研技术上的问题，业务上还不如她手下的几名副科长。

现在老厂长重出江湖，东山再起，首先起用的就是要有真才实学的技术人才。她的科长职务恐怕也要不了多久就得拱手相让，还有她丈夫的车间主任的职务（这时，她开始想到郑义是她的丈夫了），能不能保住，也很难说。此时心急如焚的林红缨，已经想不起要和张敬之过招了，她想的是如何能保住自己和丈夫的职位。现在，工作的稳定，就是幸福生活的保证。

然而，人算不如天算。老厂长一上任，就把张敬之调出了保卫科，调进了技术科。老厂长说："小张，我看过你的履历了，你在部队是搞飞机维修的，连战斗机都能修，我不信你对付不了我们厂里的这些简单机械。再说，你在部队表现优良，立过功，入了党，更应该到适合你的岗位上工作。"

张敬之当兵时是空军，搞的是地勤，准确地说是一名机务。主要工作就是修飞机。说是修飞机，其实也就是给专业机师打打下手，检查检查堵盖，拿拿轮挡、拖把什么的。到了部队，他才知道，当一名空军就未必能开上战斗机——像他这种地勤兵，直到退役，都将在地面上工作，永远也不会驾机上天飞行，顶多在部队转场时获得搭乘运输机的机会。张敬之的梦想是开飞机，尤其是战斗机。他知道自己这辈子也别想开飞机上天了。在搞了两年的地勤后，他被破格调到机械师岗位进行专业的理论培训。原因是有一次他在检修一架战斗机时，居然在飞机内部发现了一个裂缝。按照规定，发现一个裂缝，荣立三等功。张敬之在获得了三等功的嘉奖后，就得到了部队领导的重用。如果他不是急于离开部队回到城市，他完全可以在部队好好干，几年后提个连级营级没问题。当兵三年，虽然他没有实现开战斗机的梦想，但他好歹也摸过几年飞机，对于飞机内部的构造和部件的性能，也算是门儿清了。

张敬之就这样进了技术科。调进技术科后，他直接成了林红缨的手下。但谁都看得出来，这位新分配来的军人，迟早都要成为老厂长的红人。果然，张敬之一进技术科，就被厂里送去华工进修，专门学习机械与制图。张敬之虽然是林红缨的手下，林红缨却奈何不了他，因为他来办公室报完到不到三天，就被厂里公费送进了华工学习。

第十四章

高考

知青们真正改变命运的第一步是从高考开始
的。

1977年10月20日，全中国的年轻人迎来了
一个划时代的好消息：高考恢复了！这个消息首
先是通过广播散发出来的，接下来，人们就看到
了登载这个消息的最新报纸。当很多在农村已回
城无望的知青们看到这个鼓舞人心的消息时，他
们抱在一起哭了。泪水打湿了他们手中的报纸，
打湿了他们的衣衫，打湿了他们历经岁月风霜的
脸。他们一边哭，一边笑，一边大叫：

"我要去报名，我要高考，我要上大学！"

"只要考上大学，我们就能回城了！"

"快去报名啊！我们要回城！"

他们挥舞着手里的报纸，哭哭啼啼地喊。喊
完才发现，他们不知该怎样复习，怎样考试。他

们对真正的考试早就陌生。

"可是，考什么呢？怎么考？"

他们全都愣住了，全都不知所措。

这是A县清水河公社星光大队留下来的十多名知青共同面临的困惑与困境。得到消息后，一群分散在各生产队的知青，齐聚在他们曾经的知青点，眼下的星光小学。他们中有的已结婚，有的已生了孩子。有嫁给当地人的，也有双双都是知青落户成家的。这排已经略显破旧的红瓦屋，在他们眼里，就像一道他们不愿触及的青春的伤口，他们急于摆脱这道伤口，急于远离这道伤口。

他们之所以聚集在这里，是因为他们都想起了杨柳，想起了徐晓雯。他们两个人，无疑是他们所有人中文化程度最高的，功底最厚的，最重要的是，这几年中他们一直在教书。他们天天跟书本打交道，他们比大家更有复习和应考的经验。

杨柳像金鸡一样立着他的单腿，面对大家的疑问，沉吟了一会儿，说道："要考试，你们首先得有复习资料。"

"可是我们去哪里弄资料？"

"是啊，我们都这么多年没摸过书本了，去哪里弄资料？"

"当年的课本都没有了，更别说资料！"

……

知青们你一言我一语，又急又难过。

杨柳想了一会儿，冷静地说："赶快给家里写信，叫他们寄！"

一语点醒梦中人，知青们都说："是啊，写信叫家里寄！"

一直沉默着没有说话的徐晓雯，突然看着丈夫道："杨柳，你父亲不是已经恢复工作了吗？他在大学里，这方面的信息可能畅通些，你让他赶紧寄一套复习资料过来。我们把它刻出来，每个人发一套，不就都有了？"

"对啊，每人刻一套！还是晓雯想得周到！"知青们纷纷嚷道。一群共患难的年轻人，在这关键时刻，顿时感受到了同舟共济的力量与感动。

收到儿子发来的电报，杨柳的父亲立刻寄来了一份复习资料。这份沉甸甸的复习资料中，有很大一部分是杨柳的父亲根据自己的经验亲自拟定的，杨柳的母亲也参加了部分抄写工作。只有极少部分是从武汉市面上购买的，但杨柳的父亲认为这些资料内容不全，缺漏很大，于是又做了大量补充。夫妻俩都觉得对不起儿子，都认为这是关爱儿子的最好时机。这对学者夫妻，各取所长，文理并用，连夜动手，为儿子赶写了一份复习提纲。他们不担心儿子考不上大学，而是担心他体检通不过（他断了一条腿），但杨柳的父亲准备动用自己的一切力量，把儿子弄到自己所在的大学里读书。现在首要的是先让儿子备考。

他们想不到，他们的儿子根本就不打算备考——复习资料是他为插队的同伴们要的。

资料一到，知青们纷纷聚到星光小学。复习资料只有一份，不能人手一册，最好的办法就是用手抄或用蜡纸刻。高考临近，复习时间紧，大家白天都要参加劳动，谁也没有时间抄写，只有用蜡纸刻。

杨柳想到了重生。学校有一台推蜡纸的油印机，平常用来给学生刻卷纸或复习题，现在正好派上用场。刻一份出来，用油印机按人头推一份，每个人就都有了。只是自高考的消息传开后，一时洛阳纸贵，到处都在闹纸荒，去哪里找那么多的白纸来推油印？

就在杨柳和徐晓雯为推油印的白纸发愁时，重生却给每位知青发了一本"黄纸钱"（祭祀死人的）。打开"黄纸钱"，知青们才发现他们要的复习资料都被油印在黄表纸里面，字迹清晰，一目了然。一沓沓裁剪整齐的黄表纸，被重生裁成一本书的大小，一律用麻线纳得结结实实。捧着这些用"纸钱"印成的复习资料，看着上面那一丝不苟的字迹，知青们流泪了。这些整齐得仿佛印刷体一般的字体，竟然都是出自一个从未张口说过话的哑巴！他们的心颤抖着，收缩着，体味到了这一沓沓"纸钱"的珍贵。他们开始尊重这个发不出声音的哑巴青年，尊重这片土地和这片土地上的人，也从内心理解了杨柳夫妇对这片土地的感情和付出。

"纸荒"的问题就这么被重生解决了。在江汉平原农村，人们可以缺油，缺盐，缺吃的，缺用的，但永远都不会缺这种祭祀死人的黄表纸。为了高考，黄表纸不再成为一种忌讳。每个知青手里都捧着一本厚厚的"纸钱"，这"纸钱"不是躲在知青们贴身的兜里，就是卧在知青们的枕边。

为了赶时间，杨柳一边让重生刻资料，一边抓紧时间看题。他做出了一个大胆的决定：每天收工后，把知青们召集到星光小学的教室里，由他来给知青们上课补习。

这让大家既欣喜又感动。为了听杨柳讲课，知青们把棉花桃子背进了课堂。阳历的10月底，正值秋冬之交，棉花地里的棉秆上还挂着未收干净的尾桃，深秋的冷雨却已落下，尾桃不摘回来就会烂在地里。每天收工前，他们把收尾的青桃子摘下来，带回家，赶上有太阳的日子铺在地上晒干，依然可以剥出雪白的棉花。但大多数的桃子，因为淋了秋冬的雨，多是发了黑的烂瓣，烂瓣也是要剥出来的，炸出来的是五级甚至等外级的次级棉，但那也是生产队的产量。

这年因为复习备考，棉花桃子没有及时采摘，很多桃子烂在地里。为了减少队里的损失，他们把晒干的桃子背进课堂，放在簸箩里，一边剥一边听杨柳讲课。就这样，杨柳白天给学生们上课，晚上给知青们上课。一条腿撑着一百多斤的体重，在黑板前跳来跳去地板书，演算。看到杨柳如此付出，知青们没有理由不拼命。

为了给知青们授课，杨柳每天都得提前复习和备课，这一切都只能在课余完成。为了让徐晓雯顺利通过高考，他还承担了全部的家务。

这一切，刘雪梅都看在眼里。看着这个撑着一条单腿的硬汉作为，看着他那张俊朗的脸日趋消瘦，刘雪梅的心在隐隐作痛。她主动承担起了照管杨小米的责任。按政策规定，刘雪梅属于回乡知青，也可以报名参加高考，但她是69届的，自知底子薄，于是放弃了报名，主动为杨柳和徐晓雯分担了大部分家务。

徐晓雯起初也是不同意报考的，是杨柳逼她报了名。

从不对她发火的杨柳那天发火了，他对她火道："好不容易恢复了高考，你为什么不去考？就算不为你自己，为了我，为了你的这些学生，你也应该去考！"杨柳的眼睛红了，他说："晓雯，上大学，是你的梦，也是我的梦。我已经失去了一条腿，可我不想再失去我的梦。你上了大学，也就帮我实现了这个梦。答应我，去报考，好吗？"

"可是……你怎么办？"她的眼睛红了，她怎么忍心把孩子和家抛给他一个人？要知道他只有一条腿。

"我继续留在这里教书，这里的孩子们需要我。"他伸手抚摸她的脸，笑着说，"去考吧，啊？"

她点头，眼泪淌下来："可是，小米会拖累你的。"小米应该拖累他吗？他有这个义务吗？

"小米是我的女儿呀，我应该把她带好，对不对？你放心，我们父女俩一起等你回来。"

"如果考不上呢？"她动心了，有些忐忑地问。

"不会的，你一定能考上。你肯定会比他们每个人都考得好！"

"就算考上了，政审通不过呢？"她近乎有些孩子气地啰唆起来。他知道她是在为不去报考寻找理由。

他坚定地说："不会通不过的。邓副总理不是说了吗？这次高考将不唯成分论了，我们属于'可以教育好的子女'，也属于这次高考的招生对象。相信我，晓雯，我们的国家现在真的跟以前不一样了，从这次恢复高考就可以看出来。我要不是少了这条腿，还真想去报名呢！"他笑着摸摸她的头，既是鼓励又是坚持。

她知道她是推不过去了。如果她不去报考，将会是对他的伤害，伤害的不仅仅是他的心，还有他的梦。考大学，那又何尝不是她的梦？

高考，她做梦也不曾想到，他们这辈子还能有机会参加高考！当她得知这个消息时，她其实和所有的知青一样激动。那天，她拿着报纸在教室里愣怔了许久，最后，她躲进厕所里哭了。

她决定去报考。是的，就算她上了大学，离开了这里，最终也会回到这里。她想，这离开只是暂时的离开，这离开是为了更好地回来。她对这片土地已有了感情，这里有她的丈夫，有她的女儿，有她视为亲人的重生，有她喜爱的乡亲，还有她爱的学生。是的，我会回来的。她在心里暗暗发誓。

同时，她也祈求着父母的原谅。不管他们能不能回北京，但她是回不去了，回不到他们身边了。现在，他们还在山西。前几天，她刚收到了他们的来信，说是马上要回北京了，单位正在给他们落实政策。她不知道他们会不会有杨柳父母那样的幸运。但越来越多的知识分子被陆续平反，已经是大势所趋。她想，要不了多久，她的父母就会回到他们在北京的家了。

而她，是注定永远也不会回去了。

❦

与此同时，武汉市里的高考报名也在紧锣密鼓地进行。

刚从华工进修回厂的张敬之，已升为技术科的一名骨干。这年9月，新上任的老厂长在厂里做出了第一个改革动作：在企业内部招考中层干部。

招考的目的是为了任人唯贤，唯才是用。在这次的考试中，刚刚进修归来的张敬之拔得了技术科的头筹。此次任用干部的标准有三：考试成绩、技术考核、政治表现（包括群众关系与家庭出身）。这样的标准公正合理，几乎全厂职工都积极响应。

张敬之三条均优，直接坐上了技术科的第一把交椅。林红缨果然被张敬之掀了下来，她心里虽然有些恼恨，可又无可奈何。这次招考是在全厂职代会上通过的，既公平，又合理，谁也没有话可说。她的公公，厂里的前一把手，已经被省厅纪委弄去停职写检查，住进了省里的"学习班"。此时，大规模的拨乱反正虽然还没有开始，但林红缨心知郑家的大势已去，她只能抱怨命运不济，世事多变。

三十年河东，三十年河西。谁也不能预知明天。所幸，张敬之有把柄捏在她的手里，他再怎么升腾，也逃不出她的手掌心。除非他不曾在她的身体上作威作福，不曾在她的身子里撒下种子，育出那个屁股上长着一枚和他一模一样小红唇的儿子。是的，他现在敢跟她要赖皮（她已经见识过他要赖皮的嘴脸了），但是，总有一天，她会让他骑虎难下，乖乖地向她认领儿子——她已经查过书了，是不是自己的亲儿子，完全可以做医学鉴定。她听说目前国内已经有这样的技术了，只是不知如何找到具有这种技术的权威机构。此时的"亲子鉴定"在人们的印象中还是一个陌生的新词，它的使用也还没有像后来的几十年中那样广泛。

对于这样一个定时炸弹，张敬之根本就浑然无觉。他想，只要自己死活不承认郑小强这个儿子，林红缨就对他毫无办法。

就在张敬之当了不到一个月的技术科长后的1977年10月20日，他突然听到了一个令他震惊不已的消息：党中央做出了恢复高考的决定。这个天大的喜讯立即扰乱了他的心，让他的情绪变得躁动不安。他想当科长，但更想上大学。他思来想去，决定偷偷去报名。他打算一边工作，一边复习备考。他想，要是考上了，他就去读大学，万一考不上，他就继续当科长。他当时根本没有考虑早已大学毕业的林红缨的感受。此时，林红缨对他的恨已经可以用一个词来形容：入木三分。这个原本用来形容书法，跟感情风马牛不相及的词，用来形容林红缨此时的心情，真是再准确不过。现在，她不再是厂里的红人，她的公公被隔离审查了，其实就是软禁；她的丈夫也在招考中落榜了，重新成了一名工段长；她自己也从科长降到了副科长（待遇未变，职位却下降了），已是有其名无其实。她以前的幸福生活都已经一去不复返了，以后的生活肯定还将走下坡路。如果找不到新的突破口，她这一生将不再有幸福可言。

高考的消息虽然对林红缨触动不大，但却让她看到了一丝机会——她决定怂恿张敬之去报考。

所以那天在办公室里，她突然走到张敬之的桌边，笑里藏刀地问："张科长，你好像还没有正儿八经上过大学吧？"

她充满讽刺地叫他张科长，而不是像过去那样叫他张敬之。事实上，在她心里，她就没有张科长这个概念，他身上的哪根毛她没见过？去华工进修了几个月，就敢跟她这个科班比？

"怎么了？"张敬之用挑衅的目光看着她，他看出了她的不怀好意，心想，你上过大学有什么了不起？你是怎么被推荐上的，你心里不清楚吗？

　　"你别把我的好心当成驴肝肺。我是说现在要恢复高考了，你不去报名试一下？在技术科都能考第一，真要参加高考，还不考个北大清华，复旦交大？"

　　他怔了怔，沉默了。她的话正说到了他的心动处。是啊，她不是读了三年大学的正规毕业生么？跟他比又怎样？她还考不过他呢。他为什么不去试试，白白把机会浪费掉？她的话给了他刺激，也给了他信心，他真的悄悄地报了名。

　　他想，就算考不上北大清华，复旦交大，考个W大学还是有希望的。他开始了紧张的复习，幸亏有三年当兵的经历，他在部队没少学习文化知识，加上在华工的半年进修，市面上能找到的那些高考复习资料对他而言，真的易如反掌。

　　经过一个多月紧张的复习，他兴致勃勃地走进了考场。由于对自己的考试成绩缺乏充分的估计，他给自己填的第一志愿是W大学，第二志愿才是清华大学。两个月后，他拿到了W大学的录取通知书。令他感到遗憾的是，他的分数在武汉地区的考生中排在前十名，远远超过了清华的录取分数线。这成为他痛悔一生的事。他想，他本来可以上清华的，可他却只上了W大学。尽管W大学也是名牌，可到底比他心中的清华差一个档次。

　　张敬之考上大学的消息，轰动了全厂。不仅是因为他考分高，而且还因为他刚成为厂长的红人就要走了。想想，一个近万人的大厂，一个二十出头的年轻人，能当上技术科的科长有多不容易！可他却要放弃！读了大学又能怎样？机不可失，时不再来。如果不是厂里搞改革，进行中层干部的招考，哪轮得上他张敬之当技术科长？做梦也别想！厂里的大学生也有好些个呢，可人家谁也没命当科长。

再说，就算他读完大学再进厂，也不一定还能当上技术科长。

当然，这只是厂里众多职工们的杞人忧天。在张敬之看来，这就像是妇人的见识，比头发短，比嘴巴长。他想，我去上大学，那是叫把拳头收回来，再打出去。怎样更有力，你们慢慢想去吧！

张敬之走前，与老厂长握手告别。老厂长拍着他的肩膀说："上大学好！就是要去上大学，上了大学还回来，我这把椅子啊，就留给你来坐！"老厂长深知上大学的好处，对张敬之的离去举双手赞成。老厂长本人就是"文革"前的老大学生，摸过飞机，造过原子弹。落到这个大厂，已经是虎落平阳，"文革"十年，被造反派们打入冷宫，窝在一间小黑屋里，只能"坐井观天"。

张敬之不好意思地笑笑："老厂长言重了，谢谢老厂长这段时间对我的栽培，来日方长，日后再报。"

"要报就要报国家！这是党的政策好，拨开乌云见彩虹，好小子，你是赶上了好时候。我是夕阳西下，没几年了啊！"老厂长感慨万端，"不过，廉颇老矣，尚能饭否！现在百废待兴，我还想好好再干它几年呢！"

张敬之笑笑："您是老骥伏枥，志在千里。我还想毕业回来给您当学生呢！"

张敬之的恭维恰到好处。老厂长听了不觉心花怒放："说话算话！那咱爷俩说好了，你毕业后就回来！你放心，一定有好位置给你留着！"

老厂长的承诺，等于是给了张敬之一颗定心丸。此刻，他还真想到了毕业后再回来，既然有好位置留着，何乐而不为？四年大学归来，一切都不可预测，将来厂里的江山谁来坐，眼下还不好说呢。

他紧握着老厂长的手，踌躇满志地告了别。他要去上大学了！他对自己的前途预见是正确的，但有一样却没有预见到：他将在大学里与自己的情人再续前缘，而与自己的初恋失之交臂。

这真是不是冤家不聚头，一场风花雪月一场痛。

※

星光大队的知青们是幸运的。别的地方的知青们所遇到的难题，他们一点儿也没遇到。他们遇到了一位好支书，他们报名参加高考，不仅没遇到来自基层的任何阻拦，还得到了大队干部的鼎力支持。尤其是巫书记，这位参加过朝鲜战争的老军人，为了他们考大学的事，就像为自己的亲生儿女一样东奔西走，竭尽全力。清水河公社的干部们也没怎么为难他们。因此，留下的十多个知青中，除了杨柳和另外两名嫁给当地人的女知青外，全都顺顺当当地报上了名。

杨柳没报上名，是因为他没报名。最最让人吃惊的是，没有进过一天学堂的哑巴重生，居然也报上了名。重生报上名，完全出于杨柳夫妇对巫书记的恳求。

巫书记说："一个哑巴，没上过一天学，也报名去考大学，这不是闹笑话吗？到时候，上面以为我们对高考这么重要的事不严肃，岂不是要批评我们大队？"

杨柳和徐晓雯就求："巫书记，大队出个证明，就让他考一回吧！"

"你们这是扯淡呢，他一个哑巴伢子，别说考不上。就是考上了，哪个大学肯要他？你们又不是不晓得，大学不招残疾人！"说完，顿了顿，看看杨柳的腿，立即意识到说错了什么，又补了一句："伢们哪，我不是不支持你们，可这想法不现实。不现实，晓得不？"

"我们知道他考上了，体检也是通不过的。他也是不可能上大学的。但考上大学对他的意义是不同的，这会让他对自己的人生有信心。他会觉得他不比别的正常人差。您明白吗？"徐晓雯于是给巫书记讲了重生想报名参加高考的经过。

原来，重生刻钢版时，已经把所有的复习资料都在脑子里过了一遍，晚上杨柳给知青们上课时，他也在竖起耳朵听，听着听着，他就动了心，想去参加高考了。那晚上完课，杨柳和徐晓雯正在教室里收拾东西，重生忽然走到他们面前，从口袋里摸出纸笔写道："我也想报名。"

"报什么名？"徐晓雯莫名其妙。

"高考。"重生又写道。

杨柳和徐晓雯都傻了，两个人都没有说话。重生看他们都没有表态，就伤心地走了。这晚，夫妻俩都失眠了。徐晓雯问杨柳："你说咱要不要给重生报名？"

"这不可能的，他根本不符合条件。再说，谁给他出证明？"

"找巫书记呀！让他帮忙，以大队的名义出证明。"

"你说这事荒不荒唐？"

"起初，我也觉得荒唐。后来想想，又觉得未尝不可。你说，要是重生也能考上，那咱俩可不算得上是教育专家了？"徐晓雯掀开被子，兴奋得坐了起来。

这一说，杨柳也有些激动。他说："是啊，如果能报上名，还真可让他试一试。重生要是能考上，保准是个特大新闻！"

"我只是觉得，如果重生真考上了，你说这会给他增添多少自信？就算大学不录取他，他也会觉得自己不比正常人差呀！你说呢？"

"我倒是担心，如果他考上了却读不成，他会受到更大的打击。"

"不会的。到时我会跟他讲，那是国家的政策，他就能接受了。"

"那咱俩就去找找巫书记，他一直偏袒你，说不定真愿意帮忙。"杨柳计划道。

得知重生想要报考的经过，巫书记最终心软了。他给重生出具了报考的证明。

重生就这么报了名。重生报的是文科。

随着高考的临近，其他知青的家人也纷纷寄来复习资料。那段时间，公社邮政所的邮递员几乎每天都在往星光大队送邮包，邮包里装的都是高考的复习资料。但知青们习惯了翻阅重生刻印的"纸钱"，反倒不喜欢家里寄来的那些铅印资料了。每天，他们手捧"纸钱"，按杨柳为他们设计的复习大纲复习。

高考的日子终于如期来临。

星光大队共有十一名知青参加了这一年的高考。

1978年2月初，他们的高考结果下来了，星光大队的十一名知青考生全线通过。当十一张录取通知书到达A县招生办时，整个A县都轰动了。当时全国报名参加考试的考生有570多万，录取的不到27万，上线的比例还不足百分之五，可是在星光大队的知青考生中是百分之百！百分之百的上线啊！这是多大的新闻！

与此同时，星光大队还爆出了一条更大的新闻：星光大队的哑巴重生也达到了录取分数线！重生可是没上过一天学啊，他是怎么学会了知识，只有星光大队的父老乡亲们知道……

知青们含着眼泪，敲锣打鼓地庆贺。他们终于要离开这里了，终于要回城了，他们将去城里读大学，他们怎么能压制这种兴奋与激动？

然而，接下来是残酷的政审与体检。当徐晓雯从欣喜中冷静下来时，这才明白，她不是拿到了录取通知书就能顺利进大学的。

为了离家近一些，为了能经常回来看看孩子和丈夫，徐晓雯填志愿时，没有填报北京的大学，而是选了武汉的大学。她的第一志愿是武汉的一所师范大学。

政审时，她的档案中因有父母均为右派的记录，A县公安局出具了"政审不合格，不予录取"批示。此时，徐晓雯的父母已经落实政策回到北京。得知这一消息，A县招生办为了保住他们这个"百分百"，不惜以县招办的名义向省招生办请求录取徐晓雯。与此同时，徐晓雯的父母单位也向A县有关部门出具了他们"被改正错误，恢复工作"的证明。证明到达A县，A县负责招生工作的同志立即亲赴省招生办，说明情况后，直到2月底，徐晓雯才终于获得了第二次被录取的机会。

由于她的考分高，在第二次录取中，徐晓雯被幸运地录进了更好的W大学。

自然，哑巴青年重生是不能录取的。体检的第一关他就被淘汰了。但他没有感到悲伤，当徐晓雯把不能录取的原因告诉他时，他笑了，他对她"说"："我早就知道，我参加高考，只是想让所有人都知道你——在我身上创造的奇迹！"

徐晓雯幸福而满足地笑了。

1978年2月底，星光大队的十一名知青，终于告别了他们生活八年（有的是十年）的江汉平原。告别的场景充满了悲壮。十一名知青走时，每个人都哭了。他们齐聚在星光小学的操场上，一个一个地与杨柳拥抱，他们泪流满面，深怀着对杨柳的心痛与感恩。

"杨柳啊，你怎么就失去了一条腿？你傻不傻啊？"

当一个女知青的哭喊尖锐地响起时，所有的知青终于忍不住失声恸哭。

哭声响成一片，汇聚成一曲沉痛的天问。

"杨柳，跟我们回去吧，你不是丢了一条腿吗？去办病退吧，跟我们一起回去！"

杨柳也在流泪。是的，谁也没有要他丢掉一条腿，是他自己要把它丢失的，是他的良心要他把它丢失的。一条腿，换取了一条命，这不是生命的等式，是不等式。多好！他缺了一条腿，还回去干什么？他回去又还能干什么？

他一边流泪，一边笑着，说："你们走吧，不要放心不下我。这里有我的孩子，有我的学生们。"

"杨柳，你叫我们怎么忍心丢下你，怎么忍心！"

哭声响成一片。是啊，他们怎么忍心，他们是一起来的。现在，他们却把他丢下了。他来的时候是两条腿，他们离开时，他却只有一条腿。这条腿，虽是他一个人失去的，其实也是他们一起失去的，是他们全体共同失去的。

八年了，他们失去的，何止是一条腿？

徐晓雯抱住杨柳，把脸紧紧地贴在他的胸口。她哽咽着说："等我回来！"

杨柳点点头。说："小米就交给我了，你放心吧。"

徐晓雯踮起脚，捧住丈夫的脸，看着他那湖水一般深邃的眼睛，在他的唇上亲了一口。她说："杨柳，我爱你，爱你一辈子！一定要等我回来！"说完，又低下头来亲女儿小米的脸。刘雪梅站在一旁，她一只手里牵着杨小米，一只手里牵着刘保尔，她说："晓雯，你就放心读大学去吧，孩子就交给我了。"

徐晓雯点头，说："雪梅，辛苦你了。帮我照顾好杨柳和小米。还有。"她转身握起重生的一只手，叮嘱："重生，姐走了，你哥和小米就交给你了。"

重生郑重地点头，他弯腰挑起了徐晓雯的行李。

知青们走了。在杨柳的视线里消失了。他不知道，他和他们，哪一天还能再见面。除了他的妻子，他不知道他还能再见到他们其中的哪一个。

但是，这群离去的人心中，却永远不会忘记，他们是怎样在一个春寒料峭的早春，在眼泪与不舍中，告别了一个单腿的年轻知青。他曾经是他们的同学，他们的同伴，他们的战友，他们的老师。他的单腿，是他们插队生活的见证，也是他们内心深处的疼痛。在残酷的岁月里，展示着他们青春的残缺与壮美，也温暖着他们日后的回忆。

杨柳知道，他将永远留在他们生活过的这片土地上，就像这片土地一样，春来秋去，直到把生命嵌入这片土地，化成这里的泥土与他们共同的追忆。

第十五章

道德课

张敬之上大学后，他的噩梦就开始了。

开学不久，他收到了他上大学以来的第一封信。

信是林红缨写给他的。林红缨在信里对他写道："张敬之，你还记得我们在W大学一起散步的情景吗？别忘了W大学是我的母校，我熟悉那里的一草一木，那里的人和事。你如果不想让学校知道你道德品质败坏，曾与有夫之妇勾搭成奸并留下了一个私生子，从而开除你，在你的档案里留下污迹，就请你面对现实，想好解决这事的办法。另外，忘了提醒你，我们国家现在已经可以申请医学鉴定亲子关系，别忘了我舅舅是省高院著名的法官，如果你想了解具体的鉴定程序，可以向他寻求帮助。他的联系方式，我可以提供给你。"

在这封信的末尾，林红缨特别表达了她的悔恨："这封信写得太晚了，我应该在你从部队复员分配工作之前寄给你。如果早知道你如此无情无义，人面兽心，我甚至不会让这一切从源头上发生。对此，我十分懊悔，并对自己的有眼无珠表示深深的遗憾。在此，特别感谢你教育了我，给我上了人生中最生动的一堂道德课。最后，祝你前程似锦！"

林红缨的信，让张敬之如坐针毡。林红缨的字遒劲有力，字字如刀，刀刀见血。像她心里对他的恨一样，入木三分，力透纸背。

他低估了她的水准，忽略了她在W大学这样著名的高等学府里深造过三年，尽管是工农兵大学生，但她是那十年里极少受过大学教育的八十二万分之一——全国人口数接近十亿。何况她天资聪颖，有着良好的文学禀赋。怎么说，她也比他更具头脑，更富学识。

他开始后悔自己对林红缨太绝情。林红缨的过去让他相信，她说出来的话都能办到。她可以在十八岁的时候就生下一个已婚男人的私生子，她可以疯了又好，可以让死刑犯在临刑的最后一刻枪下留命，可以和别人的丈夫偷情被殴打被捉奸，可以在婚后再次生下他人的私生子……没有什么是她做不到的。

这是一个疯狂的女人。

张敬之屈服了。他主动约会了林红缨，但林红缨对他只有蔑视和冷笑，她对他再没有任何情分。她没有那么贱，她也不是一道菜园门，张敬之想出就出，想进就进。她对他的唯一要求就是：他必须认养他的儿子。

"是的，不只是认，还要养。他是你的儿子，你必须养。"

"我怎么养？我又没有结婚。"张敬之无奈地说。

"我不管你怎么养，那是你的事。"她冷冷地看着他。这个绝情的男人，她给过他机会，是他先对不起她，是他逼她这样做。

"我已经和郑义协议离婚。他太无辜了，他不应该帮别人抚养儿子。我这辈子最对不起的人就是郑义，为了不让他继续无辜下去，我得告诉他真相，和他离婚。"林红缨接着说。

"可是我现在要上大学，我怎么养他呢？"

"我也马上要考研。我已经养了他两年多，现在该你养了。5月5日考试，我得复习备考。你如果怕麻烦，又不怕闹笑话，我就把儿子送到你妈那里去——我不相信她看了郑小强，不，应该是张小强手上的掌纹和他屁股上的那块红记之后，她会不认这个孙子。"林红缨微笑着说。

张敬之的心里发冷。

他上上下下地打量了一遍林红缨之后，突然道："林红缨，我们结婚吧。结婚了，这些事就迎刃而解了。你考你的研，我读我的书。至于我们的儿子，我想我妈会照顾好他的。"

林红缨看着他，微笑着，她的笑渐渐变冷，变凉。她说："张敬之，要是我一年前听到这句话该多好！我会感到温暖，现在，我只感到寒冷。心寒！"

张敬之沉默着，他不知怎么办才能减轻林红缨对他的恨意。

两个人都不再开腔，张敬之只得求助地看着林红缨："那你说怎么办吧，反正我听你的。人为刀俎，我为鱼肉。我对你只有一个请求，让我顺利地把大学念完，其他一切，都按你说的办。"

　　林红缨突然笑了，她轻蔑地看着他，说："为了上大学，你是连婚姻都可以搭上。张敬之，我瞧不起你。"

　　张敬之说："行了。你把儿子给我抱来吧，大学我不上了，我明天就去办理退学手续。"还能有什么办法呢？退学，回厂里上班，总比被大学开除强，至少他的档案中不会留下污迹。儿子是他种下的苦果，他就把这枚苦果咽下去吧。

　　她有些凄凉地看着他，说："什么叫胜之不武？我现在就是。是你逼我拿起武器捍卫自己的尊严。"她把目光从他脸上收回来："张敬之，别自以为是，我也有尊严。比你更有尊严！"

　　她回转身子，不再看他。眼泪从她的眼睛里滚落下来，她抽泣着说："张敬之，你太无情了，你是我见过的最最无情的男人。"

　　张敬之扳过她的身子，掏出手帕帮她拭掉脸上的泪，然后伸出手臂，慢慢将她揽入怀中。林红缨的喉咙里禁不住发出一声悲号，忍不住哭倒在他的怀里。

　　这一年5月5日，林红缨走进了W大学的研究生考场。两个月后，考试的结果公布了，林红缨成为"文革"后恢复考研的第一届研究生。全国有6.3万人参加这次考研，录取的考生有10708人。林红缨就是其中之一。离婚后，她把孩子交给了她的母亲，开始独自抚养张小强——她已经给儿子改名张小强。

和别的单亲母亲不同，她除了是一名在校研究生，还是一名码头的夜班工人——为了养活她的儿子，每天晚上，她准时赶到汉口的码头，干一份搬运工的夜班活。

　　她拒绝接受张敬之的任何援助。

　　林红缨的自强与坚定把张敬之彻底推到道德的绝境中。

　　张敬之在煎熬中读着他的大学，他与林红缨在同一所大学里进出，几次迎面走过，却是相逢不相识，直到有一天张敬之终于忍受不了，他跟在林红缨的后面走进汉口的搬运码头。林红缨肩上沉重的麻袋彻底击垮了他，他卸下她肩上的麻袋，把她紧紧地搂在怀里。因为无声的哭泣，他的全身都在战栗。她从他的战栗中感受到了他的悔恨，他的自责，他迟来的真诚。

　　那一刻，她原谅了他。

　　为了他们共同的孩子，他们结婚了。

❀❀❀

　　徐晓雯是大一的下学期退学的。她读了不到一年的大学，终于没有坚持下去——杨柳的腿疼病犯了，几次在课堂上疼得差点晕死过去。这一切，杨柳不让她知道，是重生写信告诉她的。

　　"每次疼得厉害时，他都说他的腿还在，脚还在，他说他的脚心疼，踝骨疼，膝盖疼。他说的是左腿。可是他那里已经没有脚，没有踝骨，也没有膝盖了。姐，你千万别让我哥知道我把这些告诉了你，否则，他不会原谅我的。可我不能不告诉你……"看到这里，徐晓雯心痛难忍。

她知道杨柳又开始幻肢痛了。他们结婚后，准确地说是在他们有了真正的肉体关系后，他的幻肢痛就很少复发了。他跟她说过，以前想起他的母亲时，他就会出现幻肢痛。后来是她。不知道什么时候，母亲变成了她。他说了，只要她让他感到不安时，这种病痛就会犯。那究竟是一种什么样的疼？"电击样、切割样、撕裂样或者烧灼样"，书上是这样描述的。她在图书馆里查阅医学书籍，想弄清楚这种疾病产生的原因。书中认为这是一种中枢神经系统的可塑性改变形成的大脑皮质功能的重组，是一种神经性或心因性疾病。

也就是说，他用疼痛在牵挂她，想念她。他的生活中肯定有很多她想不到的难处，而他不想让她知道。她无法想象，把一个三岁多的孩子留给残疾的他，他的生活会有多么艰难。他要给学生上课，要备课改作业，要照顾她女儿的吃喝拉撒……

他承受这一切，只是为了让她安心地上大学。可她又怎么能安心呢？

虽然让她读大学，是他的愿望，也是他的坚持。但这是由他的理智与感情共同决定的。她的离开显然也让他感到了不安，这是本能。

不管怎样，她太自私了。她不能把这一切都留给杨柳。

退学走的时候，徐晓雯没有和任何人告别。此前，她在校园里遇到过一次林红缨。和徐晓雯一样，此时的林红缨，业已是一副少妇打扮。事实上，徐晓雯还有两次遇见过张敬之——她都转身躲开了。她不明白自己为什么要躲开他，不让他看见她，认出她，好像是一种本能。她无法想象他们之间还能谈论什么，他一定会问及她在乡下的生活，问到她的家庭，她的孩子，而她不想让他知道她的孩子。她的孩子正生活在另一个男人身边，享受着他的父爱与照顾，他的存在，和眼前这个男人有什么关系呢？

她不想毁坏自己的生活，尤其不想伤害那个包容她，爱她，却只有一条腿了的男人。她只能躲开，必须躲开。

其实，他们彼此都知道对方就在同一所大学里就读——她一回到武汉的舅舅家，她舅妈就跟她说过张敬之的情况了。跟她一起从星光大队考出来的那些知青同学也写信告诉过她。当然，他们也把她上Ｗ大学的消息告诉了他。但那时张敬之正被林红缨的信困扰着，他不知该怎样应付林红缨给他生下的那个私生子。况且他知道徐晓雯是结了婚生了孩子的人，除了叙叙旧，他去找她还能对她说些什么呢？她连他的信都不愿意回——他在部队给她写的信，她几乎都没有回。也许她根本就不愿见他，她已经把他忘得干干净净了。他去找她，只能是自讨没趣。他很奇怪，他们在同一所大学里念书，居然一次都没有遇见过她——他念的是工科的机械专业，她念的则是文科的历史（他们的生活空间几乎没有交集）。有时候，他也会下意识地在人群里寻找她，但居然一次也没见到过她。他想，如果不是这所大学太大了，就是他们的缘分真的尽了。

他不知道，徐晓雯是有意回避他。

但是遇见林红缨时，徐晓雯没有避开。她们手拉着手一起聊了很久，林红缨干脆把她拉到一张石凳上坐下来，开始了漫长的倾诉。此时的林红缨太需要倾诉了，而徐晓雯正是她可以信任的人。林红缨怀着满腹的愤恨和屈辱，和她谈起了张敬之。

"你说你们的孩子都有三岁了？"徐晓雯震惊地问。她想起自己的女儿杨小米，她一个月前才刚满四岁。天啊，她的孩子竟然只比林红缨的大一岁！

"是的，1975年10月份生的，马上就满三岁。他自己留下的孽种却不想认，就这样一个懦夫，一个无情无义的人，你说当初我们怎么会喜欢他呢？"林红缨既是问自己，又是问徐晓雯。

因为不解，因为气愤，林红缨的脸色变得一片赤红。徐晓雯的脸色也是赤红一片，她内心里涌起的是羞愧。

"说实话，我现在对他只有鄙视！我瞧不起这样的男人。"

徐晓雯无言以对。她应该鄙视他吗？这个林红缨瞧不起的男人，她是深爱过的，他怎么可以和她分别才一年就背叛她呢？可是他不应该背叛她吗？她那时早已是别人的妻子。但是他怎么可以，怎么可能，一个还在单身的现役军人，怎么可以随便和别人的妻子通奸，生子！而这个别人还是他们的同学，他们一起下乡的战友……

徐晓雯感到羞愤，痛心。她想，她永远都不会再见这个男人了，他们的一切都将被埋葬，被岁月埋葬，被记忆埋葬，被永恒的时光埋葬。

这次与林红缨分别后，徐晓雯再也没有见过她，她和她后来的生活，她也一无所知。她和他们的生活不会再有任何的交集了，她又回到了她的平原。这一次，她离去得是那么坚定，义无反顾。她不能对不起那个为她付出的男人，她和他，他们将生死与共，永不分离。

徐晓雯收到重生的信后，她没有一刻犹豫就办理了退学手续。

　　徐晓雯重新回到了杨柳和女儿小米的身边。

❧❦❧

　　1979年2月17日的清晨，那场战争在越南境内的东西两线上，几乎同时打响。根据上面的作战部署，我方采取的是穿插战术——同登以南的山区地处东线战场。巫志恒和他的战友们是国内首批开辟到战场上的军人。当枪炮与火力在耳边和空中啸叫着爆响时，巫志恒头一次知道了战争的残酷。

　　此前的三个月，他刚回了一趟江汉平原的家，见到了他那三岁半的儿子刘保尔。这个酷似他的儿子，还是第一次开口叫他爸爸。还有他的妻子刘雪梅，因为过度的操劳，已经使她的脸上有了岁月的痕迹。

　　"幸亏有晓雯他们帮我，不然我一个人真不知怎么带他。"刘雪梅有些委屈地靠在他的胸前，向他低声诉说他不在家时她的艰难。想到即将要奔赴战场，他把她紧紧地搂在怀里，亲了又亲，爱了又爱。他不敢告诉她，他将要去参战，他不知道自己还能不能活着回来陪伴这个为他养育孩子的女人。他对这个女人亏欠太多，他不知道这一生还有没有机会偿还。

　　他耐心地听着她的诉说，整夜地抱着她和他们的儿子——儿子一开始还怯他，不肯跟他亲热，慢慢地就被一种与生俱来的亲情所打动，凭着孩子的本能，他知道这男人是爱他的，亲他的。

他一刻也舍不得离开他们母子。他的手总是抓着他们其中的一个。丈夫的缠绵让刘雪梅都有些不习惯，但她心里仍然感到幸福。他们分开得太久了，才使得丈夫如此珍视他们的团聚吧。

这些年，刘雪梅已经习惯了这种分离。分离，是她嫁给一个军人必须付出的代价。几天的团聚很快就过去，巫志恒不得不和他们告别。临别前，他们母子去送他，他竟然一步三回头，走几步又回来抱一下她和儿子，她头一次看见丈夫的眼睛里有泪。她把这一切都归于团聚后的分离。直到巫志恒在前线给她写来信，她才明白丈夫临行那日眼睛里缘何有泪。

她痛不欲生，后悔没有好好爱他，好好陪他，好好亲他。是的，亲他，亲到肉里，亲到骨头里。

和巫志恒挤在一起的，是战友冉跃进，他是一名新兵，黝黑的脸上生了一小圈络腮胡茬儿，皮肤有些粗糙，手指的骨节十分粗大。巫志恒不用问，就知道对方也是一位农民的儿子。尤其是那纯朴的还略带羞涩的眼神，让巫志恒只看一眼就喜欢上了自己这位副射手。作为一名副射手，冉跃进始终把机枪手巫志恒，看作一名应该绝对服从的首长——这是作战的纪律，也是战士的本能。他们同属于我军边防某部的二营。上战场前，他们并不认识，却被分到了同一个连，在一路的穿插过程中，很快建立了深厚的作战情谊。这种情谊，已不是日常意义中的患难与共，而是枪林弹雨里的生死之交。

同登的守敌是越兵有名的"飞虎团"：越兵第二师第二团。在这次作战计划中，巫志恒所在的营，奉命一定要截断对方退路，以造成合围之势，为我军后面顺利进攻谅山开辟道路。

但是，连队在前进中遇到了敌人布设的地雷区，部队的穿插行动受阻。原计划用五辆坦克碾过敌人设下的木匣雷区后，再横穿公路进入合围圈。不料由于地形复杂，战前未仔细勘测地形，加上事前的估计不足，接连几辆坦克在接近雷区时，不是翻下山沟，就是被卡在半山腰——因每辆坦克顶上还携带着我们至少二十个以上的步兵，为了防止坦克在群山中颠簸把人甩下去，他们是被用背包带绑在坦克上的。此刻，他们全都暴露在敌人枪口下，还没有来得及挣开缚在身上的绳子……

目睹这一悲惨的情形，作为掩护行动的机枪手，巫志恒与冉跃进下意识地握紧了对方的手，松开时，两人的手心都留下了深深的指痕。

战争打了一整天，穿越雷区的进程仍没有任何进展。夜幕开始降临，沉沉的暮霭逐渐笼罩了周围的群山，战争不得不暂停下来。一股悲凉的气氛在二营的战士中蔓延着，阵地陷入一片死寂。夜越来越深，雾气越来越重，露水将他们白天晒干撕破的衣服又重新打湿——在穿插过程中，他们的衣衫早已被丛林中的荆棘划破，直到深夜无尽的黑暗把他们凝固，成为黑暗的一部分。寒冷侵袭着他们单薄的身子。这里虽地处南疆，可二月的群山之中，仍是寒意侵骨，加之前进受阻，巫志恒只觉得内心的黑暗与无望比这沉沉的夜色还甚。他与冉跃进紧紧地靠在一起，蜷缩在临时挖掘的掩体内。那一刻，他看着战友那张稚嫩的脸，想起了他的妻儿。

由于是非常时期征兵，冉跃进只经过短暂的训练就上前线了。真正的战争是如此残酷，一想到那些消失的战友的生命，想到那些躺在坦克上没有闭上眼睛的年轻尸体，巫志恒就想哭！他不知道自己的下一步会不会和他们一样，这个时辰又将在哪一刻。也许就在天亮时分，或者稍晚，明天，或者后天。说实话，他已经不惧死，或者说，准备死。

此时，离部队计划的总攻时间只剩下三分钟。如果再不趟过雷区，就有可能影响整个东线作战计划，甚至全军的作战计划。连队决定：踩过雷区，踏出一条血路！

显然，巫志恒想象中的那一刻已经提前到来。是的，踩过去，只能踩过去。不得不踩过去。这是军令，也是他们必然的命运。

三分钟，给他们的时间只有三分钟。巫志恒双手端起机关枪，开始随战友们一起往前闯，紧随在他后面的是冉跃进。不断有地雷被踩响，不断有人倒下，空中飞溅着横飞的血肉。那是血的暴雨，是肉的冰雹。它们在巫志恒的眼前和头顶落下。他只知往前迈步，坚定的，也是机械的。无谓的，也是麻木的。但是，突然间他就像遭到了电击，某种意识倏然惊醒：心脏在一阵猛烈的狂跳后，就开始重重地往下沉——他的右腿就像生了根，再也无法往前迈步。是的，他很清楚，自己这一步只要迈过去，他就会成为空中那些猩红的雨与冰雹！不，是肉雹！他下意识地打了一个寒战，回头，他看到了战友冉跃进。冉跃进就跟在他的后面。他看见他质朴粗糙的脸，看见他黝黑脸上的一小圈络腮胡，不，是一大圈。不知什么时候，它们已经茂盛得遮住了他的整个下巴，乃至三分之一的脸。那眼神是稚气未脱的，到底只有二十一岁，却也是镇定自若的：含着一股视死如归的悲壮。

他的恐惧一定就写在脸上。因为冉跃进立即问他："踩到地雷了？"

不知怎样的一个转念，他竟然道："你来帮我踩住，我来排雷！"

几乎想都未想，冉跃进已迅疾伸出一只脚来替补。

巫志恒就地一滚，身后顿时传来一声巨响，天崩地裂一般，然后他就只看见天空中飞溅的血雨与肉雹。他下意识地闭上眼睛。当他在一阵耳聋过后睁开眼睛时，他被眼前的景像惊呆了。

冉跃进已经在他的眼前消失。

巫志恒的喉咙里骤然发出一声咆哮，紧接着是一阵悲怆的哀咽，他捂紧了被火药和鲜血染得脏污的脸，他情不自禁地在嘴里喊了一声：巫志恒，你杀了你的战友……

可他的眼前与身后，已空无一人。没有人听见他此刻的呼号与忏悔。他立起身，端上枪，赴死的愿望突然如此清晰，如此坚定。他孤身一人冲锋在雷区的路上，心里甚至祈祷下一秒钟就能踩到地雷。一种发自内心的渴望。同时，一股说不清的仇恨，也在他的心中翻涌。他一边前进，一边扫射，那端枪的手有些疯狂，对准了敌兵的阵营。

然而，他没有踩到地雷。所有的雷都已被踩响。他先前踩到的那一颗，只是这条血路上的最后一颗。于是，那端机枪的手，便愈加疯狂地动作着，仿佛只有这么动作着，那血雨与肉雹才不是血雨与肉雹，而是子弹，是飞向敌人的凶猛火力。

一条血路已在他的身后被踩出来，并在他脚下扫射着向前延伸。

随着这条血路的打开与通畅，全营的火力一起从巫志恒身后涌上来。形势已经不容他多想，他被迅速地卷入一场更加猛烈的战斗。

第十六章
灵魂课

　　五天后的23日，巫志恒所在的东线部队的东集团在同登全歼当地敌军，创造了东线第一个歼灭战范例。3月4日，部队顺利攻克谅山。东线之战，也是那场战争中最惨烈的战场。

　　战事结束后，部队撤回国内，举行了盛大的庆功大会。作为英雄的巫志恒，胸前戴着一朵绸制的大红花，站到了领奖台上。这个经历了艰苦卓绝的战争并屡建功绩的机枪手，给二营的所有战士留下了深刻的印象：他在战场上是如此英勇无畏，如此顽强善战，他是所有官兵们眼里名副其实的英雄。

　　奖台的两边，各挂着一长排烈士的遗像。巫志恒的目光在遗像里搜寻。终于，他看到了那张亲切而熟悉的脸，一股锐利的感觉直击他的心脏，他的眼前一阵发黑，终于晕倒在领奖台上。

颁奖的首长将他扶起，只见他面色苍白，两行清泪潸潸淌下。首长关心地问他怎么了，巫志恒闭着双眼未置一词。大家从他脸上的肃穆中，悟到了什么。顿时，会场上弥漫起一种悲怆与沉寂的气氛。战友们终于忍不住，在台下抱在一起，相拥而泣。台上的首长也压抑不住红了眼睛。这些从战场上下来的士兵，到了这一刻，才知道他们还会哭，才敢放声哭。

庆功会结束后，巫志恒长时间站在冉跃进的遗像前，眼泪打湿了他胸前的大红花与手里彤红的二等功证书。这是一片荣耀的红色，却是巫志恒心中无法说出的耻辱。他从这彤红的耻辱里，看到了战场上那纷飞的血雨与肉雹，看到他此生永无尽头的刑期，永劫不复的罪。

庆功会结束后，部队给从战场上下来的他们放了一次较长的探亲假：他们活着回来了，他们也将活着出现在自己亲人们的眼前！部队将把这些人民的儿子，这些伟大而英勇的儿子，还给他们的亲人。

此时，占领巫志恒大脑的不再是刘雪梅和儿子，而是那个一脸稚气的战友冉跃进。

巫志恒踏上了自己的行程。

临行前，巫志恒特意给刘雪梅写了一封信，嘱她无论如何给他寄一百块钱。刘雪梅把结婚时父亲给她的压箱钱拿出来火速汇给了他，她明白这钱一定有重大作用，否则巫志恒不会跟她开口。

此前，为了多攒下点津贴，巫志恒把自己的行程往后延了些日子。直到1979年8月中旬，正是酷暑蒸腾的炎夏，他才带着自己的全部津贴，连同刘雪梅寄给他的一百块，共计三百元钱赶到了湘西。

一路上，他必须不停地换乘不同的交通工具，行程整整花了三天三夜。又经历了几次徒步翻山，才终于找到了那个偏远的小山村。

这里的落后与贫穷，远远超出了他的想象。未到冉跃进家，他的心已凝重得结成了一个冰坨。这些年过去，他的家乡江汉平原上多数人家都已经住上了新瓦房，有的村子里还通上了电灯。可这整个村子里，还没有一间像样的房子。东歪西倒的茅草房零星地散落在高低起伏的山脚下。在村人的指点下，他找到了战友冉跃进的家：两间抹了黄泥的低矮小屋。

还未进门，他就看到了门前新挂的烈士牌匾，心就像被毒蝎蜇了一口。果然，稍好的那间堂屋里，正中挂着战友的遗像，与他在部队领奖台上看到的那张一模一样——这是冉跃进生前唯一的一张半身照。

烈士的父亲听说儿子的战友来了，匆匆迎了出来，激动得全身都在颤抖，不到五十岁的人，已是一蓬枯草覆头，佝偻的身子，宛若一棵风中的芦苇，瘦削的脸上堆满了干裂的沟壑。那一刻，巫志恒的心在抖。心说：父啊，此刻站在你面前的，本该是你那纯朴善良的儿子啊！

一个怀抱婴儿的年轻女人迎了出来，烈士的父亲说："这是跃进的女人。"

巫志恒震惊了。在一起作战的那段时间里，战友竟然从未对他提及过。在那接近死亡的时刻，冉跃进的心里都想了什么？他已无法知晓。

他望向那女人怀中的孩子。女人漆黑的眼睛里，是望不见底的忧郁。

"孩子是遗腹子，跃进死后的第二天生下的。"女人说。

他颤抖着手，下意识地伸手去抱那半岁的婴儿。此刻，那做爷爷的，见他伸手去抱孩子，赶紧伸了手去半空中托送，仿佛一失手间，就又会失了这冉家唯一的骨血——此时，巫志恒方知，战友参军前，因是独子，村里特批他提早拿了结婚证，为了送儿上战场，这个无私的父亲唯一的要求只是让儿子结了婚再入伍。在那为父的颤抖讲述下，巫志恒方知，和他的父亲一样，这位父亲也是一位从朝鲜战场上下来的军人，一位残疾军人！

联想到自己的父亲，巫志恒心里的愧悔无以复加。

"朝鲜战争结束后，我就回乡当了农民。"烈士的父亲有些轻描淡写道。

而战友原本并不叫冉跃进，而是叫冉红旗。冉红旗出生的那一年，正是全民大炼钢铁的时候，那场轰轰烈烈的运动就是大跃进。儿子出生后不到两周岁，正是嗷嗷待哺的时候，全面的大饥荒爆发了。母亲把自己的口粮省下来，全部喂给了饥饿的儿子，自己却活活地饿死了。

"给儿子改名冉跃进，不是为了纪念那次运动，而是为了纪念他死去的母亲。"

听着这位父亲的悲壮叙说，巫志恒感到自己的心，正如冰川一样崩裂开来，那剧烈的痛，是冷痛，暗痛，黑痛。是讳莫如深、到死也不能说的痛。

"为国征战，是每个军人的职责，也是做军人的荣耀！我也是从战场上死里逃生的，知道战场是怎么回事……"老人说着，突然掀开了那旧得看不出颜色的衣衫，露出腹部的一块大疤："这地方就是给美国鬼子的弹片炸开的，肠子都流出来了，我当时也管不了那么多，用手塞进去，继续打。算我命大，后来被人救了下来，弄到医院后做了手术，肠子被切掉了一截。从那以后，我就站不直了，说是里面形成了粘连。"

此刻，巫志恒内心受到的震撼，不亚于他亲眼看到战友冉跃进在他眼前消失时。他当即给这位父亲跪下了，眼泪从他的脸上汹涌而下，他把头抵在这位伟大的父亲脚下，脱口叫道："爹，以后我，就是您的儿子！"

烈士的父亲怔住了，眼里沁出了泪："孩子，别难过，跃进牺牲了，可他是光荣的……"这位曾经浴血征战的父亲终于说不下去了。

那可是他唯一的儿子。如果他知道儿子不是死在敌人的炮火中，而是死在战友的暗算里……他是什么？是比敌人还可恨的敌人。不，是十恶不赦的罪人。泪水滑过巫志恒的面颊，又倏然隐没在屋前的泥地里。老军人的脚上穿的是一双草鞋，稻草编织的，在泥水里已经泡得发了黄。巫志恒将头顶住地面，给冉跃进的父亲深深地磕了几个头。这一刻，他真想把自己的头磕进地缝里去。

冉跃进的父亲被他的举动震住，感动了。老人紧紧地抱住了巫志恒，就像抱着自己死而复生的儿子一样，内心里涌满了悲怆的父爱……

这一夜，是心灵备受煎熬的一夜。躺在老人低矮闷热的屋子里，巫志恒辗转反侧，一夜未眠。天色微亮时分，巫志恒给老人写了封短信，连同那三百元钱一起悄悄地放在了老人的床头。他怕自己再待下去，会受不了内心的压力说出真相。

嘲讽的是，巫志恒回到部队不到一星期，冉跃进的父亲就把他去探望的事，写信反映给了部队的领导。此事立即被作为典型事迹上报到了军政治部，全军通报表扬。各种荣誉、嘉奖接踵而至——这使巫志恒的内心几近崩溃。

那段时间，连队里触目可见各种横幅：

号召全体战士向英雄巫志恒同志学习！

巫志恒是我们全连战士的楷模！

……

这不啻一种黑色幽默。看到这些可笑的横幅，巫志恒只觉这是对他的无声嘲笑与残酷鞭挞。他感到沉郁，害怕，无所适从。事情正越来越朝着他所不希望的那样发展下去：他的父亲和妻子被请到了部队，参加对他的隆重表彰活动。巫书记与刘雪梅被请到主席台上，坐在最显眼的位置。巫书记的脸上，写着英雄父亲的骄傲与荣耀。巫志恒望着台上的父亲和妻子，觉得自己是在羞辱他们。

最让他觉得可笑的事还在后面，巫书记在临走前，把他叫到身边，掩不住喜悦地告诉他："昨晚，部队首长把我叫去谈话，部队准备保送你去军校深造，已经批准了。你不是一直想上大学吗？先准备准备吧！"父亲把手按在他的肩上叮咛："好好努力，千万别辜负部队对你的培养！"

听到这个消息，巫志恒只觉手指一片冰凉，舌尖上泛起一阵苦味。

做父亲的惊讶地发现，面对如此巨大的好消息，儿子的脸上竟没任何表情。站在一旁的刘雪梅忍不住问："你不想去？"

巫志恒只是默默地摇头，没有说话。

巫书记脸上露出了满意的表情，说："你变得成熟了，知道在荣誉面前保持谨慎与冷静，这是好事！"

可刘雪梅却不这么看，她望着神情冷淡的丈夫。两天来，她从他沉重的表情，还有他在床上的肢体语言中，读出他有难言的心事，这心事压迫着他，使得他的精神陷在一种垮塌里。当晚，她忍不住在枕边问他："你不想告诉我吗？"

"什么？"巫志恒愣怔道。

"你在战场上究竟经历了什么事？是太多战友的死，让你走不出心中的阴影？"

"不，是一个战友的死，让我走不出心中的阴影。"巫志恒终于忍不住，他流着泪开始向妻子坦白。

刘雪梅沉默着听完，她说："那次你让我给你寄钱，说要去看你战友的家人。就是说的他吗？"

巫志恒点头："是的。当时如果死去的不是他，就只能是我。此刻，失去丈夫的就是你，你愿意吗？"

刘雪梅说："我不愿意。但是，有些事是不能做的，人在做，天在看。"

巫志恒怔住了。他祈求地望着刘雪梅，说："因为那一刻，我想到了你和儿子，我没有勇气……"

刘雪梅说："你战友的灵魂就在天上看着你，你打算怎么办？"

巫志恒说："你逼我去向组织坦白？"

刘雪梅坚决地摇头："不，你不能向组织坦白！"她一把抓住他的手："但是，你得替你的战友完成养家糊口的责任。这责任，我们一起来完成。还有，你不能再接受任何荣誉。"

巫志恒点头："感谢你，雪梅！"

两个月后，巫志恒放弃了部队保送他上军校的资格。这年底，巫志恒再一次放弃部队的提干，毅然退伍了。他回到了他的家乡，在公社派出所当了一名普通民警。

回家乡后的巫志恒在当地派出所改了名字：刘志恒。

从此，刘志恒每年的年节和农忙时分，多了一道行程：去湘西。而他每年的工资有一半都变成了一张张汇款单，这样的汇款单，他一共寄了十八年。

十八年中，他在平原与湘西间奔走，直到战友的父亲安息，直到战友的儿子长大成人。

杨小米和刘保尔在江汉平原度过了快乐而幸福的童年。

每年的春天，两个孩子手牵着手，站在被当地人称作红瓦屋的老知青点上，一起遥望那远处的田畴，阳光如水一般铺天盖地地泻下来，洒在广袤无垠的平原上。原野上开满了紫红色的燕子花，这些学名被称作紫云英的野草，不过是一种肥料。可是它的色彩是那样艳丽，那样热烈，恰如不熄的火焰在原野上燃烧，一直烧向远处的天边。

平原无边无际。那燃烧也无边无际。

> 一二三四五
>
> 上山打老虎
>
> 老虎不吃人
>
> 专吃杜鲁门

杜鲁门他妈

是个大傻瓜

……

孩子们嘴里唱着儿歌，在门前跳房子。

此时的红瓦屋早已改叫星光小学。大队部也已搬出了红瓦屋。红瓦屋已经不再是村里最好的房子，红瓦屋的旁边又盖起了新的校舍。卫生站也从红瓦屋里搬出来，在新校舍的旁边修建了崭新的村卫生所。

红瓦屋成了大队职工们的家。徐晓雯和刘雪梅仍在红瓦屋里做着邻居。

杨小米手里拿着一把用燕子花扎成的毽子，和刘保尔在星光小学门口踢毽子。一群欢蹦乱跳的小学生正在学校后面的操场上跳房子，那是一种流传在当地孩子们中的运动游戏：孩子们用树枝或粉笔在操场的泥地上画出一幅类似一间房子的阶梯形图案，然后沿着房子的入口，单脚从图案里跳过去，嘴里唱着配合这种游戏的儿歌：

一二三四五

上山打老虎

老虎不吃人

专吃杜鲁门

杜鲁门他妈

是个大傻瓜

……

徐晓雯坐在门口摘菜，刘雪梅把一件洗干净的白大褂晾在红瓦屋后面的院子里。两个人的目光都微笑地注视着他们的孩子。

刘雪梅说："晓雯，这两个伢儿整天形影不离。我看我们两家可以结娃娃亲呢。"

徐晓雯说："好啊！你和巫志恒就是结的娃娃亲，你们两个真的结成了夫妻。"

刘雪梅说："刘志恒。哈哈，你忘了他改姓了，跟我姓了。"

徐晓雯也笑，说："你这人好霸道，把人招进来当女婿也就罢了，还要人家跟你改姓。"

刘雪梅说："没办法，这是老祖宗的规矩。"又说："我才不在乎他跟不跟我姓呢，只要我儿子跟我姓就行了。"她想起杨柳当初就是不肯改姓，他们才分了手。又想，杨小米将来要是做了她的儿媳妇，杨柳当初的坚持还不是白坚持？

也不过就是一笑吧，她们并未当真。不过，两家人的相处是越来越亲密了，转业回来后的刘志恒，在镇上的派出所里当了一名警察——清水河已经不叫公社改叫镇了。星光大队也不叫大队叫村了。

这一年，星光村修建了第一条水泥路。土地包产到户后，村里人渐渐有了钱，国家提倡改革开放，人们的心活泛了，开始有越来越多的人走出农村。杨小米满十四岁这一年，国家落实知青子女政策，徐晓雯把她的户口迁去了北京外婆家。杨小米的离去，对刘保尔是极大的打击。两个孩子间已经有了朦朦胧胧的异性的情愫。这也成为刘保尔日后奋发努力，最终考上北京大学的精神动力。

若干年后，当他们在一个城市里相聚，杨小米的心已有所属，此时的她，已和她的大学同学张小强相恋。

遗憾的是，残酷的现实最终揭开了他们彼此间的身世。

那一年，杨小米离开深圳，离开了张小强，也离开了她的亲生父亲张敬之。她选择和她的养父杨柳生活在一起。这源自她对自己真实身世的悉知。而此前，即使是她的父亲杨柳千般反对，百般恳求，也没有让她动摇过离开深圳的念头。

她想不明白，母亲的嘴怎么能那么紧呢？一个人真的可以把一个重要秘密带到泥土下去连他的至亲都不告诉？母亲的死不是猝发的，几乎从一开始确诊时，她就知道了自己的死。一个明知自己将要死去的人，至死都守住一个秘密，这只能是一种刻意。

那么，母亲为什么要刻意隐瞒她呢？这只能是因为爱，因为一种感恩，一种对一个人一生都无法解脱的内疚而滋生出的爱与感恩。

想明白的那一刻，杨小米只想扑到那个养育了她二十四年的男人的怀里痛哭一场。那种痛彻心扉的感觉让她感到了人生的厚重。原来，一个人的生命是可以承载那么多的故事与历史的。

那一刻，她终于理解了父母对一片土地的悲悯与热爱，而那片土地原本并不属于他们，就像它原本也不属于她一样。她曾经那么拒绝它，痛恨它。拒绝它的贫穷，痛恨它的苦难。而此时她才知道，原来她也是爱它的，因着母亲对它的爱，因着父亲对它的爱。是的，父亲，杨柳才是她真正的父亲，她永远爱着的父亲。

父亲不止一次对她说过，他和那片土地是分不开的。即使他最终要与她分开，他也不会与那片土地分开："我死后你要把我埋在这里，和你的妈妈埋在一起。"

现在她才知道，那里不只是埋葬着他的妻子，她的母亲。还因为那土地是他们的家园，是他们的母亲，是他们的粮食和根。而这土地，其实也是她的母亲，是她的粮食，是她的根。

这一片沉积了苦难与贫穷的土地！它曾经丰饶的物产，饱满的谷粒与肥美的鱼虾，以及那一望无际、白得像云朵一般的棉花，这些年来，并没有使它走出它的归属所带来的局限。因为贫穷，一代一代的年轻人正在摒弃它，离开它。

一股巨大的热流在杨小米年轻的心里潮涌着，就像流经平原的那条莽莽大河，而她青春的身体已然化作一块广袤深邃的平原，蜿蜒着无数起伏的田畴与温柔的湖泊。

时间是1999年的仲春。杨小米终于从四季花开的深圳，急不可耐地赶回故里。而此时的江汉平原也是油菜花黄，碧波荡漾。

杨小米穿过一大块豌（蚕）豆地，紫底黑斑的豌（蚕）豆花下，已坠满了青青的豆荚。远处不时传来杜鹃鸟凄切的鸣叫，是那亘古不变的哭歌："豌豆八角，爹爹烧火。"一阵阵，一声声，无休无止。杨小米走在豌豆地里，嗅着豌豆花的清香，随手摘下一颗豆荚，却没有像儿时那样把它放进嘴里。她用手轻轻地触摸着豆荚，它的表皮已经清晰地隆起，正是鲜嫩生吃的好时候。杨小米有些迟缓地走着，目光穿过不远处的一块麦地，绿色的麦浪翻涌，她依稀看到了母亲的坟地。

去年冬的一座新坟，不到半年，已泛起一层浓厚的绿意。这平原真是一个万物生长的地方，连坟头的草都长得如此势不可当。有土的地方就能长出绿色来。杨小米心想。

妈，我回来看你了。杨小米嘴里默念着，视线中便有了些模糊。走过这片豌豆地，再走入前边那块麦地，母亲的坟就清晰可见了。

燃过香纸，杨小米把从深圳带回来的一株米兰取出来，小心地种在母亲的坟头。米兰在微风中轻轻地摇曳，抖动着细小的枝叶，这种在南方被当作花坛篱笆的植物，特贱，好活。母亲生前就喜欢米兰，她说，在北京，人们竟把它看得很名贵，因为它一到北方就变娇贵了，难活。难活就稀有，稀有就名贵。母亲喜欢它悄然开放的小白花，暗香幽长，却毫不张扬。杨小米想，以后这株米兰就可以陪伴母亲了。它会活得很好的。在江汉平原，差不多是植物就可以生长，就算它没有在南方时的贱，应该也没有在北方时的娇。

种好米兰，杨小米默默地坐在母亲的坟前。放眼望去，到处是绿色，连绵得望不到边。当然也有一些金色夹杂其中，那是长在水田里未尝谢完的油菜花。

杨小米有些恍惚地望着。望着望着，她就望进了绿色的原野，望进了岁月的深处。那深处里的往事，不过是一些并未走远的历史。这历史对很多人来说也许算不上历史，它就是一些往事，活在不知多少人的记忆里，他们只要稍稍回望，或者闭上眼睛，就历历在目，恍如缀满枝头的沉甸甸的果实。可对她深爱的母亲来说，却已是隔世。

对杨小米而言，这历史却只能是一种想象了，一种充满了陌生与遥远的想象，一种比她的生命更久远的想象。它在她的生命里展开，在她的血液里流淌，如底色沉暗的油画里的景象，真实，却不可触摸。

第十八章
平原上的花开了

墓床

我知道永逝降临并不悲伤

松林中安放着我的愿望

下边有海，远看像水池

一点点跟着我的是下午的阳光

人时已尽，人世很长

我在中间应当休息

走过的人说树枝低了

走过的人说树枝在长

——顾城的诗《墓床》

透过暮色我又闻到了青草的气息。最后的一点光线落在她的坟头上，不远处在白天里还亮闪闪的那一小片油菜花地，只剩下一片淡色的模糊的影子。黑夜降临，通往坟地的那条小路隐没在篱笆的阴影里，那是一些被当地人叫作插柳的木槿花。此刻，它们都融进了湿凉的夜色中。

"有一部分，我把它撒进了长江里。这都是她叮嘱过的。"杨柳指着远处的江水说。他说的是骨灰。我顺着他的手指看去，夕阳把金色的余晖涂抹在江面上，为江面增添了几许华丽。江水平静，几乎看不到波纹。长江变窄了许多，只有以前的三分之一宽了。春天，河水会变窄。河滩上不知什么时候往江心伸出了一道坝子。

杨柳的拐杖在堤面上轻轻地敲击着，咚，咚，咚，随着我们的脚步一下下地往前。堤面变矮也变窄了许多，雨后留下了很多坑洼。河堤的两边，可见到一些残余的沙包。我们沿着河堤拐上那个坝子往江心走去，终于离江水越来越近。走近了，才发现河水看上去并不像远处看时那么美。江边的水面上有很多浮沫。

"还记得我们刚插队时来这里挑堤的场景么？"杨柳的拐杖一下一下，轻轻地敲击着堤面。

"嗯。"怎么不记得？我当然记得，她在堤下挑土时晕倒了，我把她背在肩上往卫生站跑。只是跑，我其实并不知道卫生站在哪里。

"这里去年发了一场大洪水，全国都惊动了。最终嘉鱼那里还是溃了口。"

"我从电视里都看到了。你们这里没事吧？"

"最后是没事了。不过，来的人可真多，这堤上全都是部队。连国家领导人也来了。"

"是够吓人的，那段时间，电视里天天都在播。"

这一带河滩上的杨柳已经被砍去了，只沿滩涂种着一些芦苇。河堤下不远处有一个工地，还有一排简陋的厂房。

"看到了吗？那是一家造纸厂。这些芦苇就是用来造纸的。有时，这里的江水其实挺脏的。和我们来插队的时候不一样了。"杨柳的拐杖声停下来。

我看着那些河水，它们舔着创伤流向下游。它们从上游流来，也许已带着创伤，流经这里，又增加了新的创伤。不过，所有的创伤都将跟随它们流向大海，也许它们只在大海那里才能找到安慰。

河水悄无声息地在水面上蒸发，早春的空气里带有一些湿润。我和杨柳把影子投在河水里，水面平静，我们的影子巨大而清晰，三条腿和一根拐杖。我们看着那影子，有一会儿杨柳把他的拐杖放下，放在堤面上，然后单腿立着，好几分钟里一动不动。我们的影子就变成三条腿。

"我年轻的时候，差不多可以不要拐杖。我总是用一条腿走路，她总是担心我会摔倒，但我一次也没有摔倒过。"

我想象着杨柳用一条腿走路的样子，那是一种怎样的姿势呢？是像断腿的蚱蜢一样一下一下往前跳着的吗？那样子也许是滑稽和悲哀的，可他只用一条腿养大了我的女儿。

"我把真相说出来，只是想让你明白，我不是一个专制的父亲。最重要的是，我爱小米。是的，我爱她，我希望她找到的是爱情，而不是罪孽。"

罪孽。杨柳的话像鞭子一样抽打着我，让我羞愧难当。我是个罪孽深重的父亲，如今遭受惩罚的不单是我的儿女，是我，是我这个该死的罪人。我感到我才是那犯了乱伦罪的恶徒。我该怎么办呢？死，亦不足以惩处我的罪孽。

真相来得太晚。透过暮色，我又闻到了青草的气息。我仰靠在她的坟上，真想把她从里面拉出来，让她跟我面对面解释清楚。我要指责她，为什么早不告诉我，还有杨柳这个混蛋，我该感恩他养大了我的女儿吗？是的，恩归恩，怨归怨，为什么等孩子们的事发生了才让我知道真相呢？这究竟是谁在惩罚我呢？是命运，是她，还是我自己？

我一拳砸在她的坟上，真希望躺在那里面的是我，而不是她。真希望把这惩罚留给她而不是我……张敬之，如果我在今夜把自己的身子交给你，你敢不敢要？即使隔着朦胧的夜色，我依然看得出她脸上的肃穆。可是你为什么要瞒我呢？你为什么敢把这么重要的秘密私自带进泥土里呢？哦，这该死的泥土，这该死的平原，你们怎么把她给藏起来了？如果我知道我们有一个女儿，我是打死也不会放你走的……徐晓雯，你真是残酷啊，总是做一切事都不给我一个解释。你真的不想再对我说点什么了吗？

隔着夜色，我又闻到了青草的气息。这平原上总是有这么多的青草。黑夜里看不到一丝光线，连星星也隐没了。声音停滞下来，似乎被这浓黑的夜晚凝固了，仿佛空气已经感到疲倦，再无力传送声音。我竖起耳朵，努力地捕捉着田野上的虫鸣，遗憾的是，这早春的田野上，一切都安静得使人失聪。

这样的夜晚我已经很多年没有体会过了。它是纯粹的，因为纯粹而显出夜的纯净。这里只有她的一小部分骨灰。杨柳说了，她的骨灰被分成三份，一份撒在长江里，一份撒进了那些化神子的坟地。

"你还记得那几个孩子么？小军、小兵，还有大军？"望着金色的河水，杨柳拾起了他的拐杖，咚，咚，咚，轻轻地敲击着堤面，我们把影子留在身后的河水里，沿着来的路往回走。

"是那个被她码进草垛，哦，不，是被那几个坏孩子码进她草垛里的那个，那个地主的孩子吗？"说实话，我已经不记得这些名字了。但是我记得那个死在草垛里的孩子的样子，死去时嘴角沾着糖汁，糖汁上粘着稻草的碎屑。他们说是她捂死了那个孩子，事实上不是，为此，我带着全体知青冲进派出所里去要人。

"是的。还有两个孩子，你可能不记得了，但你应该还记得那场火灾。"杨柳的拐杖继续咚咚地敲击着堤面。

火灾？我想起来了，那天我们正在干塘起鱼，那个疯孩子，对，叫大军的，点燃了他家的房子，然后一排房子都烧着了。我们赶去救火，总算保住了火场两头那些没被烧着的。那时，她总是跟我念叨这些事，总是刻意要把别人的过失往自己身上揽。她的念叨我并不往心里去，因为我并不认为这些惨事的发生跟她有什么关系。即便不是她，那些各种各样的悲剧也会发生的，在那个愚昧而落后的地方，什么样的事件不可能发生呢？

她天生就是那种罪感强烈的人，总是莫名其妙地往自己身上套上罪责，总想把自己牺牲出去去拯救别人。我不得不说这是一种悲剧的人格精神。

可是我们谁都不是耶稣。我们既担负不了自己的罪，也担负不了别人的罪。

"这几个孩子，她可是记了一辈子，念了一辈子。"杨柳说，"她答应要去陪他们，教他们读书和写字。所以，我也撒了一把在他们的坟地里。"

我想起那个叫重生的哑巴。

"对了，那个叫重生的哑巴孩子呢？"我问。我们踩着自己的影子开始沿着大堤往东走，杨柳的拐杖每敲击一下，他的影子就往前蹿一下。

"你不知道吧？重生成了一个作家。重生是她一生的骄傲。"杨柳有些自豪地说，仿佛他也体会到了这份骄傲，仿佛他是他们共同的骄傲。"重生注定是个与生俱来的倾听者。倾听，是他的宿命。但是，他最后也成了一个出色的诉说者。他用文字取代诉说。他现在是一个很了不起的作家。"

我惊讶地看着他，想起那个会听却不会说话的哑巴孩子，她花了几乎一整年的时间教他识字和写字。

"只要你把你的故事告诉他，他就能用文字把它叙写出来。他是个永远的倾听者。不，诉说者。是一个发不出声音却能说故事的人。"杨柳说，"你不觉得这很神奇很伟大吗？"

是的。是她，创造了这种神奇和伟大。而重生，正是她和杨柳留在这个平原的见证者。

我在河边和杨柳分手，他用手指给我这片坟地。

"是座新坟，不过已长了新草。你会认出来的。"杨柳说，"坟上有碑，碑上有文字，有一首诗。上面写着我和她的名字。"拐杖的咚咚声停下来，杨柳把他的一条腿立在地上，用拐杖指着她长眠的方向，说："你去吧。和她聊聊。"

一条小路沿着篱笆向前延伸，篱笆上的插柳已经结满了花苞。我穿过一小片亮闪闪的油菜花地，来到她的坟前。果然不用杨柳带路，我就找到了她的墓床。

墓碑上刻着铭文：《致爱妻徐晓雯——》

你躺在太阳的芒上

躺在烈火与爱情的祭坛上

我再也看不见你光芒下的影子

我的幻肢在疼

一块青春的断碑

已注定是一生的墓碑

碑文已刻好

在我们共同的墓床上

——杨柳书于1998年11月15日

一首短诗，共八行。我抚着墓碑，在杨柳的缅怀面前，我觉得我所有的追忆都是苍白的。

暮色在降临，墓碑上的文字在渐渐模糊。透过暮色，我又闻到了青草的气息。我的影子消失在脚底下，消失在她坟前的青草中。空气里有一种湿润的味道，你能感觉到有一种声音在远处静静地流，那是河水舔着创伤在流向大海。

岁月如河，你已在彼岸行走。隔着河水，我们俩说点什么好呢？徐晓雯，无论我怎么呼唤你，你却已躺在静静的墓里，躺在深深的泥土里。这一生，你何其有心，何其聪明，只让你二十岁的容颜留在我的记忆里。你活在永远的二十岁里，不死，永生。真正死去的是我，我的灵魂已死，唯有带罪的肉身，而你却早已把自己濯洗干净，欢欢喜喜地躺在这平原的尘土中。

而我，无论此生，抑或来世，都已没有资格躺在你的身边。

此刻，我的头上苍穹如盖，小径沿着篱笆在黑暗里延伸，我伸出手，企图在黑夜里握紧你，可你却已睡在深深的墓里，睡在漆黑的泥土里。青草在泥土下生长，我从你的坟头站起来，四野阒寂无声。

一阵小风吹来，我仿佛听到你在耳语，我遥望着无边的黑暗。在黑夜中，我已找不见我们相爱的田畴。关于那夜的星光和原野那个时刻已经像墓碑一样刻进我的记忆里哦小河的旁边是一大片麦田嫩绿的麦苗刚从地里冒出晚秋的寒露裹着夜的湿凉悄悄地落在麦苗的叶尖上在夜晚的空气中散发着阵阵潮湿而苦涩的清香寒露已过霜降在即立冬后就是小雪了等到大雪落下这些青青的麦苗就会被积雪埋住及至来年立春时这些麦苗就会从积雪里重新露出来经历了严冬的麦苗会有着更强健的生命力它们在春日里拔节像野韭菜一样茁壮生长迎风荡漾很快就会抽穗开花结出青色的麦粒麦芒迎着阳光闪闪发亮当它们由青变黄新麦就熟了这些植物的秘密我们如今已经了如指掌张敬之如果我在今夜把自己的身子交给你你敢不敢要即使隔着朦胧的夜色我依然看得出你脸上的肃穆……我永远记得，这一天是1973年11月15日，是我入伍的前一天。我们下乡插队刚好三年半。谁能想到，这一天会成为你的祭日，我们的女儿业已在世间走过二十多年的光阴……

再见！哪一天，哪一天我们还能再见？

小路沿着篱笆伸向远处的黑暗里，我从怀里掏出手机来给自己照明。早春的夜晚仍然有些凉气逼人，在这样的凉夜里行走，你会有一种感觉：你身边似乎有一种静静的却又是猛烈地绽开的声音，那是平原上的花开了。

第十九章

尾声

在重生的《平原纪事》里，杨小米和张小强不是一对亲姐弟。他不忍心做这样的设置，让一对亲姐弟在对彼此的身世毫不知情的情况下相爱，这是一件残酷的事。

在重生的叙事里，张敬之和林红缨也没有成为一对夫妻。事实是，林红缨研究生毕业后，获得公派留美的资格。留学结束后她没有回国，她选择了留在异国，并嫁给了一个叫作乔治的美国人。她把儿子留给了在深圳创业的张敬之。张敬之后来的妻子，就是杨小米见过的那个贤淑温柔的女人。为了支持张敬之的事业，也为了不让张小强有继母的感觉，她选择了不生育。杨小米离开后，张小强继承了父亲的公司，并将它发展壮大。爱情的伤痛早已抚平，他获得了新的爱情，并有了自己的家庭。他们的故事在重生的笔下，将属于《深圳纪事》。

　　杨小米和张小强分手后，选择了从小就爱她的刘保尔。他们婚后将去上海闯荡。杨小米接受了她的亲生父亲张敬之的投资，在上海创立了一家IT公司，如今他们都已近不惑之年，有了自己的事业和家庭。他们的经历在重生笔下，将属于另外一部叫《上海纪事》的小说。

　　晚年的杨柳和女儿小米一家生活在一起，女儿给他装上了价格昂贵的高档义肢，当他在小区里漫不经心地行走、深思和散步时，没有人知道他只有一条腿。他的内心安宁，期待着有一天回到江汉平原，和他的妻子徐晓雯永远挨在一起，头并着头，肩并着肩，假如有来生，他一定给她一个健康的体魄。

　　（完）

写毕于2015年8月